我能剖心出
飲啄慰孤愁
心以當竹實
炯然忘外求

Reading Du Fu: Nine Views

© 2020 香港大学出版社

版权所有。未经香港大学出版社书面许可,不得以任何(电子或机械)方式,包括影印、录制或通过信息存储或检索系统,复制或转载本书任何部分。

本书简体中文版由香港大学出版社授权生活·读书·新知三联书店出版发行。

Reading Du Fu

Nine Views

龍門鎮

石龕

積草嶺

泥功山

鳳凰臺

田晓菲 主编
刘 倩 等译

九家讀杜詩

發秦州
赤谷
鐵堂峽
鹽井
寒硤
法鏡寺
青陽峽

生活·讀書·新知 三联书店

Simplified Chinese Copyright © 2022 by SDX Joint Publishing Company.
All Rights Reserved.
本作品简体中文版权由生活·读书·新知三联书店所有。
未经许可，不得翻印。

图书在版编目（CIP）数据

九家读杜诗／田晓菲主编；刘倩等译．—北京：
生活·读书·新知三联书店，2022.8（2023.2 重印）
ISBN 978-7-108-07407-2

Ⅰ．①九…　Ⅱ．①田…②刘…　Ⅲ．①杜诗－诗歌研究
Ⅳ．① I207.227.423

中国版本图书馆 CIP 数据核字（2022）第 069358 号

责任编辑　钟　韵
装帧设计　薛　宇
责任校对　张　睿
责任印制　董　欢
出版发行　生活·讀書·新知 三联书店
　　　　　（北京市东城区美术馆东街 22 号 100010）
网　　址　www.sdxjpc.com
图　　字　01-2020-6028
经　　销　新华书店
制　　作　北京金舵手世纪图文设计有限公司
印　　刷　北京隆昌伟业印刷有限公司
版　　次　2022 年 8 月北京第 1 版
　　　　　2023 年 2 月北京第 2 次印刷
开　　本　880 毫米 × 1092 毫米　1/32　印张 9.5
字　　数　180 千字　图 12 幅
印　　数　5,001-8,000 册
定　　价　72.00 元

（印装查询：01064002715；邮购查询：01084010542）

目 录

中文版前言 ·· I
导论 ·· 田晓菲 1

第一部分　故里·地方·帝国

壹　重建家园：杜甫和诗歌的成功 ···················· 陈　威 25
贰　诗的"想通"：论《解闷十二首》 ············ 宇文所安 47
叁　历史的渠道：杜甫夔州诗的纪念与沟通 ········ 潘格瑞 72
肆　反讽的帝国 ··· 卢本德 100

第二部分　诗歌与佛教

伍　避难与庇护：杜甫如何书写佛教 ··············· 罗吉伟 131
陆　饲凤："秦州–同谷组诗"的佛教观 ············ 田晓菲 161

第三部分　接受与再造

柒	困难之源：阅读和理解杜甫…………………… 倪　健 189
捌	明清绘画中的杜甫诗句………………………… 艾朗诺 221
玖	六个寻找杜甫的现代诗人……………………… 王德威 250

参考文献………………………………………………… 282
本书作者简介…………………………………………… 295

中文版前言

本书所收的九篇论文，来自于2016年10月在哈佛大学举办的杜甫国际研讨会。这次会议得到了美国美仑基金会（Andrew W. Mellon Foundation）、哈佛大学费正清中国研究中心、哈佛燕京学社、哈佛大学东亚语言与文明系的慷慨赞助。感谢东亚系和费正清中国研究中心的工作人员，以及当时的东亚系博士生寇陆和Kate Monaghan为会议的成功举办所做的一切。感谢所有论文提交者和讨论者的参与、本书两位匿名读者的评语，以及东亚系博士生Dominic Toscano为准备本书英文索引提供的帮助。感谢香港大学出版社前策划编辑Eric Mok早在这个项目开始以前就给予的热心鼓励，感谢Joan Vicens Sard和Clara Ho二位编辑以及其他编辑人员的高效率和专业精神。

感谢中文版的译者，特别需要说明的是两位译者的重名情况：中国社会科学院的刘倩老师负责"导论"以及第一、三、四、五、七篇论文的翻译，而第九篇论文的翻译则由目前在英国华威大学任教的另一位刘倩老师完成。杨

I

力坤（斯坦福大学）负责第八篇的翻译。我本人负责了第二、六篇的翻译，并对"导论"进行了校订。感谢北京三联书店的钟韵编辑为此书中文版面世而付出的努力。

本书的英文书名为 Reading Du Fu: Nine Views，直译是《阅读杜甫的九种视角》，中文书名《九家读杜诗》是对宋代杜诗注本《九家集注杜诗》的回应，它旨在表示两层意思：一，阅读和诠释是一个永远都在不断进行的过程，因为一代一代的读者、一个一个的读者，都全不相同，而文学作品的意义乃是作者和读者共同的生产和创造，就存在于作者和读者不断更新的相接之中；二，这本书里的文字，是"读诗"的结果，老杜只存在于他的一千多首诗篇里，如果人们不再读他的诗，那么诗人就已经死了，只留下一个没有意义的空名。如果这本书里的文字，能够激发读者重新打开杜集、重新回味杜诗的意愿，就是对编者最大希望的满足。

田晓菲
2022年元旦

导　论

田晓菲

缘　起

公元755年爆发的安禄山之乱所启动的力量，使盛唐帝国逐渐走向衰落，也造就了一位伟大的诗人。759年，杜甫（712—770）离开京畿地区，开始在中国西部和西南部四处漂泊，并将如此度过余生。他在安史之乱后所作的诗歌，按时间顺序记录了一个人及其家庭的乱世生活。杜甫是不是中国最伟大的诗人，容或可以讨论，但他的诗歌产生的回响如此持久而深远，就所有文学体裁而言，他无疑是中国最有影响力的作家。

2016年10月，哈佛大学召开了一场为期两天的杜甫国际研讨会，这次会议庆祝了"中华人文经典文库"（Library of Chinese Humanities）的启动，这是一套中英双语对照的丛书，收录并翻译了中国前现代文化传统中的重要作品。丛书的首部作品出版于2015年底，即杜甫诗歌的第一个带有注释的全译本。本书也是那次会议的一个成果。

杜甫在汉语世界享有盛誉，对他的研究相当深入；而杜甫的接受研究本身也成了接受研究领域的一个特殊热点。对杜甫的研究是如此深入，以至于首先，人们没有注意到英语学界的杜诗研究并不那么深入这一事实；其次，就是汉语学界的杜甫研究，也存在一些明显的空白，而正因为从上个世纪80年代以来出版了大量研究论著，这些空白很大程度上也为人所忽略。其中的一个空白，就是对于杜诗本身做出带有理论精神和问题意识的细致阅读和深入讨论。[1]

　　杜甫在中国古典文学中的地位，犹如莎士比亚之于英国文学、但丁之于意大利文学。而且，和莎士比亚、但丁一样，杜甫在本土传统以外也广为人知。在2016年英语全译本问世以前，杜甫作品已被不同的译者选译过很多次。但要说到批评与阐释，已出版的英语论文和专著的数量远远不能体现与一个重要诗人的分量相当的学术成果，更不用说像杜甫这样的伟大诗人了。[2]

---

[1] 如中国杜甫研究会2017年年会总结所言，在收到的七十多篇论文中，"对于杜诗体式与艺术的探索以及杜甫本身的研究"不足十篇。诗歌的形式、风格与技巧，如绝句或排律的运用问题等，是传统"诗话"的常见话题，不构成任何新的概念领域。这份总结呼吁，今后，"杜甫本身和杜诗本位的研究应该是最核心的问题"。见胡可先：《杜甫研究的新趋势：中国杜甫研究会第八届年会暨杜甫研究国际学术讨论会学术总结》，《杜甫研究学刊》2017年第4期，第93页。

[2] 洪业（William Hung, 1893-1980）1952年出版的著作 *Tu Fu: China's Greatest Poet*（New York: Russell and Russell），记述了杜甫的生平事迹，并翻译了三百多首杜诗。从1952年到我们这个杜甫国际研讨会举办的2016年，一共出版了三部研究杜甫的英语专著，分别是（转下页）

英语学界对杜甫关注不够，部分原因在于中国文学研究领域所发生的变化。这个研究领域，一方面是近几十年来出现了文化史研究和物质主义的转向，另一方面则是顺应了 20 世纪后半叶西方学界"经典修正"（canon revision）的大趋势：一些传统标准受到质疑，曾经一度边缘化的作家被重新发现，女性作家和少数族裔作家受到了应有的关注。近数十年来，随着中国现当代文学、文化、电影、传媒研究的日益兴盛，古典文学，特别是中古文学（大致从东汉到宋代，即公元 1 世纪到 13 世纪），成了年青一代学生和学者越来越少涉足的道路。同样的变化无疑也发生于中国学界，但这些变化可能被众多因素所掩盖而没有变得如此明显，比如说中国高等院校中文系规模庞大的师资和学生。相比之下，海外汉学是一个非常小的领域。

不过，反讽的是，英语学界对杜甫关注不够，在很大程度上正可以归咎于他的经典地位。很多学者和学生都有一种印象，就是杜甫"已被研究透了"。此外，杜甫作为

（接上页）David McCraw, *Du Fu's Laments from the South*（Honolulu: University of Hawai'i Press, 1992）; Eva Shan Chou, *Reconsidering Tu Fu: Literary Greatness and Cultural Context*（Cambridge: Cambridge University Press, 1995）; David Schneider, *Confucian Prophet: Political Thought in Du Fu's Poetry (752-757)*（New York: Cambria Press, 2012）。最新的一部研究专著，是 Ji Hao 关于杜甫接受研究的 *The Reception of Du Fu (712-770) and His Poetry in Imperial China*（Leiden: Brill, 2017）。快速检索 JSTOR（西文期刊数据库），论文题目中出现"杜甫"的研究文章只有十余篇，发表时间跨越了半个多世纪。

"诗圣""诗史"的陈腐形象,也遮蔽了他的"诗人"形象,甚至更糟的是,遮蔽了他的诗歌本身。宋代以来,人们对杜甫的接受严重偏向他忠君爱国的"儒家"品格一面,就像"一饭未尝忘君"这个说法所概括的那样。[1]这个过分简单化的形象并不总是能够引起现代读者的兴趣。那个轻松、古怪、有趣的杜甫,在世时以其"戏题剧论"著称,几乎完全消失在了从他去世后直到今天被世人罩在他头上的光环里。[2]加在杜甫身上的道学圣人的不可承受之重,到了20世纪,由于和爱国主义以及带有马克思主义色彩的"同情劳动人民的苦难"无缝焊接在一起,增添了更大的分量。这在下面这种两极现象的对比中体现得最为明显:一极是一幅想象创作的杜甫肖像,因用于中国高中课本而广为人知,这幅肖像代表了诗人在人们眼中的形象:庄严肃穆、充满关怀地凝望远方,显然心中装满了国家和百姓的命运;另一极,则是这幅肖像画的涂鸦恶搞版,在纪念诗人1300周年诞辰的2012年,一夜之间疯传于互联网。道德严肃性成了讽刺的对象,而任何崇拜行为只有在嘲弄中才能找到平衡。[3]但是,不管哪一极,对作为诗人

---

[1] 苏轼:《苏轼文集》(北京:中华书局,1986),第318页。
[2] "戏题剧论"是杜甫的同时代人樊晃(活跃于770年左右)在诗人身后所作的评论。见萧涤非主编:《杜甫全集校注》(北京:人民文学出版社,2013),第十二册,第6579页。英译见Stephen Owen, *The Poetry of Du Fu* (Boston: Walter de Gruyter, 2016), vol. 1, lxiv。
[3] "百年杜甫研究"的一位综述者注意到了学者鼓呼提倡、国家文化部和地方各级政府大力协助的尊杜崇杜与"杜甫很忙"之间的(转下页)

的杜甫来说都是不公平的。更糟的是,任何一极,无论是崇拜者还是嘲弄者,都没有真正花时间阅读杜甫的1400首诗,不管是细读,还是泛读。

本书收入的论文,代表了一种专注阅读杜诗的努力,而且,就像下节概述的那样,通过从不同角度、在不同语境中审视和诘问诗歌文本,试图以新的眼光阅读杜诗。在被封为"诗圣"以前,杜甫能够吸引人们注意的,只有他的诗篇。重温经典总是值得的,为了经典本身,为了更好理解后来那些受经典影响和形塑的作品,为了反思必须把平凡和超凡之作同时包括在内的文学史本身——如果只接受光谱的一端,就看不到它们之间真正的互相依存关系。就杜甫而言,我们希望不是只谈他的那些名篇,无论是"三吏三别"、《秋兴八首》、论诗绝句,还是各种通行选本或教科书所选录的诗歌。

有时候,我们看到有些中国学者有一种褊狭的心愿,就是把中国古典文学传统视为"我们的"(或者最多是"东亚的")传统,淡化"外人"做出阐释和赋予意义的权利和权威。这种心愿,恐怕会最终导致中国的伟大文学作品变成只有中国人自己才会去阅读和欣赏的文学,导致文化孤立主义,既不利于中国文化,也不利于人类文明。虽然杜

(接上页)辩证关系,认为:"对'诗圣'的研究,毕竟还是多了些严肃气,少了些活泼气。我想,我们如果把杜甫当作一个'人',而非'圣'来研究和宣传,或许杜甫'忙'的将是另一番景象。"见彭燕:《杜甫研究一百年》,《杜甫研究学刊》2015年第3期,第124页。

诗是用（唐代）汉语写成的，但它不仅属于中国人，也属于全世界。早就该有一本以杜甫为主题的英语论文集了。

章 节

本书分为三个部分，每个部分侧重于一组相互关联的问题，这些问题不仅突出了杜甫研究中迄今为止较少为人探讨的方面，也和一般的中国文学传统研究息息相关。第一部分，"故里·地方·帝国"，共分四章，讨论了四处漂泊的诗人如何在对"家"的渴望和对临时栖身所的营造、照料以及对帝国的关怀之间进行协商，还讨论了诗人如何在诗歌中思考移动与流通的问题、地方与国家的问题，思考诗歌本身如何在一个阻隔重重的世界里既是运通的对象，又是运通的载体。

虽然杜家在洛阳附近有房产，但杜甫确切的出生地不详。年轻时，他在京城长安住了十年，寻求声名与仕进，但基本上徒劳无功。安禄山之乱爆发后，他一度身陷长安，逃出后加入肃宗的朝廷，但没过多久就"成功地"触怒了皇帝，于758年被贬至华州（今陕西）。他很快决定辞职，从此开始漂泊生涯，依靠朋友和相识的资助过活。759年，他先前往秦州（今甘肃），再往同谷（今甘肃），最后在年底到达成都。他在成都寓居数年，在节度使严武（726—765）的帮助下建造了著名的草堂。严武死后，他携家沿长江而下，来到夔州（今重庆市奉节县）。766—768年，他寓居于此，受到当地总督柏茂林的聘任和资助。夔州时期是老杜最多产的时期之一，他在此地创作了大约400首诗，占全部现存作品的近三分之一。但768年初，他又再次开始漂泊，最后在770年病逝于洞庭湖。

在动荡不定的生活中，杜甫曾在凄清的秋江上写道："故国平居有所思。"[1]这里的"故国"指的是故里，不是前朝，但他想望的当然**不只是**故里，而是他于另一个时代在那个故里所过的生活。"平"是太平、无事、日常，也许还有点无聊：这正是一个人在失去之后才深有体会的"家"的味道。如陈威（Jack W. Chen）所言，杜甫在这里指的是安史之乱发生后，"居住在一个丧失了日常感的空间"（第33页）。那种生活再也不可能了，因为它与和平繁荣的时代密切联系在一起。陈威的章节，以杜甫伤悼死于战乱的堂弟的《不归》开始，以在一次地方叛乱后重返成都草堂所写的《春归》作结，探讨了"家的意念"如何在安史之乱后的杜甫作品里占据一个中心地位。陈威认为，"对家的渴望，归根结底是希望回归日常"（第28页），是开凿出一个非社会性和非政治性的空间，在此作为私人个体生活于其中，尽管这种手势只有在流亡中、在王朝创伤的背景下、在帝国的边缘地带才成为可能。杜甫通常被视为

---

[1]《秋兴八首》其四，见仇兆鳌注：《杜诗详注》（北京：中华书局，1979），第1489页。英译见Stephen Owen, *The Poetry of Du Fu*, vol. 4, 354–355。

重大历史事件和时代悲剧的见证人,陈威却让我们注意到诗人的另一面:他不是与政体(body politic)结盟,而是与个人身体(individual body)结盟,与个体的欲望、慰藉、酸痛与苦痛结盟。

如果陈威主要是通过杜甫的成都诗作来探讨诗人的家园观,宇文所安(Stephen Owen)的章节则转向另一个地方,诗人竭力想在那里安家,却很少有"在家"的感觉。这个地方就是夔州,充满异域风情的帝国边陲,汉族和非汉族群混杂而居,当地的风俗习惯对京城来的诗人而言显得陌生而野蛮。宇文所安提出,唐帝国很少有其他地方像这里一样,能轻而易举地引发人们对帝国流通系统和文化流通系统的思考。宇文所安的章节向读者展现,杜甫如何在夔州对"通"(circulation)这个问题"通过诗歌进行思考"(think[s] through poetry):从地方的贸易流通(一个土著少女用鱼来换钱),到长江上往来逐利的商人,再到把地方贡品进献给皇帝的帝国驿传体制。诗人还想到那些仕途受"阻"的人("阻"是"通"的反面),他们却能借助纪行诗、文学声名和记忆让自己得以"流通"。组诗《解闷》以天真烂漫地从自然获取滋养(山禽衔果哺育幼雏)开篇,以帝国权力的腐败作结:帝国传舍为皇帝宠妃送来荔枝,荔枝却在路上腐烂了。地方经验的直接性永远无法捕捉,除非是在记忆中和在诗歌中。这里,映衬着帝国的失败,我们看到的是另一种形式的"诗歌的成功"。

潘格瑞(Gregory Patterson)的章节同样思考了

导 论

"通"的问题——流通，沟通，以诗歌为载体而通行，但采取了一个不同的角度：他是从历史的角度切入的。和前一章一样，潘格瑞也以夔州为中心，承认"在夔州，很难不思考沟通问题"（第73页）。但是，通过杜甫以诗歌形式表达的对历史上两个文化英雄的纪念，他在夔州的物质痕迹中看到一种独特的沟通方式。这两个文化英雄，一个是神话中的大禹，据说他开辟峡道，疏通洪水，拯民之溺；另一个是传奇般的忠臣诸葛亮，和大禹一样，在当地风景中留下了不可磨灭的物质印记。故此，潘格瑞的章节对我们来说是一种有力的提醒：杜甫，这个生活和时代的著名记录者，既是"诗人史家"，同时又是"诗人地理学家"，"他前所未见地详细描绘了这些临时栖身处所的独特山水、文化和历史，它们在他的作品集中构成独特的存在，如果他的诗集是一个帝国，那么这些诗就好像是一些半独立的省份一样"（第72页）。

这个新颖的比喻把我们带到了卢本德（Lucas Rambo Bender）的章节。卢本德回到了帝国问题，很多评论家和学者都认为，这是杜甫诗歌的核心问题。与陈威的章节相较，卢本德认为，杜甫以平常事为题的夔州诗是一批复杂的作品，它源于帝国关怀与家事关怀之间的不协调性，它们既表达了对帝国价值观的坚守，同时又是对这些价值观的反讽。卢本德认为这些诗所表达的诗人对帝国的疏离，正源自诗人对帝国的依恋。基于对诗歌文本本身的敏锐洞察，卢本德揭示了这些诗歌中动人的情感复杂性：堂皇的夸大中有自觉的喜剧性，同时带有忧郁的黑暗色调，而这种忧郁又总是被幽默所削弱。

不过，如果如卢本德所言，这些以平凡琐事——蔬菜，房屋修缮，做家务活的忠仆——为题的诗歌"只是杜甫全集叙述诗人一生中对帝国的思考不断发展和变化的一小部分"（第126页），那我们或许确实可以提出一个论点，也就是说杜甫的两个形象，一个是陈威笔下的，一个是卢本德笔下的，"来自他庞杂诗集的不同部分"（第102页），因为诗人就像他周围的世界一样，也在经历各种变化。在这里，我们或许应该停下来，考虑一下杜甫在文学史和文化史上的地位。他站在一场深刻文化剧变的门槛上。在杜甫之前，宫廷和京城是文化成就和文化生产的中心，在那个世界，抱怨蔬菜粗劣、感谢仆人做家务、指导儿子建造鸡栅的诗歌简直是难以想象的；但是，在杜甫之后，即使京城长安仍屹立不倒，那个旧秩序却摇摇欲坠了。就像中央政府的权威和控制力被强大的藩镇所削弱一样，文化领域也出现了离心力，地方——特别是江南和蜀地——开始变得更加重要。文化世界将随着狂放怪奇的中唐一代的兴起而发生变化，而这代人很多都是杜甫的仰慕者，他们从他身上获得了一些东西，将之发扬光大。杜甫是在这个分水岭转型过程中崛起的人物，他的作品影响了这一转型。

故此，深入思考这些平凡的题材的确意味深长，因为人们往往忘记了这些题材曾经是非常新颖别致的；是杜甫的巨大影响才把它们变成了后来诗人的常规主题。但在8世纪,没有别的什么人"在安家落户时写诗讨要果树和陶器。没有别的什么人写充满懊恼的诗歌抱怨主人许诺的粮食没有按时送达或者送来的蔬菜质量不合格。没有别的什么人写诗庆祝用竹管引山泉水到他的厨房,或是讲述修建鸡栅"。[1]而且,"不像他那个时代的其他人,我们知道他的仆人姓甚名谁,因为他为他们写诗,在诗中提到他们的名字"。[2]这最后一点,对现代读者来说可能算不上什么,甚至可能还会显得居高临下而让人觉得不舒服,但如果从当时的社会规范来看,杜甫可以说是具有革命精神的,因为唐代奴隶的社会地位和法律地位极为低下,很多唐代家主,其中不乏著名诗人作家,对待奴仆的方式非常不光彩。"初唐四杰"之一的王勃(649—676)曾杀死过一个仆人,萧颖士(735年进士)因经常暴打老仆而闻名,鱼玄机(约844—约868)也曾鞭打女仆致死。唐代文献记载了很多这类虐待事件。放眼四望,我们会看到杜甫在唐代社会

---

[1] Stephen Owen, *The Poetry of Du Fu*, vol. 1, lx.
[2] Stephen Owen, *The Poetry of Du Fu*, vol. 1, lv. 只有在杜甫之后,我们才在诗歌中看到提到仆人名字、向他们表示感谢的姿态,其中最著者为韦庄(约836—910),见《全唐诗》(北京:中华书局,1960),卷七〇〇,第8044、8047页。也许并不是巧合,韦庄正是现存唐诗选集《又玄集》的编者,这是杜甫诗歌第一次出现在选本之中,不仅如此,杜甫还位列选本之首。正如Paul W. Kroll提醒我们的那样,"这是现存唯一一部选杜甫的唐代选本",见Paul W. Kroll, "Anthologies in the Tang," in Wiebke Denecke, Wai-Yee Li, and Xiaofei Tian, *The Oxford Handbook of Classical Chinese Literature (1000 BCE-900 CE)* (Oxford: Oxford University Press, 2017), 311。

里是多么不寻常，多么"奇怪"。遗憾的是，唐以后的诗人只继承了杜甫的题材和主题，却没有继承他"与众不同"的精神。归根结底，他的与众不同，或许才正是个人天才的标志，与帝国没有关系，虽说这种精神是由于帝国的衰落才突显出来的，因为诗人生活在偏远、隔绝的夔州，旧日京城世界的华彩在这里消散无余。

在一个层面上，我们可以把杜甫诗歌的新颖性归结于他作为诗人的非凡独创性，或是归结于他越来越在隔绝和孤立中写作，远离了京城和宫廷精英的旧世界；在另一个层面上，他既是正在发生的巨变的产物，又是新世界的先导。从家庭生活中看到大的问题，既是万物皆有序的旧世界的一个症候，但也是对那个旧世界的偏离。在杜甫之后，"中唐"成为中国文化史上最奇崛的时代之一，正是这一代人"发现"了杜甫。

我们需要在时间上进行深潜。只有最激进的历史化才能重新发现杜甫。无论人们如何想象那些"不朽的大师"，他的伟大并不是恒久不变和不受时间影响的。这带我们来到本书的第二部分，"诗歌与佛教"——这在杜甫研究中是一个相对来说不算主要的话题——再次尝试让杜甫摆脱11世纪以降被建构出来的陈腐"良儒"形象。这一部分由两章组成，分别以杜甫诗篇作为具体的例子，讨论"文学/诗歌与宗教/佛教"研究这个带有普遍性的问题。这两章都邀请读者郑重思考佛教的**社会性**存在，但同时关注诗篇本身最终的诗性成功。

导　论

罗吉伟（Paul Rouzer）勾勒出在讨论佛教与中国文学时的一些主要的陷阱。鉴于使用佛教词汇可能仅仅是为了修辞效果，罗吉伟强调，在探讨佛教对诗人的影响时应该仔细考察诗歌的社会语境和诗歌中用典的情况。罗吉伟认为，与其把佛教视为影响到一个文化传统中的美学实践的信仰体系，甚至试图判断诗人信仰的虔诚程度，不如把佛教视为一种生活实践的形式，把佛教活动视为文化精英日常生活的一部分。他呼吁读者仔细检视诗歌的情境性和社会功能，建议不要把诗歌中的佛教元素视为心灵自传，"而是视为诗人工具箱的一部分，诗人用这些元素来创作一首好诗"（第140页）。罗吉伟对杜甫写给僧人赞公的一系列诗篇做出了富有洞见的解读，说明杜甫与佛教的接触程度如何因诗而异，特别指出"杜甫根据自己应景表达的需要调整或忽略佛教素材的能力"（第156页）。

田晓菲的章节，质疑了"宗教诗歌"这个问题重重的范畴的有用性，建议使用"宗教**与**诗歌"这一更富有成效的表述方式，为思考这两个不同传统的高能互动开辟空间。尽管基本上赞同罗吉伟的看法，也就是说，证明佛教世界观如何"微妙地影响了一首并未表达明确佛教内容的诗歌的美学思想"（第134页）可能是相当困难的，但她认为，当文本的内在属性存在明显的线索时，当外部的历史情境要求我们做出这样的推测时，尤其当我们考虑到佛教是社会生活和日常生活中如此突出的一部分时，这么做就很有必要。因此，田晓菲的章节从另一个方向切入杜甫与佛教这个问题，从佛教的视角考察了一组著名的纪行诗，"秦州－同谷组诗"。她没有选择围绕某一首诗中明确的佛教内容进行碎片式阅读，而是把这十二首诗视为一个精心编排的序列，认为它们"构成了一个连贯的关于转变与开悟的佛教叙事"（第163页），深受诗人旅途中佛教的多媒介形式存在的影响。

本书最后一个部分，"接受与再造"，重点讨论了杜诗接受的创造性方面。倪健（Christopher M. B. Nugent）提供了一个非常独特的角度，追问同时期的唐代读者如何接受杜甫，具体而言，对于中古时期文学精英的普通一员来说，尤其在他还处于正在掌握"文化胜任性"（cultural competency）的初级阶段时，杜诗究竟有多难（或是有多容易）。倪健以许多世纪以来累积了大量评论的著名组诗《秋兴八首》和杜甫的赋作为测试用例，把它们与一组他所谓的为获取基本识字能力和文学语汇所需的基准文本以及一些通行选本进行对比。倪健认为，一方面，诗歌的困难往往更多是由读者的期待和预设制造出来的，而不在于诗歌作品本身；另一方面，诗歌的困难也可能是诗歌的思想和表达之复杂性的产物，而不在于词汇和典故。他提醒我们注意杜甫创作诗歌时的物质现实状况——诗人晚年四处漂泊，手边并没有丰富的藏书——以及当代读者阅读这些诗歌时的物质条件。

的确，杜甫本人就曾承认，他的阅读方式是"读书难字过"。[1] 他不是那种把语汇的高难程度视为审美价值的人，虽说他的长篇排律往往繁密用典，但很多时候可能是旨在打动诗歌的直接受众，引起他们的惊叹赞美。杜诗当然存在着词汇和用典的错综复杂性，但这种错综复杂性往往表现在其他方面：比如说，他让字词脱离其"应有的"修辞格或语境，如用《论语》中常见的语气词来谴责质量低劣的蔬菜，仿佛这些蔬菜是不合格的弟子。还有一次，他写诗给朋友讲述自己在夔州的俭朴生活："敕厨惟一味，求饱或三鳣。"[2] 诗人每餐只吃得起一道菜（"一味"），但他却以"敕"出之，就好像他还有得选择一样；动词"敕"在南北朝以后往往专门用来指帝王的诏令，用在这里很有幽默色彩。杜甫或许没有想到要让自己的诗歌成为"学术研究的对象"（第218页），但是，如果想要了解诗歌本来的语气，就需要一种特别的"语言胜任性"（linguistic competency），这种语言胜任性远远超出了辨识典故。

艾朗诺（Ronald Egan）的章节向我们展示了晚期

---

[1]《漫成》其二，见《杜诗详注》，第797页；Stephen Owen, *The Poetry of Du Fu*, vol. 3, 2-3。

[2]《秋日夔府咏怀奉寄郑监李宾客一百韵》，见《杜诗详注》，第1709页；Stephen Owen, *The Poetry of Du Fu*, vol. 5, 204-205。"三鳣"，用东汉饱学之士杨震的故事，曾有鹳雀衔三条鳣鱼飞来掷在他家堂前，"三"为出任高官之兆，后来果然如此。杜诗这里只是按字面意思用这个典故，制造喜剧效果，鳣鱼虽有三条，但只能做出一道菜（"一味"）。

中华帝国对杜甫的很多不同读法。艾朗诺把注意力转向对杜甫的视觉再造，考察了王时敏（1592—1680）、石涛（1642—1707）以及更早期的明中叶画家谢时臣（1488—1547）所作的"杜甫诗意图"。如艾朗诺所言，艺术家对杜甫诗句的处理，"可以视作杜诗接受史的一个独特但又常被忽略的一环"（第221页）。无论是对联句的选择，还是对字句的个性化视觉呈现，文人画家对杜诗的描绘，告诉了我们很多关于如何读杜的问题，也反映了他们刻意的，有时甚至堪称激进的省略。在探讨感性地艺术挪用杜甫的意象和文字时，艾朗诺注意到了视觉再现与言语再现两个领域之间一触即发的张力，注意到了它们之间富有成效的互动。

艾朗诺的章节最启人深思的地方在于，他向读者表明画作是一个能把杜甫去历史化的空间，这在宋代以来卷帙浩繁的杜诗评论中是难以想象的。这里我所谓的"去历史化"，不是指谢时臣把杜甫讽刺贵公子携妓喧嚣出游的诗，时代错置地画成清一色男性文人的"雅集"，而是指另外一个激进得多的例子，即石涛把杜甫的一首描写战乱荒凉的诗转化为对宁静山水的悠闲玩赏。同样说明问题的是，画家们（如艾朗诺所注意到的）倾向于呈现一个孤独的男性形象，没有妻子儿女的陪伴，即使杜甫原诗明明突出强调了妻子儿女无论是现实中还是想象中的存在。在谈到石涛对诗人的画家视野时，艾朗诺注意到，杜甫已经成了被偶像化的"诗圣"，他孑然一身，宁静地穿行于他所描绘的山水之间。

像这样去历史化地阅读杜甫，既让人不安，又让人兴奋。最起码，我们发现台湾诗人罗青（1948—　）在《论杜甫如何受罗青影响》（1994）一诗中，用讽刺语气写到人们如何带着现代偏见误读历史，这种误读早在15世纪就已经开始了。事实上，通过今天的透镜和兴趣点来看待历史样貌的做法本身，或许才是最恒久不变的。罗青是王德威的章节所讨论的六位现代诗人之一，这一章直接把本书带入当下，既构成一部微型文学史，又是一幅宏观的诗歌地图，展现了一个多世纪以来不断变动的历史背景下现代中国文学和更大的华语圈文学写作。通过在广阔的时空画卷上抉隐入微地细读诗作，王德威向读者展示，"虽然中国现代文学充满了打破传统、粉碎偶像的激情，但是横亘20世纪，杜甫作为偶像的地位未曾消损，但他作为偶像的定位，却是众多文化甚至政治争端的焦点，也因此，杜甫激励并挑战了不同风格、代际和意识形态的诗人"（第251页）。具体而言，王德威认为，这些诗人通过效法和模拟杜甫，总是以"诗史"为准绳，来衡量诗歌记录现代经验的社会义务和道德义务，因此20世纪的中国文学现代性并不意味着与过去的彻底决裂，而是重申了过去的意义及"其对当下的伦理、政治意义"（第280页）。对这些诗人来说，呼唤杜甫的名字乃是一种政治行为。不仅杜甫本人，还有他的诗歌，都在这个最新版本的接受与再造中被大书特书。

余 思

在他的章节里，艾朗诺给出了一个很有意思的观察：他注意到谢时臣的"杜甫诗意图"抹去了"女性的存在"和杜甫的家庭。谢时臣的这种省略，可能反映的不仅仅是一个画家的喜好或他对杜甫的个人解读，而是更有代表性的，表明了一些更大的问题。

宋代以来，杜甫形象逐渐全然等同于儒家父权价值观：忠于君主或王朝，忧国忧民。无数后世诗人巩固和延续了这一形象，特别是那些身陷国家危机的诗人，而过去的数百年来不乏这样的危机。在这一方面来说，受到杜甫影响的晚期中华帝国女诗人就和男性诗人一样，在遭遇国家和个人创伤时也往往对杜甫作为忧患诗人的一面格外加以青睐。[1] 到了现代，杜甫被更加热烈地放在一个高台上受到尊崇，也正是出于同样的原因。值得注意的是，很多现代诗人都像王德威的章节所展示的那样，把杜甫视为社会良知的化身：冯至（1905—1993）在杜甫头上看到一个光环，在他眼里，就连老杜的"烂衣裳"也在闪闪发光，好像基督教圣徒画里所见的那样，而儒家的"sage"与基督教的"saint"很容易混为一谈，二者在汉语里都是"圣"；在向杜甫致敬时，另一位诗人萧开愚（1960— ）

---

[1] 如晚明女诗人徐灿（约1610—1677以后）、晚清女诗人李长霞（约1830—约1880）。

写了一首十节长诗，每一节分别聚焦于当代中国的一个社会或政治问题。在这样的视野里，"诗史"的"史"成了大写的历史（History）：这是一个帝国的历史，一个王朝的历史，一个民族国家、一个社会或者一个文化传统的历史，但却不是某一个个体的男人或女人或者某一个家庭的历史。个人与家庭的历史蕴含在各种平凡的日常细节里：孩子、豆酱、鸡、房屋受损、装修、果菜——而所有这些都萦绕在杜甫的心头，频频见于他的诗歌。

致力于把诗歌视为大写的历史的现代诗人群体，就像谢时臣画中所绘的文人雅集一样，清一色都是男性，这可能并不是巧合。这里存在着一个性别的问题，这一问题牵涉到唐代以来的社会与文化巨变。性别隔离在社会领域和再现领域都很突出，但这对杜诗来说并不公平。事实上，在我这样一个多年从事早期中古文学研究和宫廷诗歌研究的女学者看来，在诗歌里表现出来的诗人是个如此家庭化的人。这些诗歌表现，与他以前的诗人形成了戏剧性的鲜明对比。无论是否赋予日常生活以任何重大的意义，诗人在家庭生活中体会到的乐趣，他对日常家务活动的专注投入，无不给人留下深刻的印象。很多研究者都注意到杜甫在诗中常常写到妻子和孩子，更引人注目的是，他充满爱欲地写到妻子的香鬟玉臂：古代男性诗人可以浪漫地和情色地描写妾侍、倡优和娈童，但却不会也不能这样描写自己的妻子——事实上，对妻子表达感情通常发生在妻子死掉之后，也即所谓的"悼亡诗"。杜甫却恰恰相反：作为一个以风格、主题的多样性和包容性著称的诗人，他竟然没写过什么香艳诗或艳情诗。[1]他作于成都的一首绝句相当罕见地暗示了一时的动情，评论家对此基本保持沉默。[2]相对于他对王朝、君主、帝国的关怀，他的家庭性（domesticity）往往被人忽视。

当然，问题的关键，并不在于杜甫从事的家庭活动或者他是一个家庭型的男人，而在于他把这些内容写入诗歌这一高雅的唐代文化形式。如果我们接受"小写的历史"的概念，那我们就可以说，杜甫是他自己的生活最忠实的"诗史"。这个生活本身并不那么起眼，但他描写它的方式却无疑是光艳夺目的。他注意并谈论生活中的一些时刻和细节，这些时刻和细节是当时的诗歌话语和上流社会不注意也不谈论的；他用苦心营造的诗句，发人深省地思考这些时刻和细节。这是他的诗歌长盛不衰的原因所在。后来

---

[1] 就算要写，他也是以自觉的"游戏"态度来写。如《春日戏题恼郝使君兄》，他戏谑地写给朋友，让朋友举办盛筵，甚至怂恿朋友招揽几个当地女子，还特别点出了她们的名字，见《杜诗详注》，第978页；Stephen Owen, *The Poetry of Du Fu*, vol. 3, 196-197。此外，他还写过两首"艳曲"，即《数陪李梓州泛江有女乐在诸舫戏为艳曲二首赠李》，但第二首结尾建议朋友不要乱来："使君自有妇，莫学野鸳鸯。"见《杜诗详注》，第995—997页；Stephen Owen, *The Poetry of Du Fu*, vol. 3, 216-217。

[2] 即《即事》："百宝装腰带，真珠络臂鞲。笑时花近眼，舞罢锦缠头。"见《杜诗详注》，第885页；Stephen Owen, *The Poetry of Du Fu*, vol. 3, 98-99。一些注重道德的评论家认为这首诗是对奢侈的批评，或是对某位花姓将军的暗讽，见萧涤非主编：《杜甫全集校注》，第五册，卷九，第2542页。

的诗人做不到这一点,因为他们全都想"做老杜",老杜却只做他自己,而他这个自己跟其他任何人都不一样。

因此,本书的编纂,只有一个不很奢侈的希望,也就是说,伴随着杜诗全译本的问世,愿这些论文能带读者更加走近杜甫的诗篇本身。

(刘倩 译,田晓菲 修订)

第一部分

故里・地方・帝国

壹

重建家园：杜甫和诗歌的成功*

陈 威

> 这样，宇宙就不可避免地染上了我们的色彩，每一个客体相继进入主体本身。主体存在，主体扩大；万物迟早各就其位。
>
> ——爱默生《经验》[1]

已有很多文章讨论过杜甫诗歌的历史意义，讨论他如何在战争和灾难的背景下写作，充当王朝命运的见证。从历史的角度阅读杜甫，为的是论证一种诗歌观，即诗歌能够承载意义，诗歌的意义在中国文学传统中往往与道德判断联系在一起。然而，杜诗中随处可见的是一种对诗歌意

---

* 本文是 1997 年秋季为宇文所安初盛唐诗歌研讨课所写的第一篇研究生论文的修订稿。感谢宇文所安，感谢参加这个研讨课的各位同学。其间，我还参加了已故的斯坦利·卡维尔（Stanley Cavell）教授的一些研讨课，他的影响在本文四处可见，有关他的记忆我将铭记在心。

[1] Ralph Waldo Emerson, "Experience," in *The Essays of Ralph Waldo Emerson* (Cambridge, MA: Belknap Press of Harvard University Press, 1987), 263-264.

义的破碎信念，这种信念削弱了简单的道德说教。一方面，杜甫明确认为诗歌创作具有道德、政治、历史意义，他在诗歌中提出自身和周围情势的论点。但另一方面，他又不断对自己诗歌行为和姿态的无效性表示担忧，痛苦地怀疑自己所做的是否真的有意义，怀疑诗歌能否有所拯救。

诗歌成功的希望及其屡屡失败的阴影，在激励杜甫诗歌写作不断前行的同时，也困扰着他。所谓"诗歌的成功"（poetic success），借自诗人、批评家艾伦·格罗斯曼（Allen Grossman），他说："诗歌的功能是在意思自治（the autonomy of the will）的限度内让每一个人获得一种成功。"[1] 这里，格罗斯曼想说的是，诗歌为改变不了的现实提供了补救，在他看来，这个现实就是我们的必死境况。这样一来，诗歌就成了言说欲望、表达意愿的方法，我们要是有能力实现自己的意愿就好了。宇文所安在谈到杜诗的祈愿性（optative）时就指出了他的这个特点，还注意到了杜甫希望事情有别于现状的那些时刻。[2] 确实，早在杜甫以前的诗歌中，从汉末最早的古诗作品开始，我们就已看到过这种祈愿姿态，但在杜甫身上，渴切希望的声音在他承认希望之不可能时感受得更为强烈，实际上，他的

---

[1] Allen Grossman, "Summa Lyrica," in Grossman with Mark Halliday, *The Sighted Singer: Two Works on Poetry for Readers and Writers* (Baltimore: Johns Hopkins University Press, 1992), 209.

[2] Stephen Owen, *The Great Age of Chinese Poetry: The High T'ang* (New Haven, CT: Yale University Press, 1981), 205.

壹　重建家园：杜甫和诗歌的成功

这种态度，可以说，还超越了单纯的文学惯例，成了他作品中一个反复出现、不可或缺的主题。在本章主要论述开始之前，我还要感谢罗吉伟《杜甫与抒情诗的失败》一文，他的文章涉及一些同样的问题，只不过是在当代诗歌阐释的更大背景下展开论述的。[1] 我与罗吉伟的观点在很多方面是平行的，无论是在希望与失败相互交织的主题上，还是在诗歌意义方面。

在探讨杜甫诗歌的成功这个问题时，我侧重于安史之乱（755—763）后"家"（home）的观念和重要性。我的总体看法是：杜诗中建立并安放家园感的姿态，实际上是试图在帝国和王朝创伤的语境之外寻找意义，甚至是（或特别是）在日常中寻找意义；"日常"（ordinary）概念，借自斯坦利·卡维尔（Stanley Cavell），本章还会反复回到这个概念上来。[2] 对杜甫来说，成功的希望往往

---

[1] 罗吉伟详细讨论了作为现代抒情诗中心主题的失败问题（以及杜甫如何体现出类似的意识），见 Paul Rouzer, "Du Fu and the Failure of Lyric," *Chinese Literature: Essays, Articles, Reviews* 33 (2011): 27-53。

[2] 卡维尔在其著作中讨论了"日常"概念。要了解他的观点，我们或可从 *Must We Mean What We Say? A Book of Essays* (Cambridge: Cambridge University Press, 1976) 一书的同题文章以及他的另一部论著 *In Quest of the Ordinary: Lines of Skepticism and Romanticism* (Albuquerque, NM: Living Batch Press, 1989) 入手。对卡维尔思想的出色概述，还可参阅 Charles Petersen, "Must We Mean What We Say? On Stanley Cavell," *n+1*, February 11, 2013, https://nplusonemag.com/online-only/online-only/must-we-mean-what-we-say/。

被他的失败感冲淡,即便声称要战胜自己的处境,他也会以反讽的认知来削弱自己的胜利,或是通过把个人的失败本身作为诗歌主题而回到失望场景。尽管有这些失败、不确定性和对自我误判(self-misprision)的承认,但希望仍在。这样一来,杜甫本质上就是以一个反讽读者的身份抵达他诗歌的力量,这个反讽的读者可能会欣赏李白(701—762)这样的诗人张扬的自我想象,却扮演不了李白所扮演的角色,至少,不能没有距离感和自觉意识地扮演。

尽管如此,对杜甫来说,家的观念代表了一种希望,即失败后——或更准确地说,尽管有失败——也可能有某种形式的诗歌成功。家,通常被视为我们记忆中的一个固定地点,一个怀旧的场所,或者说,唯一怀旧的场所,在那里,我们的过去被构建,我们的现在被理解。我们一生中有很多个家,寻找并建立一个家的行为贯穿了我们的一生。纵观杜诗,始终有一种对家的渴望,这种渴望在唐帝国濒临崩溃后随着他四处漂泊变得更加明显。我们很难抛开安史之乱及其余波来谈论杜甫,他是作为见证唐王朝危机的诗人出现在文学史记忆中的。但他也是能以日常作为诗歌素材的诗人,对家的渴望,归根结底是希望回归日常,回归重大事件创伤之前和之后的生活感。

我们先来看杜甫的这首《不归》。诗歌背景是叛乱时期,诗人通过对死去堂弟的回忆来看待叛乱悲剧:

壹 重建家园:杜甫和诗歌的成功

不归[1]

河间尚征伐,汝骨在空城。
从弟人皆有,终身恨不平。
数金怜俊迈,总角爱聪明。
面上三年土,春风草又生。

诗歌首行中的"征伐",指官军收复落入安禄山叛军之手的洛阳。但第二行,杜甫随即就改变了关注重心,从帝国命运转向已故堂弟的命运,开始以贯穿诗歌其余部分的呼语(apostrophic address),哀叹空城中堂弟的骸骨。第三联,杜甫以至今萦绕于心的两个记忆细节召唤堂弟现身,这些记忆只对杜甫才有意义。堂弟数钱快捷和他小时候的聪慧,都是日常的时刻,这些时刻本可能被人遗忘,现在却被悲剧转化为杜甫自身因战争而丧失(loss)的意象。诗歌结尾,杜甫承认堂弟已死被葬这个无法否认的事实,还描写了四季的无情更替,春回大地,植物在死者的尸体上生长。春季更生所体现出来的冷漠,揭示了终极反讽:四季年年回归,堂弟却再也回不来了。

尽管如此,至少在诗歌空间里,杜甫还是能以呼语的姿态召唤堂弟到场。在古典修辞学的法庭辩论语境下,昆体良(Quintilian)把"呼语"(apostrophe)定义为"转

---

[1]《杜诗详注》,第511页;Stephen Owen, *The Poetry of Du Fu*, vol. 2, 70-71。

身不看陪审团",意思是辩论时转而对着法官以外的人言说(法官是预期的接收者)。[1] 不过,这层意思在当代批评中发生了变化,指转身对其他人言说,这些人可能在场,也可能不在场,还有可能是死者或非实体。[2] 在这个比较新的语境下,呼语可以指定一类修辞用语(rhetorical tropes),它们在面临人的局限性时赋予诗歌语言以特权,其中最突出者可能要数 *deisis*(祈祷),即对神灵的诗歌召唤(如为了获得灵感等)。故此,使用呼语的时刻,也是诗歌社交的时刻,因为呼语脱离诗歌话语而召唤一个"你"(you/Thou),呼唤缺席者,并试图用另一种存在来填补缺席,这另一种存在诞生于诗歌,在说话人**转身**(turning *away*)的那一刻做出**转向**(turning *toward*)的姿态。

但呼语是有限的,因为它只有一种能够成功的方式:

---

[1] Quintilian, *The Orator's Education* (Cambridge, MA: Harvard University Press, 2002), ed. and trans. Donald Russell, 4.1.63, 9.1.17.(译者按:此为原书分部方法的数字)

[2] J. Douglas Kneale 对古典及后古典语境下的呼语的研究很有用,同时也对其在后结构批评中的运用问题提出了异议。见 J. Douglas Kneale, "Romantic Aversions: Apostrophe Reconsidered," *Mind in Creation: Essays on English Romantic Literature in Honour of Ross G. Woodman* (Montreal: McGill-Queen's University Press, 1992), ed. by J. Douglas Kneale, 91–105。Kneale 此文是对 Jonathan Culler 所著 *The Pursuit of Signs: Semiotics, Literature, Deconstruction* (Ithaca, NY: Cornell University Press, 1981) 中呼语一章的回应。另见 Barbara Johnson, "Apostrophe, Animation, Abortion," in *A World of Difference* (Baltimore: Johns Hopkins University Press, 1988), 184–199;以及 Paul J. Alpers, "Apostrophe and the Rhetoric of Renaissance Lyric," *Representations* 122, no. 1 (2013 Spring): 1–22。

它只在接收者不在场时发声。如果只在明知对方不在场的情况下对这个缺席的对方说话，那么，呼语在对说话人来说可能很重要的所有其他方面就都失败了，不能不失败。只有当"汝"变成了物，只是骸骨，被距离和灾难隔开时，杜甫才能呼唤"汝骨"。而且，由于杜甫是对着"汝"不在场的骸骨说话，他的呼语就有了另一个面向：当我们在诗歌或哲学中谈论骸骨时，我们谈论的就不仅是痕迹和残留物，还有社会世界背后不可避免的真相。杜甫堂弟之骨，标志着诗歌想象的局限，因为不管诗人如何赋予死去的他者以形状和声音，"骨"的物性（thingness），其奇诡的他异性（uncanny otherness），始终都抗拒并否定人类社会的努力。这样一来，这里就出现了第二层的距离。杜甫对着骸骨说话时，是在对着本身不在场的痕迹说话，他必须先要通过呼语召唤痕迹现身，它们才能被视为痕迹。但诗人的致辞得不到回应。就像（不在场的）"空城"一样，"骨"不过是永久丧失的（不在场的）残留标志而已。就算诗歌姿态能够成功——成功地召唤痕迹出现在诗歌的自我面前，这种姿态也必定失败，骸骨不可能死而复生。

　　诗歌标题"不归"通过不可能性——诗人死去的堂弟再也回不来了——表达了对家的关注。但家不是指我们居住的特定建筑物，而是社会空间的一种特殊变体：在家这个地界内，自我可以转向他人，他人也可以做出同样回应。转向珍贵的记忆，强调的是空间的亲密性，在其他人很可能注意不到的日常要素中,保存另一个人对于自我的私人意义。可以说,杜甫设法勾勒了一般动作的"归"与投靠或寻找的"家"的关系。杜甫拈出两段记忆,捕捉亲密日常,家的轮廓就此浮现出来。归根结底,家的观念一定程度上是由日常感构建而成的,是从诗歌经验的高度感性转向平凡得视而不见的熟悉性:就是"家常"(domestication)。家常,是社交,是对他人生活的沉浸,没有惊奇或震惊,只是在共享空间舒适通行。斯坦利·卡维尔在《衰退复衰退》(Declining Decline)一文中主张,当维特根斯坦《哲学研究》(Philosophical Investigations)强调语言应从形而上学的抽象领域回归日常用法时,就是把日常等同于家的观念。[1]但显然,只有流亡时我们才意识得到家的存在,在家时我们就会立即忘记这一点,把我们的舒适视为无聊。正是以这种方式,杜甫在失去家园时才第一次体会到家的意味,只能在诗歌诉求中触及家的熟悉质感。

杜甫中后期的诗歌创作,家的问题占了很大比重,构成了一种流亡的文学地形学(literary topography)。他这个主题的诗作数量众多,既有不少田园诗,如关于成都草堂的多首诗歌,也有描写丧失的诗歌,如那些以漂泊为主题的诗歌。最著名的是组诗《秋兴八首》,杜甫的诗歌

---

[1] Stanley Cavell, *This New yet Unapproachable America: Lectures after Emerson after Wittgenstein* (Albuquerque, NM: Living Batch Press, 1989), 66.

视野在历史的和想象的风景与漂泊旅人途经的实际地点之间来回切换。[1]诗歌游历以及杜甫自身流亡体验的"起兴",表现为家的丧失,如组诗第四首结句所言:"故国平居有所思。"[2]"平居",宇文所安译为 the life I used to have(我过去的生活),但杜甫也指的是居住(dwelling/inhabiting)在一个丧失了日常感的空间,这个空间在叛乱后开始指代他的"故国"。这里,他对故里的姿态,采用了呼语的姿态,没有接收者,因为他转向的是再也不可能的那个空间和那种生活。诗人不是提及他人(或曾经活着的他人的痕迹),而是提及他渴望但知道自己再也无法拥有的过去的一个具体地点。

"居"(开始在一个地方安定下来),就是建立一个"家"。"故国"指的就是这样的一个家,只不过这是一个想象的空间和社区,不是精确的地理位置。它不是现代国家(nation-state)的政治空间,而是介于政治"祖国"(homeland)与"故里"(home-land,建立家园的真正土地)之间,在"故国",我们既可以想到国家秩序,又有对家庭空间的记忆。但是,家的概念比"故国"要丰富得多。在19世纪的美国,爱默生会这样写道:"我知道我在城市、在农场里与之交谈的世界并不是我所思想的那个世

---

[1]《杜诗详注》,第1484—1499页;Stephen Owen, *The Poetry of Du Fu*, vol. 4, 352-361。

[2]《杜诗详注》,第1489页;Stephen Owen, *The Poetry of Du Fu*, vol. 4, 354-355。

界。"[1] 爱默生没有明确谈及家的观念，但杰弗里·哈特曼（Geoffrey H. Hartman）让这种间接回应变得明确起来，他说："我们生来就是异类，来到一个最多只是寄养家庭或替代天堂的世界。"[2] 家是超越这个世界局限性的所在，是一个我们的希望可以变成现实的领域。从这个意义上说，杜甫对家的姿态，就成了安家的努力，是承认现实的残酷事实并试图加以克服的祈愿性述说。

要讨论杜诗中家的问题，我们还应了解杜甫游历的经过和行程。组诗《秋兴八首》作于杜甫晚年的766至768年间，当时他在夔州找到了一个短暂的庇护所。[3] 不过，此前也有一段相对平和、幸福的时期，即著名的成都时期，又称草堂时期。从《卜居》到《堂成》等系列诗作，成了诗人诗意地宣示自己安家的见证。[4] 例如，他在《为农》中这样写道："卜宅从兹老，为农去国赊。"[5] 这里，和诗人陶潜（365？—427）一样，杜甫扮演的是乡下人角色，角色人格（selfhood）是通过拒绝政治主体

---

[1] Ralph Waldo Emerson, "Experience," 266.
[2] Geoffrey H. Hartman, "Wordsworth Revisited," in *The Unremarkable Wordsworth* (Minneapolis: University of Minnesota Press, 1987), 16.
[3] 杜甫的夔州时期，见 David R. McCraw, *Du Fu's Laments from the South* (Honolulu: University of Hawai'i Press, 1992), 41-60。
[4] 《卜居》，见《杜诗详注》，第729—730页；Stephen Owen, *The Poetry of Du Fu*, vol. 2, 290-291。《堂成》，见《杜诗详注》，第735—736页；Stephen Owen, *The Poetry of DuFu*, vol. 2, 296-297。
[5] 《杜诗详注》，第739—740页；Stephen Owen, *The Poetry of Du Fu*, vol. 2, 300-301。

性（subjecthood）而树立起来的。我们在《秋兴八首》中所见的政治忠诚和政治热忱，这里则表现为主体性的偏离：诗人不是与政治体（body politic，国家和公共社会）结盟，而是与个体身体（individual body，个人欲望）结盟。但是，我们不能不注意到社会是如何制约这种个人选择的；毕竟，这不是杜甫所能做的私人选择。简单宣示自己的私人身份是不够的，还必须从身体上把自己移至国家的地理边缘。这么做，诗人不是挑战了而是肯定了国家霸权。

尽管如此，在诗歌宣示（poetic claim）的层面上，杜甫试图在家的观念内重塑一种显系非政治、非社会的表述。诗歌姿态的生成，可能是出于一个与世隔绝的诗意阐述的处所，为了对比而面向社会（有时是京城，有时是其他城市或村庄），但这些都是消极之言，是殊异（difference）之思。大多数时候，诗人只述说自己对独处的思考，以及从中可能得到的愉悦。明乎此，我们就不得不说，他这几年的诗歌是简单的快乐，是对陶潜遁世之忧的回应。组诗《屏迹三首》清楚描绘了家的可能样子：

屏迹三首[1]

其一

衰颜甘屏迹，幽事供高卧。

---

[1]《杜诗详注》，第882—883页；Stephen Owen, *The Poetry of Du Fu*, vol. 3, 94-97。

鸟下竹根行，龟开萍叶过。
年荒酒价乏，日并园蔬课。
犹酌甘泉歌，歌长击樽破。

其二
用拙存吾道，幽居近物情。
桑麻深雨露，燕雀半生成。
村鼓时时急，渔舟个个轻。
杖藜从白首，心迹喜双清。

其三
晚起家何事，无营地转幽。
竹光团野色，舍影漾江流。
失学从儿懒，长贫任妇愁。
百年浑得醉，一月不梳头。

这三首诗的每一首，都把家的观念——包括"家""卧""居""舍"——与"幽"（hiddenness）结合在一起。杜甫所能想象的家，只能是一个既没有其他人，又隐迹于整个社会的空间：这个家是由"幽"定义的。幽隐的观念，从《易经》及阐述其大义的《系辞传》中的一般概念开始，到老子《道德经》和相关隐士传说的展开，再到法家对国家的论述，在中国哲学思想中有着丰富、复杂的历史。[1]对《庄子》中的盗跖、渔父等人来说,隐居提供了逃离政治危险和社会牵绊的喘息机会。文学作品中的"幽",通常等同于《庄子》中的这种隐居(如前引杜甫《为农》所写的模式),尽管杜甫没有给"幽居"注入哲学传统的政治复杂性,但我们确实能够看出其对政治的某种关注。

这三首诗的每一首,都以田园诗般的宣示作为开篇:"衰颜甘屏迹,幽事供高卧""用拙存吾道,幽居近物情""晚起家何事,无营地转幽"。每首诗第一联谈到的这个"幽",等同于平和的乡村生活。诗人甚至还直接指涉陶潜,借用后者爱用的自我形容:"拙"。这些诗句看起来写的是空闲日子,诗人起床不必看时间,诗歌意识中见不到、听不到任何劳作。最后一首诗最有田园气息,其首联中的平和景象变成了一种消极的通感(synesthesia),寂静(无声)变成了无形(看不见)。

每首诗的第二联,都从诗人自身的境况转向他周围的风景;这里,诗人赋予周围的世界以秩序,让一种地方感浮现出来:"鸟下竹根行,龟开萍叶过""桑麻深雨露,燕雀半生成""竹光团野色,舍影漾江流"。又是第三首,我们看到了最有兴味的观察,它探究了光与视觉在如画般风景中的互动。从光滑竹面上的反光,到屋舍在粼粼江水上

---

[1] 近年来对中国文化中的隐逸思想的研究,见 Paula Varsano ed., *The Rhetoric of Hiddenness in Traditional Chinese Culture* (Albany: State University of New York Press, 2016)。

的倒影，我们发现，"光"变成了"色"，再反射出"影"。

诗人的家始终没有直接出现在诗歌场景里，但通过转向自然界的光以及光的戏法，诗人得以一瞥幽隐的居所，这样我们才因江水上的倒影看见了他的屋舍。隐藏的事物，必定是不能直接领会的，像这样间接描写屋舍，是诗人确认其幽隐性同时又不毁坏它的一种方式。我们明知隐藏的事物就在那里，但我们也还是需要借助因果的转喻逻辑来证明它的存在。因此，我们寻找的不是事物本身——因为我们明白永远也找不到——而是它的符号、表征、隐喻、标志、痕迹和轨迹。我们知道，杜甫这里以"幽居"指代草堂，对居所的性质做出了特殊的诗歌宣示。虽然我们曾在其他诗作中看到了对居所的描写，但《屏迹三首》以其隐迹意识，延宕了对居所的呈现，聚焦于刻意而为的不在场，聚焦于被否认的事物。从这个意义上说，居所和骸骨并无二致，它们都隐于人的视线、隐于社会，被诗歌描写召唤现身。

贯穿《屏迹三首》的另一个突出主题是社会、经济贫困。每首诗的第三联，诗人都提到了这个幽灵："年荒酒价乏，日并园蔬课""村鼓时时急，渔舟个个轻""失学从儿懒，长贫任妇愁"。他的隐居地，不可能完全隔断、屏蔽对外部社会领域的感知。诗人谈到了自己的贫穷困苦，谈到了乡间的娱乐（"村鼓"）、邻居的贫穷（空空的渔舟）、家人的流离失所（儿子"失学"）。现实戳穿了诗歌构建的家园，诗人承认想象不能彻底成功地重铸现实。

尽管如此，我还是想指出看待经济状况侵蚀诗意田园的另一种角度。加斯东·巴什拉（Gaston Bachelard）《空间的诗学》在谈到隐士小屋时，他描绘的是一种基于特定文化框架的人神关系，但他也提到了杜甫的隐逸观与犹太—基督教的隐逸观所共有的一个要素：

> 隐士在上帝面前是孤独的。因此，他的小屋是修道院的对立面。这里，集中的孤独辐射着一个冥想和祷告的世界，一个宇宙之外的宇宙。小屋不能接受"这个世界"的任何财富。它拥有赤贫的幸福；实际上，它是贫穷的荣耀之一。越是穷困，我们就越接近绝对的庇护。[1]

杜甫通常不被视为神性诗人，即便诉诸神灵（或有神性的凡人或建筑物），他也坚定地拒绝进入 ekstasis（狂喜，其本意是"离出自我"）状态。但是，无论是巴什拉对隐士小屋的描述，还是杜甫的相关描述，我们都可看出对隐逸和贫困的关注。巴什拉说得很直白：正是贫困境况为隐士创造了庇护的力量。也就是说，虽然隐士生活于赤贫状态，但因为他的贫困而有可能得到绝对的庇护。隐士的经济状况，即他的匮乏，让他隐于这个世界，把他的生命留给另

---

[1] Gaston Bachelard, *The Poetics of Space*, trans. Maria Jolas (Boston: Beacon Press, 1969), 32.

一个世界。把杜甫从这个世界上隐藏起来的，也是这种贫困，体现为"屏迹"。诗人清空了自己世界上的人和社会关系，这么做的同时，他也压缩了自己和家人的生存空间。没有社会，就没有社会上升的希望，所以儿子辍了学。他对劳作或生计问题毫不关心，所以只有妻子独立支撑这个家。尽管有这样的苦难，贫穷却反讽地让杜甫和他的家人得以避开逼近他田园生活的战火；没有社会，像杜甫这样的人就变得无足轻重，也就安全无虞。杜甫构建的是一个改造过的田园，诗人—隐士话语的乌托邦主题与他的赤贫现实在这里交织在一起。

《屏迹三首》中的隐居和贫困相互指代，缺一不可。这样一来，家的观念，就势必在某种程度上既包含了幽居所带来的安逸感，又包含了痛苦的贫困境况。每首诗的最后一联，我们可以看到杜甫如何化解他的处境，找到平和感，哪怕只是片刻的平和："犹酌甘泉歌，歌长击樽破""杖藜从白首，心迹喜双清""百年浑得醉，一月不梳头"。第一首诗结尾的解决之道大概只持续了一杯酒和一首歌的时间（然后酒杯被击破，欢愉消失了）；第二首诗的结尾指向一个更长的时段，老年（"白首"），诗人满足于自己的命运；最后一首诗的尾联指向未来，诗人希望自己能够维持这种快乐，不管是一个月还是一百年。

成都草堂是杜甫的居所，这个安全的居所成了杜甫的家，但我们应该记住的是，这是第二个家，有强烈的从属性。它不是故里，在故里，所有的伤口都能愈合，丧失都能得到补偿，但同时也萦绕着对伤口和丧失的记忆。而且，我们只有在被逐出家门后才会想家。南非荷兰语诗人、前政治犯布莱滕·布莱滕巴赫（Breyten Breytenbach）这样写道：

> 起初有炉灶，祖先的火，你是火苗的土生子。你属于那里，所以它属于你。接着是流亡、断裂、贫困、启动、伤害——我想——这让人有可能看得更深，让人模仿思想而进入意识。现在你再也不能完全放松腹部肌肉了。……从今以后，你无处为家，故此处处是家。[1]

如果我们没有家，既然身在这个世界上，我们就必须想办法让这个世界变成一个家，一个我们可以居住的地方。诗歌成了我们试图为自己、为社会赎回失去的祖产的手段，诗歌姿态为我们开辟了一个超越并克服我们目前境况的通道。但当我们来到一个我们称之为家的地方时，我们是在耽延（belatedness）的阴影下这么做的。朝向家的姿态永远不会让我们回到未分化或纯真的原初状态，但别无选择时我们只能这么做。我们可怜地居住在我们的自我和房子里，满是苦痛经历。第二个家——我们所知的唯一的一个

---

[1] Breyten Breytenbach, "The Long March from Hearth to Heart," *Social Research* 58, no. 1 (1991 Spring): 74.

家——总是贫穷的家,也是庇护的家。

尽管如此,身为可怜的人类,仍有一定程度的希望不容放过。当我们建造房子并称之为家时,我们就为自己在这个世界上圈出了一个我们有可能返回的地方。称之为家,就让我们、允许我们有了返回的可能性。正如布莱滕巴赫所言:"从今以后,你无处为家,故此处处是家。"又如杜甫的应酬诗《陪王侍御宴通泉东山野亭》尾联所言:"狂歌过于胜,得醉即为家。"[1]在把一个陌生的地方称为家的那一刻,我们就有了返回的这种可能性,哪怕明知诗歌姿态在那一刻之后难以为继,它也成功了。

下面来看本章所要讨论的最后一首诗:

春归[2]

苔径临江竹,茅檐覆地花。
别来频甲子,倏忽又春华。
倚杖看孤石,倾壶就浅沙。
远鸥浮水静,轻燕受风斜。
世路虽多梗,吾生亦有涯。
此身醒复醉,乘兴即为家。

---

[1]《杜诗详注》,第963页;Stephen Owen, *The Poetry of Du Fu*, vol. 3, 180–181。

[2]《杜诗详注》,第1110—1111页;Stephen Owen, *The Poetry of Du Fu*, vol. 3, 348–349。

诗歌中有一种悲伤，表现为时间的流逝和诗人凝视成都这个家时所见的孤独景象。仇兆鳌（1638—1717）把这首诗系于广德二年（764），认为作于杜甫外出会见新任府尹严武（726—765）后返回成都时。诗人原本打算沿着西汉水游览洞庭湖，但因社会义务而未能成行。世事大多如此，隐居伴随着社会、经济匮乏，所以，一有社交场合，隐居的说法就被抛之脑后了。隐者隐居的诗意愿景，现在让位于一种不同的、复杂得多的家的观念。

诗歌以对句开篇，描写诗人归家后所见景象，人的痕迹被自然湮没，仿佛又回到了荒野："苔径临江竹，茅檐覆地花"，小路上青苔丛生，掩映着江边的竹子；茅屋的屋檐下，诗人看不到任何人，只有满地落花。诗人是在某个季节、某个时间点离开的，现在他惊讶地发现自己离家期间时间的流逝，发现他的家对他的缺席漠不关心。这里显然也没有其他人，诗人在"浅沙"上凝视"孤石"也强化了这种感觉。就在我们期待随后可能会读到一种不同的诗歌时，诗人却通过转向"远鸥"和"轻燕"恢复了宁静感，它们是这里唯一有动静的生物。也就是说，"看孤石"并没有使诗歌陷入哀伤，潜在的痛苦被飞鸟的宁静所抵消。

抒情洞察的时刻让诗人从远景回到他的自我，再一次，在我们以为诗歌会转向痛苦时，诗人却出人意料地一扫沉郁："世路虽多梗，吾生亦有涯。此身醒复醉，乘兴即为家。"倒数第二联不仅承认时代——一个社会混乱、动荡的时代——的局限性,也承认居住在这个有限的、梗阻的时代中的凡夫俗子的局限性。这是诗人面临的双重局限,大局限中有小局限:公共生活,他不能高升,不能摆脱自己的贫困;私人生活,他克服不了死亡。我们在杜甫居于其中的乡隐(《为农》)、隐士(《屏迹三首》)角色中所见的主体性的偏离,现在却显明为诗歌游戏,只是戏法而已。不管是逃隐社会,还是逃隐死亡,都不可能在诗歌姿态中绝对获胜。诗人声称要隐居,要居于自己的角色,但始终没有得到补偿。这是诗人哀伤的顶点,因为他彻底承认失败,让我们看到了最伤感的时刻。不过,也正是在这一刻,诗人从自己的痛苦转向了淡淡的沉思,沉思自己生活的醒与醉,醒复醉、醉复醒贯穿了他的一生。公与私,悲与欢,苦与乐,这些两极的无数次平衡大概都可以表现为简单的"醒复醉"。我不认为杜甫意在把他自己的生活描绘为在这些两极之间来回冲撞,而是意在表明他自己生活的范围,就此,他拈出了醒与醉这两种简单的家居日常状况。

结句以一种优美的姿态结束全诗,不是把家等同于幸福、安全或恢复原状,而是等同于"兴"。"乘兴"(宇文所安译作 I follow my whim)一词,没有严肃认真的意味,因为"兴"是相对于思虑、算计的另一种选择。这里,杜甫用的是王徽之(338—386)的故事。这是 5 世纪笔记小说《世说新语》中的一则著名逸事,王徽之通宵赶路拜访友人，失去访友的心情后就打道回府。[1]和王徽之一样，杜甫也声称要乘兴而为、随心所欲。这里，我们再次想到了布莱滕巴赫所说的："从今以后，你无处为家，故此处处是家。"家是诗人在最初失去家园后必须要认领（claim）的一个地方；只有在机缘巧合发现它的地方，诗人才能找到它。如此承认机遇和命运，诗人向我们坦白，他不是凭意志力把幸福强加给自己。家从来都不能靠"狂歌"来维持，那是诉诸冷漠的怪癖或夸张的想象。安家更像是机缘巧合，不是靠强力意志，而是在一个地方安定下来，允许事情保持原样。强行安家，就像强行写诗一样，只意味着一种残破的成功。杜甫《江亭》中的这一联就是如此，当时杜甫不能归家，只能在诗中寻找安慰："故林归未得，排闷强裁诗。"[2]如此写诗，注定难产，这种痛苦可见于意识到回家的不可能，也可见于裁诗的窘促困境。就像杜甫声称要以"狂歌"的姿态找到一个家一样，我们也不太相信他这里的"强裁诗"能够获得诗歌的成功。但是，为什么他"乘兴"为家的说法就显得有说服力呢？我们又该如何衡量诗歌的成功呢？

这里，我想试着给出一个答案：杜甫《春归》的成功，与他在同这个世界直接达成和解以前对失败、局限性的承

---

[1] 见徐震堮：《世说新语校笺》（北京：中华书局，1984），卷二十三，第408页。
[2] 《杜诗详注》，第800-801页；Stephen Owen, *The Poetry of Du Fu*, vol. 3, 6-7。

认有关。正是诗歌最后四行，让我们见证了诗人的能力，他在发现失败不可避免后还能有所成功，从而在经验中努力获得比不受挑战的成功更好的成功。尽管艾伦·格罗斯曼会说诗歌的成功最终意味着让我们超越必死境况，但在我看来，杜甫更令人信服的地方在于他质朴和日常的希望，希望与这个世界和解，从而找到家的感觉。对杜甫来说，个体的诗歌主张或姿态很重要，也很有意义，因为它们表明诗人在不断权衡主张与自我认知之间的距离，这种调适能让他找到平和，哪怕只是暂时的。对诗人来说，剩下的事情就是他如何与这种反讽的认知进行协商，这种认知不是某种绝对或终极意义上的对失败的认知，而是一种智慧，只要通过体验必然性和局限性，通过诗人自己坚持再试一次，就能有所拯救。

（刘倩 译）

贰

诗的"想通":论《解闷十二首》

宇文所安

"通过诗歌进行思考"("thinking through poetry")也许会让人想到海德格尔的"诗歌思想",不过所谓的诗歌思想,对于一个文学学者来说,最终只沦为一个哲学家利用诗歌之赐予进行的思考,一个把大写的"诗歌"视为某种接近于"存在"的神秘语言的模糊主张。我选择"想通"(thinking through)这个词,来避免这一联想,来指谓完全不同的东西:我要谈的,是诗歌的联想与联类的自由,是如何使得诗人做到在同时期的散体文字写作中几乎完全不可能做到的对有序的再现(representations of order)。在我们下面阅读的组诗里,诗歌不仅形塑了思考的过程,而且成为了思考的对象,因此,"想通"在这里有两层意思。[1] 重点不在于最后的产品——"思想",而在于过程,这个过程由唐代指导骈体写作的类型概念词语来支持。杜

---

[1] 译者按:"thinking through poetry"在英文中一方面可以理解为"通过诗歌(through poetry)进行思考",另一方面可以把诗歌(poetry)作为"想通"(thinking through)的对象。

甫的"不同"之处,在于用相互重叠交叉的对仗概念词语的复杂性,把诗人引入真正全新的领域。

这里的前提是,"思想"不是一个抽象无形的普遍性存在,像数学那样的东西,而是发生在具有历史性的语言里,并通过具有历史性的语言才得以成形。不仅如此,这个历史性的语言里还使用着一系列的程序,"思想"发生在这些程序中并通过这些程序成形。当你对某种语言产生历史性的理解,你就会很容易看到一个暗喻如何被重复多次,直到它变成它的"引申义",最终变成一个"概念"(idea),对它的起源仅剩下最模糊的记忆。所有这些都不是什么新闻,这是尼采的见解,其后经过整个20世纪对语言的思考而得到加强。对此很难有人提出反驳。

当曾经一度非常大胆的语言冒险,无论是因为语言发生了变化,还是因为人们从外部审视这一语言,逐渐显得好像是漫无边际的跑题的时候,上述的情形就再次变得意味深长。这时候,我们就需要严肃对待诗人手头所有的"概念词语",需要看到他的程序不是纯粹的奇想,而是具有某种秩序的,带着思想性的重量。

在著名的《丹青引赠曹将军霸》一诗里,杜甫开篇即指明宫廷画家曹霸的家世:"将军魏武之子孙。"[1]他的祖先,曹操,既有风流文采,又有武功霸业。其风流文采的一面,如今保存在曹霸身上——尽管他的官位是"将军",一个荣

---

[1]《杜诗详注》,第1147—1148页。

誉性的武官头衔。在杜诗的语境里，这个武官头衔变得非常具有反讽性。下面，诗谈到曹霸早年从皇帝那里得到的一个重要任务：玄宗命他修复装点凌烟阁的开国功臣的画像。我们在诗里看到，曾经一度活跃于国家政治舞台的文武元勋，如今被他们的图画再现取代，这和当年文治武功赫赫并称的活跃的太宗皇帝现在被他的后代——只关心肖像的玄宗皇帝——取代，构成了绝妙的对应。而画像的修复者不是别人，正是中国历史上最活跃的将军之一的画家后裔。这一切都并非偶然：诗人以诗篇接受者的家世开头，貌似是一个传统的手势，但实际上开启了一个引导全诗行进的程序：文和武的交织互动，以及片面的遗产、片面的继承。

在修复功臣肖像之后，我们看到曹霸的下一个任务，这也是他宫廷画家生涯的顶峰：为玄宗心爱的御马玉花骢画像。在画像完成之后，皇帝对画马的喜爱甚至超过了对真马的喜爱——是画马，而不是庭中的真马，被诗人以其本名指称："玉花却在御榻上。"我们在这里看到一个十分特别的现象。诗写在安史之乱爆发、有效中央政府的分崩离析之后，诗中描摹勾勒出来的模式，其重要意义不容忽视。在各种规模不同的层面上发生的继承，都关系到"文"，文化价值和成就，代替"武"，活跃的军事价值。在玄宗的心目中，真马被画马取代。诗人唯恐我们忽略通篇所致力刻画的模式，随即转向曹霸的弟子，韩干：曹霸画马，可以既画肉，又画骨，但是韩干却"画肉不画骨"。肉是表面化的，是"文"的层面；但缺失的是骨，内在的刚劲力量，只时隐时现于表面上。在家世谱系中，一个人只继承到先辈的一半品质。

这种思考家世的方式也许很悲观，不令人悦服，但这是对王朝大事做出思考的一种方式：为什么玄宗充满了戏剧化的辉煌统治，遭受到如此惨痛、如此彻底的失败。我们不必非得同意杜甫的结论，但是我想论证，这的确是思考：在历史中看到一个概念化的模式（conceptual pattern），在多种不同的参照系里证实它。诗人没有明确宣称，但在上下文语境里清楚显现出来的，是那个活跃的世界侵入并且摧毁了那些热爱再现（representations）的人。

这些程序在律诗里格外清晰，而在组诗里可以变得错综复杂。这是中国诗歌形式批评的主要构成物，譬如17世纪的评论家黄生的诗评。《秋兴八首》的读者绝不会注意不到由一系列对立所构成的模式：远与近，彼与此，过去与现在，天上与人间。在这些对立之上，诗人建造起反复出现的形式，为这幅壁挂织毯赋予连贯性和一致性：枫树上的玉露，青铜仙人的承露盘，莲房上的露水；暮色渐浓的白帝城上听到的捣衣声，关塞外的战鼓声；等等等等。

在《秋兴八首》里，程序都是显而易见的，我们也完全沉浸在整体的厚密之中。在诗人同期所写的其他诗里，程序可以是相同的，却不那么明显。我想要在本文中讨论

贰 诗的"想通":论《解闷十二首》

的是另外一组诗:《解闷十二首》。[1]这些诗似乎分成一系列表面看来毫不相关的组合,但是这些组合之间存在着太多的链接和平行,因此显然有一个联想的程序在运作,如果我们把这些诗和分析解说的基本"词语"结合起来看,程序就会清晰地呈现在眼前。这些词语非常一般和普遍,而且,我们不得不把在口语里断裂分解为不同意义的词语重新"拴系"在一起。在《秋兴八首》里,我们可以轻而易举地看到,"远"既指时间,也指空间:对于身在夔州的诗人来说,长安在空间和时间上都很"远"。这些概念很宽泛,但是它们邀请诗人把表面看来毫不相干的现象组合在一起,在这一程序中,揭示出一种在习惯思维里被隐藏起来的基本的连贯性。

可以很容易看出,这样的简单的范畴,像"远"和"近",如何附着于有意思的问题,像帝国和地方。怎样在帝国行远而"通",和那些只属于地方的东西正好相反,比如一条鱼,或者一枚水果。

这里应该简单地讨论一下诗题"解闷"。诗篇的内容到底如何帮诗人"解闷"并不清楚。杜甫常宣称用诗来排遣各种各样的不愉快,不过他似乎总是在借用写诗本身作为排遣的手段,而不是借用诗的内容。这里,他的不快有一种特别的形式,"闷",翻译成 blues,值得做出一点解释。

---

[1] 参见《杜诗详注》,第1511—1519页(下引不再出注); Stephen Owen, *The Poetry of Du Fu*, vol. 4, 368–375。

和更常见的词语比如"忧"不同,"闷"不能作为带宾语的动词。换句话说,是一种没有特定不快对象的心理状态。"愁"和"忧"都是对某样事物或情形感到悲哀和忧虑,就连"惆怅"都有针对性,可是"闷"没有可以轻易辨识的缘由,因此,"blues"。

杜甫以眼前的情景开始:一场暴风雨,一派田园风光。

其一

草阁柴扉星散居,浪翻江黑雨飞初。
山禽引子哺红果,溪女得钱留白鱼。

绝句建筑在诗歌再现的熟悉范畴上。诗中有陆地的图景(在夔州,陆地意味着"山"),也有溪流的图景,换言之,就是一幅山水图。第三、四句以"山禽"和"溪女"对举,重复强调这一对立。[1] 正如在绝句中常见的那样,第一、二句构成诗的"背景",第三、四句移向前景中的人物。在这里,第三、四句中的视觉性细节不仅呈现背景下的人物,而且是从一个远景移到近在眼前的细节,好像电影摄像镜头从一个广角镜头转向特写镜头。这样的特写镜头凝聚着诗的

---

[1] 王洙(997—1057)"宋本"和南宋郭知达本"女"皆作"友",宋本注一作"女"。《宋本杜工部集》(续古逸丛书本,上海:商务印书馆,1957),第290页;郭知达集注:《新刊校定集注杜诗》(上海:中华书局,1982),卷三十。后来的版本大多作"女"。下文将谈到,杜甫在写作这一绝句系列时,显然想到了孟浩然(689—740)《岘潭作》中的"美人骋金错",因此作"女"的可能性更大。

兴趣点：它们是引起诗人注意的东西。这里两句都描绘的是哺食的场面：一个场面具有直接性和即时性，属于自然界；另一个场面是经过中介的，被移置的，属于人类世界。

一般来说，一首绝句的三、四两句不必对仗，特别是一首七言绝句。杜甫却无法抗拒诱惑：对仗可以吸引读者的注意力。诗的最后一句令人惊讶。对偶原则使诗人可以径直以一种视觉的天真叙写他的眼中所见。他不说少女卖鱼，或者有人（也许是诗人自己）买鱼，他只是写出他看到的情景：她得到钱，她留下一条白鱼；而不是写出他从眼中之所见推测出来的东西。这句诗的趣味部分在于，在**我们**对交易的理解和它的纯粹视觉性的再现之间，存在着明显的差异。我们的知识使我们注意到人类世界和自然界之间的**差异**。

维持这一场面的纯粹视觉性还让我们注意到一个物件，而如果诗人只是说"溪女卖鱼"，这一物件就会隐形不见。除了这个物件之外，一切都是自然的、地方的，是眼前场景的一部分。只有一个物件自远方来，而且又将向远方去：这就是"钱"。如果你读过很多唐诗，你会发现"钱"一般来说是指形状圆圆的像铜钱一样的东西，榆叶或者苔藓，或是马身上的斑纹；只有在少数时候，"钱"才指"钱币"。但在这首诗里，我们看到唐诗中少见的情形："钱"用来指买卖交易中钱币的物质存在。[1]

---

[1] 在《空囊》一诗中杜甫也谈到"一钱"。见《杜诗详注》，第620页；Stephen Owen, *The Poetry of Du Fu*, vol. 2, 182-183。

钱是帝国的记号与象征；它四处流通，"通"这个字就直接刻在它身上。在很多方面，它定义了帝国。帝国的边地也许使用它，但是在帝国疆域以外它就不再是有流通价值的"通宝"了，而仅仅是一小片铜而已，它的价值是金属的价值。在帝国之内，钱币常常在获得食物和吃掉食物之间进行中介。"钱"意味着两样东西：在视觉世界里，也就是说诗人眼中所见的世界，它是一枚钱币，一个物件；同时，作为系统的一部分，它也有意义，在这种情形里，它的意义是"钱财"（money）。钱币通行整个帝国，它的意义四处皆然，哪怕货物的价格不同。

我是不是对这个简单的情景做出过度解读了呢？这对老杜来说是不是太复杂了？抑或他是在以自己独特的方式，思考一个同样的问题？也许，他以如此老粗的、如此缺乏诗意的方式使用"钱"这个字眼，让他自己都感到吃惊了，无论钱币的意象——在自然界的更为复杂的不对称中，那个圆圈和方眼堪称完美——从视觉上来说是多么令人满意。但是当我们继续往下看，就会发现，我们完全没有过度解读：

其二

商胡离别下扬州，忆上西陵故驿楼。

为问淮南米贵贱，老夫乘兴欲东游。

这首诗的地理远远超出了夔州，一直延伸到帝国腹心地带，给我们看到那些意味着帝国命脉的巨大运粮船和奔波四方的商人。它也从现时当下伸展开去，一直进入回忆的世界，也进入对未来的猜度与计划。商业，和碳水化合物变动起伏的价钱，都是显性话题。正如钱财从远方来，人也从远方来。这是唐朝：到处都是外国人。一个胡人，也许是扬州商人社群的波斯胡，在去扬州的江路上来到夔州。如果那里的米价比较贱的话，老杜自己也考虑去扬州。钱币、食物、人，都随着价格的浮动而流动：这就是帝国。或者，我们也许可以说，帝国只不过是一个系统，把多余的碳水化合物从一个地方迁移到另一个地方。唐王朝在经历了各种暴力、恶政、侵略和无数暴动起义之后仍旧岿然不动，只有在它的扬子江三角洲产粮基地和它的运输、分配系统被破坏之后才会真正毁灭。

正如第一首绝句的最后一行，"溪女得钱留白鱼"，既掩盖了商业交换，又唤起我们对它的注意，这里，杜甫幽默地隐藏起也暴露了他想要东游的动机。就像任何一个名士那样，他表示要"乘兴"出游。他的"兴"是被青年时代游玩西陵的回忆所激起的。[1] 但是名士从来不愁米价。老杜一方面戏谑地采取名士的潇洒态度，一方面又用非常

---

[1] 西陵或云在杭州，或云在会稽。在《杜诗说》中，黄生明智地指出很多地方都有西陵，这里最自然的解读应该是扬州的西陵。见萧涤非主编：《杜甫全集校注》，第九册，卷十七，第4943页。"乘兴"来自《世说新语》中王徽之的故事（参见本书第一章，第44—45页），但是在唐诗中这个词非常普遍，并不一定旨在引人联想《世说新语》的典故，只是表示一种潇洒风流的态度而已。

现实的考虑来抵消和削弱这种潇洒态度。其他诗人，比如李白和孟浩然，在帝国最富裕的区域遨游，干谒一个又一个主人时，总是全力扮演着风流名士的角色；老杜却提醒我们局限和资生所需。如果我们理解歌颂自由的诗歌话语实乃掩盖了谋生的必需，就可以更好地理解这一话语。

钱币感染了第一首诗的"自然"世界，我们进入一个帝国空间，一个钱币和碳水化合物携手远行的经济。回忆与米价引人出游，组诗也开始远行，转向杜甫对朋友和诗人的追忆，而他们最开始都是和食物相关联的。在组诗最后，我们又会回到食物在帝国中不完美的流通——不过在这一情形里，不是经久的大米，而是出现在第一首诗中的、易腐的山果，它属于地方，回避帝国。

在这些诗里，食物反复出现，哪怕只是作为一个名称。"名"是可以远行的东西，就像回忆一样。

其三

一辞故国十经秋，每见秋瓜忆故丘。
今日南湖采薇蕨，何人为觅郑瓜州。[1]

组诗逐渐扩大它的范围：从眼下的现时，到回忆中的时刻，到一个时段——他远离长安的第十年，大概那也是

---

[1] 论者对瓜州的所指有不同意见，或以为是离杜甫在长安的家不远的瓜洲村，或以为是唐代所置的瓜州。前者比较有说服力。洲、州在唐常可互换。

他最后一次见到他的朋友郑审。郑审曾经在京城担任秘书监，现在谪居于江陵。刺激回忆的是一只秋瓜，让他想起了瓜州，那是郑审目前所在之地。但是在江陵，他既没有吃到秋瓜，也没有淮南的米，而是在采摘薇蕨——贫者的食物。"通"是流通，也有仕宦亨通的意思：在京城做秘书监是"通"，贬谪到江陵是"塞"，被移置于帝国的地方上的边缘。那些被移置的人变成了采摘者和渔人。

其四

沈范早知何水部，曹刘不待薛郎中。
独当省署开文苑，兼泛沧浪学钓翁。

从一个并不特别以诗著称的老朋友，杜甫想到了诗人朋友。他想到的是薛璩（731年进士）。在时间上我们也回到更久远的过去，而且牵涉到识才的问题：一方面，是成功的事例——何逊得到沈约和范云的赏识；另一方面，是失败的事例——薛璩出生太晚，来不及得到最适合品题他的刘桢和曹植的褒扬。薛璩与何逊之间的联系，乍看起来就和郑审与秋瓜之间的联系一样，主观且任意：他们都曾在水部任职。但是，以标准化的称呼方式来说，他们确实拥有同样的名衔：何水部、薛水部。

通——流通之通与穷通之通——的话语里，我们看到一个不断扩大的帝国范围，一直延伸到过去，不仅运输大米，而且传送名字、故事和诗篇。这也包括那些关于流通和遭遇识才者的故事和诗篇：我们看到一个超越了时间的社群，就像下一首诗将要展示的那样。但是，这其中还是有郑审那样的失败不遇者，被送到帝国的边缘；在薛璩的情况里，他没有去采薇蕨，而是成了钓翁。他本来是在帝国的中心开始他的生涯的，那时他曾"开文苑"，建构一个文人的社群，但终于沦为另一个"狩猎采集者"，虽然不像郑审那么潦倒，而是过着自在无忧的生活。

薛璩在建安时代找到了与自己对等的作家，至于孟云卿（725—781），则把目光放在一个更久远的过去，通过诗歌来维持诗人的古老共同体。

其五

李陵苏武是吾师，孟子论文更不疑。
一饭未曾留俗客，数篇今见古人诗。

如果薛璩不能和建安诗人重新构成一个社区，那么社区在孟云卿对最早的古典诗人也是最遥远的流亡者的接受中复归了。李陵是公元前1世纪投降了匈奴的汉将，从此在故国疆域之外度过余生；苏武是被匈奴扣留的汉使，在近二十年后终于得到释放，在归汉之前和李陵诀别，至少在3世纪——可能还要更早——就流传着一组系在他们名下的五言诗。

对孟云卿来说，这些诗人，在八百年之后，仍是他的老师。食物再次出现，作为与他人分享的"一饭"，视客人的价值而定。但是和他的老师共同构成的社群却在孟云卿的集子里作为"古人诗"重现。李陵在被匈奴俘虏之后，汉武帝怀疑他的忠诚，下令处斩了他的全家；后来，武帝的继嗣昭帝邀请李陵重返汉朝，但李陵已无家可归。他终身困塞于匈奴，但帝国却成为他的诗篇得以流传后世的方式。

诗来自远方，在帝国流通。像钱币一样，它拥有价值，一种独特的价值。从他的朋友和熟悉的诗人，杜甫转向一位他从未谋面、只在诗篇里认识的诗人，并特别对这位诗人的一首特定的诗篇加以注意，这首诗把我们带回到《解闷》其一。郑审、薛璩和孟云卿都住在夔州下游的荆州地区，接近诗人孟浩然的故里——襄阳。

其六

复忆襄阳孟浩然，清诗句句尽堪传。
即今耆旧无新语，漫钓槎头缩颈鳊。

诗篇四处流通，诗的"新语"，永远是新鲜的，可以把写新钓上来的鲜鱼的文字再现并带到帝国的四方，即使那些鱼本身只能是不可流通的地方产品。襄阳耆旧尽可以去钓他们著名的缩颈鳊，但是却再也不能找到再现它们的语言了。

杜甫在这里想到的，是孟浩然的《岘潭作》一诗：[1]

---

[1]《全唐诗》，第 1623 页。

> 石潭傍隈隩，沙岸晓夤缘。
> 试垂竹竿钓，果得槎头鳊。
> 美人骋金错，纤手脍红鲜。
> 因谢陆内史，莼羹何足传。

孟浩然引用的典故把我们带回到过去的另外一个层次：身为吴人的西晋作家陆机（261—303），曾被人问南方可以拿什么和北方的美味羊酪相比，陆机回答说南方有千里莼羹。[1] 孟浩然用他自己故乡的特产珍味——岘潭槎头鳊的鲜脍——来对抗陆机的地方骄傲。

在回到地方食品的子题之前，我们需要注意给老杜《解闷》其一带来灵感的诗句："美人骋金错"，金错是金错刀的简称，是用来切生鱼脍的小刀子，但这个词还有一个意思，它是一种古钱币的名称，可泛指钱财。孟诗中美人切鱼脍的图景，在杜诗中演变为溪女用鱼换得钱币的景象。切鱼脍是直接和即时的，但是，作为帝国的钱币，而不是一柄小刀，"金错"带来了中介、流通、永久性。两个情景都是"堪传清诗"的句子所描绘的意象。孟浩然的顾客立即把鱼吃掉，杜甫的顾客把鱼买下。诗的丽句代替了不能流通、不能远行的地方鱼种：它必须被尽快吃掉。钓缩颈鳊的传统继续下来，不过只是"漫钓"——徒劳无益的行为，或者，在这个语境里，"漫"也许有"姑且"的意思，

---

[1]《世说新语校笺》，第 48 页。

暗示除了钓鳊之外其他没有什么好做的了。

同样值得回味的是"传"这个字的使用：在物质流通的世界里，有的东西没有或者不应该流传，孟浩然的诗句却是值得"传"下来的——他讲述眼前当下的新鲜鳊鱼的诗句；与此相比，陆机的莼羹不值得一"传"。顺便提到，陆机的千里莼羹表达了他对吴地故国的怀念，就像杜甫看到秋瓜而想家一样。

杜甫把孟浩然和他自己放在组诗的中间，首先是已经造就出"清诗"的诗人，接下来是后代努力创造清诗的诗人。下面是这组诗里最有名的一首，也往往是唯一被阅读的。

其七

陶冶性灵存底物，新诗改罢自长吟。

熟知二谢将能事，[1]颇学阴何苦用心。

当杜甫转向他自己的诗的时候，风格突然一变，和《解闷十二首》的其他诗作比起来非常不类，反倒很接近他的《戏为六绝句》。[2]这首诗呈现给我们的诠释问题，也

---

[1] 早期宋刻本"熟知"作"孰知"。孰与熟发音完全相同，在抄写时省略偏旁也很常见。南宋论者赵次公把"孰"理解为"熟"，这一解读是最合理的。不然我们就得把"孰知"理解为"谁知道"。见萧涤非主编：《杜甫全集校注》，第九册，卷十七，第4949页。

[2] 《杜诗详注》，第898—901页；Stephen Owen, *The Poetry of Du Fu*, vol. 3, 112–115。

和《戏为六绝句》相似。第一句展现出不同修辞格的绝妙混合。我们首先看到关于大匠巧手的隐喻："陶冶性灵"。这可以上溯到钟嵘（？—约518）的《诗品》，他曾称赞阮籍（210—263）的诗可以"陶性灵"；我们还可以追到颜之推（531—591之后）的《颜氏家训》，他在《文章》篇里，也谈到"陶冶性灵"。[1]"陶"是对陶工的隐喻，"冶"是铁匠的所为。很显然，这是由文学创作造成的，但问题是，文学写作仅仅是手段呢，还是说也是最后的成品，是陶冶过程结束之后的存留？在这一点上的不确定让我不断更改我的译文。至少在老杜的《秋日夔府咏怀》一诗里，写作是手段："陶冶赖诗篇"。[2]这里的一个更大的问题，是"存底物"这一表达方式的内涵与韵味。我想不起来在此前何时诗歌被称为"物"。诗歌究竟是诗人用来陶冶性情的东西，还是经过了陶冶过程所生产创造出来的东西？这句诗的前半和后半之间发生了戏剧性的修辞格变化，前者高雅，后者村俗，一"远"一"近"。诗歌似乎是那个炽热冶炼过程所造就的产品。我们可以进一步问：过程是创作的过程呢，还是修改的过程？诗人宣布，修改已经完成了，结束了。然后他开始"长吟"，在绝句的第三、四句里他似

---

[1] 钟嵘：《诗品集注》，曹旭集注（上海：上海古籍出版社，1994），第123页。颜之推：《颜氏家训集解》，王利器集解（北京：中华书局，1980），第221页。
[2] 完整的诗题是《秋日夔府咏怀奉寄郑监李宾客一百韵》。见《杜诗详注》，第1699页；Stephen Owen, *The Poetry of Du Fu*, vol. 5, 192–211。

乎开始思考他所吟的诗。

在这里，我们更深地进入了《戏为六绝句》的语言。我们不知道第三句的停顿到底有多强烈。我们需要想到《戏为六绝句》其五的开篇："不薄今人爱古人。"因为我们不知道今人、古人都是指谁，这可以理解为，"我不鄙薄今人，但是也爱古人"。或者也可以理解为，"我不鄙薄那些热爱古人的今人"。从这组诗的前四首来看，这两种解读都是可能的。同样，《解闷》其七的第三句，如果我们在"熟知二谢"和"将能事"之间加一个比较强的停顿，我们可以把它理解为：我熟知二谢的诗，自己也开始擅长此道了。但是如果加一个比较弱的停顿，这句诗也可以理解为"我充分认识到，二谢都是几近擅长此道的诗人"。那么，第四句就意味着"我努力学习阴铿、何逊在吟诗方面的苦用心"。

从大的方面来看，杜甫把自己放置在诗人的社群之内，对公元5、6世纪的诗人有着明显的偏好，和孟云卿对早期古典诗歌的热衷构成鲜明的对比。

在这首绝句里，诗人似乎是说：他的诗篇是苦心经营出来的经久而不衰的产品，因为他把自己放置在他那个时代里两位已逝的诗人之间，这两位诗人通过他们的诗作而长存；换句话说，他制造出某种坚硬的、"陶冶"出来的物件，在他身后仍将存于世间。王维（约699—761）留下的是一幅长满寒藤但却没有果实的冬日山水图：

其八

不见高人王右丞，蓝田丘壑漫寒藤。
最传秀句寰区满，未绝风流相国能。

如果孟浩然的诗"清诗句句尽堪传"，那么王维的"秀句"则是"寰区满"。诗人已逝，但他们的诗句仍在流通。王维从未曾像他的兄弟王缙那样成为相国，杜甫告诉我们，最后一句是指王维兄弟的，表示他继承了王维的"风流"。

杜甫不再仅仅在一个帝国的流通系统里，而是在一个文化的流通系统里赞美诗歌。和孟浩然绝句勾画出襄阳田园风光的结尾相反，关于王维的绝句呈现给我们的是寒藤弥漫的景象。人已"不见"，但他的诗句传遍天下，继续留存下来的是才能和品质的谱系——很奇特地，把诗人的"风流"和相国的才干能力联系在一起。

帝国和诗歌就这样很不舒服地重新团聚了。在组诗的最后几首诗里，杜甫转向不能流通的地方品物。这是帝国和皇帝不能得到的东西——除非是在再现（representation）的范畴中。皇帝和他的妃子永远不能尝到广东甚或福州的、处于最新鲜瞬间的荔枝，他们只能通过对这一瞬间乃"最佳最美"的表述来想象它的滋味。有些东西是属于地方的，不能行远，比如夔州用一个钱换来的溪鱼，刚刚钓上来、立刻被做成生鱼片，并且必须即食的缩颈鳊。诗人转向地方食物中令天子想而不得的、最有名的一品：杨贵妃的荔枝。欣赏它们的唯一方式，就是身临其境。如果想要从远处得到它，鲜果就会败坏，而帝国的流通系统本身也充满了腐败。

其九

先帝贵妃今寂寞，荔枝还复入长安。
炎方每续朱樱献，玉座应悲白露团。

在这里，我们应该看到再现对于欲望的重要性。正如陆机歌颂千里莼羹、孟浩然歌颂他的缩颈鳊，玄宗富有诗才的贤相张九龄（678—740）也曾在一首《荔枝赋》里歌颂故乡广东的荔枝。[1] 在序里他说他向同僚夸耀家乡的珍果，但是"诸公莫之知"。他在赋作的最后叹息说："亭十里而莫致，门九重兮曷通。"公元9世纪初李肇的《唐国史补》则告诉我们，身为蜀人的杨贵妃热爱家乡的荔枝，但是广东出产的荔枝风味更佳，因此，每年都由驿使专门把新鲜的荔枝从广东送到长安；而荔枝一旦成熟，不过一夜就会开始腐烂。[2]

这个著名的故事提出了一个有趣的问题，并被杜甫编织进了他的组诗。如果荔枝过夜即腐，那人们怎能知道它在新鲜的时候比蜀地荔枝风味更佳呢？也许，如果有人曾

---

[1] 参见 Paul W. Kroll and Elling O. Eide, "Zhang Jiuling and the Lychee," *Tang Studies* 30（2012）: 9—12。
[2] 李肇：《唐国史补》（上海：上海古籍出版社，1979），第19页。《新唐书·杨贵妃传》试图弥补皇权在此的失败，宣称荔枝到长安后风味仍然未变。这也让人想知道：谁能做出这样的分辨？《新唐书》（北京：中华书局，1975），卷七十六，第3494页。

经去过蜀地和广东，品尝过两地新鲜的荔枝，那么也许可以做出某种比较，但是记忆中的味道比较最好也不过是缥缈不定的，如果可以把两地的鲜果并排放在一起品尝和比较就会更好，但是唐朝的运输系统意味着这不可能成为现实。一个更好的回答是，广东荔枝远胜他方的名声必须要归功于张九龄的赋作。

尽管在运输过程中会丧失滋味，广东的荔枝仍然年年进贡到京师，也许更多是因为它们是稀罕的物品，而不完全是为了它们的味道，如果帝国成为食物运输的手段，那么这是对帝国系统的相当轻浮的使用，试图把近在咫尺的东西变成途长行远的东西。在下面的一句里，"玉座"可视为去世君王的御座，这里显然指玄宗皇帝。不过，杜甫不告诉我们玄宗的灵魂究竟是因为荔枝让他想到贵妃而哀伤，还是在为皇家的奢侈导致帝国的灾难而难过。在杜甫对行旅、故乡和友人的追忆中，荔枝令他想起近日在蜀川东部从树上直接摘食荔枝的经历。

其十

忆过泸戎摘荔枝，青枫隐映石逶迤。

京华应见无颜色，[1] 红颗酸甜只自知。

---

[1] 宋本和郭知达本"无"作"君"。钱谦益（1582—1664）以为当作"无"，学者则一般以南宋吴若本用字为准。参见张忠纲等编著：《杜集叙录》（济南：齐鲁书社，2008）对此的讨论，第228页。我认为"无"是更明显的选择，与当代关于荔枝一离开枝头就改变颜色的说法相合。

就好像第一首绝句里以红果哺子的山禽一样，杜甫回忆从树上采食当地荔枝，和广东千里迢迢进贡的荔枝完全不同。我们又回到本地经历的直接性，在钱币带来中介和流通之前——但是，直接性仅仅是作为写入诗篇的记忆回来的。要想充分认识荔枝的完美，只能通过直接和即时的体验，而那一经验和对局限性的思考本身又只能在一首诗里面得到再现。

其十一
翠瓜碧李沈玉甃，赤梨葡萄寒露成。
可怜先不异枝蔓，此物娟娟长远生。

从歌颂荔枝，杜甫转向与朝廷近在咫尺的瓜、李、梨子和葡萄：它们都是风味绝佳的水果，但是不被人珍视，就因为它们太普通和常见。浸在冷水里，它们是解暑佳品。但是荔枝的价值恰恰在于它的难得：不仅仅是罕见，它之所以能在长安现身，完全是因为帝国的驿站系统。

其十二
侧生野岸及江浦，不熟丹宫满玉壶。
云壑布衣鲐背死，劳人害马翠眉须。

它生在远方，哪怕君王拥有无限的财富与权力，它仍拒绝在长安的宫殿里生长和成熟。杜甫最终提到了驿使为把荔枝尽快带到长安而践踏田人的故事。诗的最后一个字，"须"，在杜诗中最经常出现于"军须"一词里，而"军须"乃是860年代帝国的噩梦。但这里不是"军须"，而是"翠眉须"，不是为了国家政体，而是为了君王的爱宠。君王的思绪未能"行远"，完全沉浸在近在眼前的人事里：杨贵妃思念新鲜荔枝的颦眉。

"害马"既是字面的，也是比喻性的，它让人想起《庄子》里面黄帝向牧马小童请教如何治理天下的故事。小童的回答是"去其害马而已"。[1] 襄阳耆旧还是有很多缩颈鳊，但却已失去了他们的诗人；而驿路上背生鲐斑的高龄老人，却因为诗赋中鲜美的广东荔枝的意象而被践踏致死。

这是"诗的想通"（thinking through poetry），它没有一个清楚的结论，但和杜甫的其他很多夔州诗呼应。在唐代中国，很少有哪个地方能像夔州那样引发如此的思考。夔州居山面江，江上不断有官吏、商人和军伍自上游或下游行舟往返。杜甫也不断地歌咏江上的行旅，尤其是在地方长官宴请过路文武官僚时写下应命之作。像秦州一样，夔州似乎是汉人与非汉人疆域之间可以渗透的边界，帝国的大江从中穿行而过。杜甫常常在诗里提到这是个甚是奇怪的地方，早期的夔州诗写夔州没有井，饮用水是个很大的问题；夔州的地方习俗也很怪异，崇信巫鬼，在

---

[1] 郭庆藩：《庄子集释》（北京：中华书局，1995），卷八，第833页。

大旱时焚山、击鼓、烧龙、鞭巫以求雨。[1] 杜甫也在诗里写到当地的鱼类和其他食物。很多中原诗人在安史之乱后逃往南方避难,和他们的诗作不同,杜甫对他所在的地方,夔州,有深刻的了解,即使他无法在那里感到宾至如归的泰然自得。

杜甫知道是什么东西代表了帝国,并为之感到忧虑:这是那个从宋朝以来被评论者变成老生常谈的杜甫。他也想要"流通"自己:沿着长江顺流而下,前往在他的想象中总是就在下一个目的地的乐土。但是在另外的时候,他用一个地方土著的眼睛,注视着帝国愚蠢的浪费。荔枝是朝贡品,在老杜最奇特的夔州诗作之一里,我们看到他再次关注贡品的运输——不是像对驿使快马践踏田里老人的满怀义愤,而是带着一种奇异的轻快心情,观望沉重的贡物船颠覆于巫峡的急流。下面是他的《覆舟》诗二首其一:

> 巫峡盘涡晓,黔阳贡物秋。
> 丹砂同陨石,翠羽共沉舟。
> 羁使空斜景,龙宫闷积流。
> 篙工幸不溺,俄顷逐轻鸥。[2]

---

[1] 见杜甫《雷》《火》二诗。《杜诗详注》,第 1295—1300 页;Stephen Owen, *The Poetry of Du Fu*, vol. 4, 154-159。
[2] 《杜诗详注》,第 1592 页;Stephen Owen, *The Poetry of Du Fu*, vol. 5, 56-57。

这首诗的开头就像是杜甫《解闷》其一的开头一样，在自然界的背景之下呈现出作为异物的帝国。巫峡的急流险滩是出名的，船只经常在那里遇难，尤其是在秋天水涨的时候，江水淹没礁石，形成旋流深涡。

第三、四句描写贡物船翻的景象：丹砂如陨星一样四处抛撒，较轻的翠羽也和船一起沉没于波浪中。丹与翠、重与轻相对相映，把不应该被诗化的东西诗化。在诗歌中得到再现的事件，本是一起严肃的事故，应该唤起惊愕与哀悼；这里，在再现与再现内容之间存在的不协调却是尴尬，几乎可笑的尴尬。这份"轻"（"轻松"感，也意味着"轻描淡写"）到了诗的最后一句，变成了字面意义上的"轻"。

监督贡物的使节，也许由于身上沉重的官服，而在下午的斜阳里成"空"。他和贡物一样，不属于这个地方。一切都落入龙宫，被永远封闭在其中。

诗以"轻"的意象作为平衡与结束：当什么都沉入水底的时候，也还有什么是浮在水面的（"沉浮"是对生命中升降得失的一个标准比喻）。这就是船工，那个熟悉大江的人，也许甚至是来自夔州的本地向导。他露出水面，最终和江鸥一起继续向前漂浮。船工是和自然界，特别是和夔州左近的自然界，联系在一起的。丹砂用以化汞，可能是为了制造长生不老的仙药；而翠羽则是为了供应"翠眉须"。这些都是奢侈品，现在却都进入了另一座宫殿，服务于一位更重要的地方上的水中天子了；

如果这位"真龙"天子欢喜的话,他可以为当地故老带来雨水丰泽。在帝国运输的经纪人里,只有熟知本地江流的船工幸存下来。

(秋水 译)

叁

历史的渠道：杜甫夔州诗的纪念与沟通

潘格瑞

　　杜甫与历史编纂的关系确立得如此牢固，我们很容易就忽略其作品中地点和位置的重要性。毕竟，他的诗集基本上也是按年谱编排的，从中可见他的空间行程或游历见闻。[1]作为"诗史"，杜甫是他生活与时代的编年史家，又是地理学家、旅行家，他到过不少地方：长安、华州、秦州、成都、夔州、长沙。他前所未见地详细描绘了这些临时栖身处所的独特山水、文化和历史，它们在他的作品集中构成独特的存在，如果他的诗集是一个帝国，那么这些诗就好像是一些半独立的省份一样。这种强烈的地域影响是他不可化约的"多样性"的重要体现，他全心抗拒（同时也招致了）整一的阐释模式。[2]

---

[1] 目前所知最早的杜甫年谱，为吕大防（1027—1097）所编，题为《子美诗年谱》，又名《杜诗岁月》，见张忠纲等编著：《杜集叙录》，第19—20页。
[2] 杜甫语料、声音、风格的多层次性，见 Stephen Owen, *The Great Age of Chinese Poetry: The High T'ang*, 183—224。

叁 历史的渠道:杜甫夔州诗的纪念与沟通

杜甫的夔州诗共400多首,写于766—768年间,尤有助于我们理解杜甫的地域性问题[1]:不仅是因为这些诗歌记录了三峡地区[2]的大量地形和文化信息,还因为这些诗歌中的夔州所集中体现出来的独特性和断联性(disconnection),把"地方"定义为与一个更大整体——想象的帝国共同体——互为构成关系的一部分。就像所有的共同体一样,帝国建立在沟通的基础上,而在夔州,很难不思考沟通问题。这很大程度上就是地理因素的作用。夔州地处帝国西南边陲,又被崇山峻岭隔断了与外界的联系,可以说是偏上加偏;但它同时又是连接蜀、楚两个宏观区域主要河道的重要交通枢纽。夔州最广为人知的,是它地处狭窄险要的三峡入口,这里江流腾涌,遍布礁石、浅滩和其他会导致沉船的危

---

[1] 杜甫夔州诗研究,英文论著有 David R. McCraw, *Du Fu's Laments from the South* (Honolulu: University of Hawai'i Press, 1992); Stephen Owen, *The Great Age of Chinese Poetry: The High T'ang*, 211-216; Eva Shan Chou, *Reconsidering Tu Fu: Literary Greatness and Cultural Context* (Cambridge: Cambridge University Press, 1995), esp. 174-179; William Hung, *Tu Fu: China's Greatest Poet*, 219-254。中文论著,可特别参考陈贻焮:《杜甫评传》(北京:北京大学出版社,2011),第768—931页;莫砺锋:《杜甫评传》(南京:南京大学出版社,1993),第172—193页;蒋先伟:《杜甫夔州诗论稿》(成都:巴蜀书社,2002);方瑜:《杜甫夔州诗析论》(台北:幼狮文化事业公司,1985);封野:《杜甫夔州诗疏论》(南京:东南大学出版社,2007)。这些都是精选的参考书目,筛选是必然的。

[2] 周建军:《唐代荆楚本土诗歌与流寓诗歌研究》(北京:中国社会科学出版社,2006),特别是第184—212页。唐诗地域文化概述,以及蜀、楚的重要性,见戴伟华:《地域文化与唐代诗歌》(北京:中华书局,2006),特别是第70—81、114—119页。

险。旅人惧怕三峡，祈求尽快通行，但又因环境危险，很多人滞留于此，面对江上神秘的通行标石（traffic signals）踟蹰不前。[1]作为矗立在这个重要而又至为险恶的峡道上的关口，夔州既意味着隔绝，又意味着连通的承诺，它使沟通受挫，故而在人们眼中成了一个难题、一种渴望。

在早期的三峡文学中，对沟通的渴望已是一个明确的主题：漂泊的旅人渴望归家，楚王梦见虚无缥缈的神女。[2]这也同战乱和政治分裂时期——特别是西汉末年王莽新朝和三国时期——有关，三峡的险要地势和战略位置使它成为令人生畏的军事要塞，成了阻断帝国流通体系的一个障碍。作为在另一个政治体（body politic）遭遇梗阻而流离失所的旅人，杜甫疲惫不堪的身体滞留在夔门，他对夔州

---

[1] 范成大（1126—1193）《吴船录》只是简略地把这里称为"至险之地"，见 James M. Hargett, *Riding the River Home: A Complete and Annotated Translation of Fan Chengda's (1126-1193) Diary of a "Boat Trip to Wu" (Wuchuan lu)* (Hong Kong: The Chinese University Press, 2008), 135. 杜诗对这类通行标石如"滟滪堆"最有名的描写，见 Stephen Owen, *The Poetry of Du Fu*, vol. 4, 138-139, 以及 vol. 5, 134-135；萧涤非：《杜甫全集校注》，第七册，卷十三，第3737—3740页，以及第八册，卷十六，第4620—4627页。这两部具有里程碑意义的大著，是本章讨论杜诗时的主要参考书。

[2] 神女，不用说，即巫山神女，是迄今为止中古诗歌中关于这一地区主题的最杰出代表。见据称宋玉（活跃于公元前3世纪）所作的《高唐赋》《神女赋》，收入萧统：《文选》（上海：上海古籍出版社，1986），卷十九，第875—892页；英译见 David R. Knechtges, *Wen xuan* (Princeton, NJ: Princeton University Press, 1996), vol. 3, 325-327。前现代时期三峡诗歌作品汇编，见颜其麟编注：《三峡诗汇》（重庆：西南师范大学出版社，1989）。

的象征意义有着特殊的共鸣。在等待通行时机的同时，他的回应是改变通行的方式。诗歌成了通行"鸟道"的载体。

这些记忆和想象的多次飞离，让杜甫回到了他年轻时和平的战前京城。但同样是这种旅行癖，又吸引他深入夔州历史的地上之路。[1]就像中古时期其他无数羁旅诗人一样，他在当地的"古迹"、遗迹（monuments）及其背后的历史（History）中寻找意义。[2]他以怀古诗和相关诗歌来描写这些 lieux de mémoire（记忆所系之处），其中一些地方如白帝城，已被李白、陈子昂（661—702）等名家写入了文学地图，但另一些地方还没有。例如，过去几乎没有任何诗人把瞿塘峡描绘为古代圣王大禹的造物；[3]出人意料的是，也没有任何人觉得有必要向这里的诸葛亮庙表达敬意，作为蜀汉忠心耿耿的丞相，诸葛亮的名字主要是因为杜甫才同这个地区联系在一起的。[4]书写这些没有

---

[1] 确如 Eva Shan Chou 所言："长安成了夔州的反义词……二者依靠对方来定义自身。"见 *Reconsidering Tu Fu*, 175。
[2] 这里，history 一词的首字母用了大写形式，意在强调本章所论的历史是"高雅"书写传统中的历史。也就是说，是有文化、有资本的精英所共享的那个过去。写作并传播地方景点的诗歌，本身就是把地方性刻入帝国历史叙述的有力手段。所有怀古诗都参与了这个过程，但杜甫写作夔州怀古诗时对这个过程有着强烈的自觉意识。
[3] 举例而言，如陈子昂的《白帝城怀古》、李白的《早发白帝城》，分别见《全唐诗》，第912、1844页。杜甫的六首白帝城诗，见蒋先伟：《杜甫夔州诗论稿》（成都：巴蜀书社，2002），第48—59页。
[4] 王瑞功：《诸葛亮研究集成》（济南：齐鲁书社，1997），第892—895页。Hoyt Cleveland Tillman 注意到在杜甫之前，很少有描写诸葛亮的诗作传世，见其文 "Reassessing Du Fu's Line," *Monumenta Serica* 50（2002）: 297-298。

名气（虽然并不是没有人发现）的地方痕迹（traces），杜甫就开辟了与"古"沟通的新路线，赋予夔州以它眼下尚未拥有的诗歌历史。这种打造新的历史连接的准考古学努力，使得他的注意力聚焦在了让跨越时空距离的沟通成为可能的载体和通道上。

下面我将指出，杜甫关于大禹和诸葛亮痕迹的诗歌，都是通过关注我所谓的"纪念形态"（commemorative form）来回应夔州特殊的沟通境况的。纪念形态，指的是痕迹的物质性，即保存了历史信息并把这些信息传至当下的物质实体及其形貌。杜甫用两种眼光来看待这些纪念性物质：一方面，他把它们视为建造通道的生产原料；另一方面，他把它们形象化为熵和衰变，通道也会面临关闭和信息耗散的威胁。这种深究遗迹的材质、使之扎根于当地的做法，又与以对比的方式想象它们向外扩展影响、超越夔州地界的做法结合在一起。这后一种做法伴随着自我指涉的姿态，我们或可从中窥见这些诗歌展现出来的特殊能力：把特定地点的痕迹转化为交流符号（circulating signs），通过沟通性的纪念行为向帝国展示地方本身。

大禹与地质形态

《瞿唐怀古》最能体现杜甫对纪念形态的处理方式，诗中的夔门成了进入夔州历史深处、连接夔州与世界的通道的入口。读这首诗之前，我们最好先来回顾一下大禹的著名故事。大禹，又称夏禹、夏后，一代圣王，夏朝开国者，也是杜甫最常与三峡联系在一起的人物之一。[1]很多早期文献称大禹平定了大洪水，他疏浚河道，退却洪水，导引洪水从深挖的河道注入大海。大禹治水，不仅奠定了帝国的版图原型，因为新疏浚的河流划出了九州的边界；还决定了经济原型，因为河流是沟通和商业的通道。大禹沿河巡行，评估各地的特色和生产力，还把地方特产作为"贡品"送至位于中央的朝廷。此外，如史嘉柏（David Schaberg）所言，这种疏通行为，也用来形容文本生产，尤其是自下而上作为政治劝谏（因为善于修辞结构）的"疏"（channeled speech）。[2]这样一来，大禹神话中的疏通河道行为，就把帝国建造并形塑为一种政治、经济和语言体系。

不用说，杜甫很熟悉这个故事，他还把这个故事同三峡地区联系在了一起。作于765年的《禹庙》清楚地表

---

[1] 大禹神话的意义，可参见 Mark Lewis, *The Flood Myths of Early China* (Albany: State University of New York Press, 2006); David Schaberg, "Travel, Geography, and the Imperial Imagination in Fifth-Century Athens and Han China," *Comparative Literature* 51, no. 2 (1999): 152-191; Stephen F. Teiser, "Engulfing the Bounds of Order: The Myth of the Great Flood in Mencius," *Journal of Chinese Religions* 13-14 (1985/1986): 15-43。

[2] "来自下面的所有文本生产都要顺畅地向上传达，既为了改善政府治理，也是对民众批评的吸血疗法。它不是颠倒错乱的言语，不是相当于洪水的文本……而是被精心制作成诗歌和其他文本结构的言语。"见 David Schaberg, "Travel, Geography, and the Imperial Imagination," 168。

明，来夔州前，这个故事就已影响了他对该地区的看法：

> 禹庙空山里，秋风落日斜。
> 荒庭垂橘柚，古屋画龙蛇。
> 云气生虚壁，江声走白沙。
> 早知乘四载，疏凿控三巴。[1]

走进忠州（今重庆市忠县）这座禹庙，杜甫发现了那些让人联想到大禹开辟之功的事物和形象。庭院里的果树，让人想到了朝贡体制；壁上所画的龙蛇，代表洪水中的有害生物。在诗人会心地凝视下，这些有关三峡风景的形象，在声音和动作中恢复了生气。诗歌结尾，杜甫称自己早就熟悉大禹的巡行及其"疏凿控三巴"的工作。这里，我们看到，尽管三峡总体上对杜甫来说可能是陌生的，但他已把三峡与大禹神话所体现的中华文明的起源联系在了一起。

诗歌最后一联耐人寻味，因为它所强调的大禹故事的某些方面，很可能是杜甫前往夔州途中身份认同的镜像和来源。首先，这一联中的大禹，就像杜甫一样，是远游的

---

[1] Stephen Owen, *The Poetry of Du Fu*, vol. 4, 72–75；萧涤非主编：《杜甫全集校注》，第六册，卷十二，第 3415—3418 页。另见 David R. McCraw 在 *Du Fu's Laments from the South* 第 183 页中的翻译。除非特别说明，本章英译均出自本人之手，但无疑也受了其他译者的启发。这里要特别感谢宇文所安的 *Poetry of Du Fu*，本章全篇都以此书作为重要的参考文献。《禹庙》第五行尤为棘手，文本和英译均从宇文所安。

叁 历史的渠道：杜甫夔州诗的纪念与沟通

旅人、"四载"（四种交通工具）的御者，他离家太久了。其次，这一联把大禹的"疏凿"行为视为对边远地区的驯服或开化（civilizing）。郭璞（276—324）《江赋》和郦道元（？—527）《水经注》也曾用"疏凿"一词来描绘大禹开通三峡。[1]但杜甫貌似是第一个以诗歌描绘这一开辟行为的诗人，这大概是因为虽然此前也有很多旅人，杜甫却是我们所知的第一个真正在这里住了很长一段时间的诗人。在唐代，像忠州、夔州这样的城镇，位于帝国西南边陲，作为殖民的新垦地，汉族移民与各族土著居民的共处殊为不易。万志英在研究宋代对这个新垦地的"开化"时就曾指出，大禹是移民社区的守护神，他疏浚河流的行为，象征着移民们试图"控制"蛮荒之地。[2]作为被迫滞留此地三年的"移民"，杜甫可能会基于这一点而认同大禹，或许还会想象开辟自己的通道。

正是在夔州，杜甫看到了大禹神话最生动的体现，虽然还不是我们期待的那种纪念形态。就像杜甫初到夔州时所写诗歌的结尾所言，大禹不是从庙宇，而是通过遍布江

---

[1] 郭璞："巴东之峡，夏后疏凿。"郦道元："广溪峡乃三峡之首，盖自夏禹疏凿而通江者。"转引自《杜诗详注》，第1226、1265页。郭璞《江赋》英译，见David R. Knechtges, *Wen xuan*, vol. 2, 321-351。
[2] "汉文明的传道者们试图通过传播世俗崇拜来开化边疆，这些崇拜把对自然和野蛮的征服与大汉造物主（demiurges）——从神话中的大禹到李冰、诸葛亮等被神化的历史人物——的无穷威力联系在一起。"见Richard Von Glahn, *The Country of Streams and Grottoes: Expansion, Settlement, and the Civilizing of the Sichuan Frontier in Song Times* (Cambridge, MA: Harvard University Press, 1987), 13。

边的石头对他说话：

> 禹功饶断石，且就土微平。[1]

如这两行诗所示，杜甫的处理方式，是把夔州的"自然"山水本身视为一种历史遗迹。从山麓延伸至江中的石头和石板——四川东部地区独特的地质特征——在他眼中成了大禹"疏凿"留下的碎片。[2]这是杜甫强调夔州古迹物质性的第一个例子，这里，痕迹本身被他视为"古"。石头不像庙宇、石碑、城市那样具有历史意义。杜甫，无疑受了郭璞、郦道元的影响，让这些石头有了历史意义。就读者而言，这是令人惊讶的想象活动，在把石头历史化的同时又强调其"石性"，这是诗人转化眼光时所依赖的原材料。

---

[1] 杜甫的《移居夔州郭》，见 Stephen Owen, *The Poetry of Du Fu*, vol. 4, 121；萧涤非主编：《杜甫全集校注》，第六册，卷十二，第3529—3531页。诗歌标题英译从宇文所安。杜甫把大禹的功绩与平土宜居联系起来，这种看法可能出于《孟子》，《孟子》认为，大禹治理洪水使"人得平土而居之"，就此开创了包括孟子本人在内的教化英雄的历史。见《孟子注疏》(台北：艺文印书馆，1955)，卷六，第117—118页。

[2] 这不是一时兴起的奇思妙想。杜甫另两首诗对"开辟"长江的描绘，也暗指这个起源故事，见《夔州歌十绝句》其一、《峡口二首》。Stephen Owen, *The Poetry of Du Fu*, vol. 4, 162—169; vol. 5, 16—17；萧涤非主编：《杜甫全集校注》，第七册，卷十三，第3747—3749页；第八册，卷十五，第4224—4231页。David R. McCraw 说得对，杜甫的"心灵之眼似乎直觉到了大禹神话潜在的地质特征"，见氏著 *Du Fu's Laments from the South*, 53.

杜甫对夔州地貌的这种解读在《瞿唐怀古》中表现得最为深刻，这首著名的五言律诗把壮观地貌的源头追溯到大禹的工作。诗歌沉入时间深处，对"疏凿"展开想象，想象它把物质转化为意义、把混芒洪流转化为有序空间：

> 西南万壑注，劲敌两崖开。
> 地与山根裂，江从月窟来。
> 削成当白帝，空曲隐阳台。
> 疏凿功虽美，陶钧力大哉！[1]

诗歌前半部分描写自然元素的剧烈冲撞：江流涌注，巨石开裂。前四行，每行都以动词作结——"注""开""裂""来"，强调了这种"地因学"（geogony）机制。[2] 后半部分，动作停止了，瞿塘峡作为被造物、作为"美"的艺术品矗立在其他地标之间。不过，在最后一行的感叹中，这种美学评价与另一种更饱满的解释形成了鲜明对比："陶钧力大哉！"

《瞿唐怀古》引人注目，有几个原因。首先，这是一首怀古诗，如宇文所安所言，在怀古诗中，人们期待看到的描写，可能是寻访遗址，或是从高处俯瞰，如俯瞰某座名

---

[1] Stephen Owen, *The Poetry of Du Fu*, vol. 5, 21；萧涤非主编：《杜甫全集校注》，第八册，卷十五，第4244—4248页。这首诗的英译，还可参见 David R. McCraw, *Du Fu's Laments*, 52。

[2] David R. McCraw, *Du Fu's Laments*, 53.

城。[1]从一般场景中挑出一些场所，追忆它们背后的历史，很可能引发对兴亡之理的反思，或更普遍的对世事无常的哀叹。至少，我们会期待怀古诗人在访景时追问："雄图今何在？"[2]

《瞿唐怀古》确实与传统怀古诗有共同之处。诗歌记录了对一个 *lieu de mémoire*（记忆所系之处，尽管这个场所本身不太容易被识别出来）富有想象力的、动情的反应。就像周大夫凝视"黍田"一样——这是后世众多怀古诗人的榜样，杜甫透过景象表面，揭开了被隐藏的历史。[3]但诗中的其他一切，都超出了人们的期待视野，就像诗歌题材突破了夔州的实际边界一样。我们几乎看不到与怀古诗

---

[1] Stephen Owen, "Place: Meditation on the Past at Jinling," *Harvard Journal of Asiatic Studies* 50, no.2 (1990): 417-457; Stephen Owen, *Remembrances: The Experience of the Past in Traditional Chinese Literature* (Cambridge, MA: Harvard University Press, 1986), 特别是第16—32页; Stephen Owen, *The Poetry of the Early T'ang* (New Haven, CT: Yale University Press, 1977), 特别是第38—40、206—209页。怀古诗的早期发展，见 David R. Knechtges, "Ruin and Remembrance in Classical Chinese Literature: The 'Fu on the Ruined City' by Bao Zhao," in *Reading Medieval Chinese Poetry: Text, Context, and Culture* (Leiden: Brill, 2015), edited by Paul W. Kroll, 55-89。另见 Hans Frankel, "The Contemplation of the Past in T'ang Poetry," in *Perspectives on the T'ang* (New Haven, CT: Yale University Press, 1973), edited by Arthur F. Wright and Denis C. Twitchett, 345-365; 张润静：《唐代咏史怀古诗研究》(上海：三联书店，2009)。

[2] 对 *ubi sunt*（何在）主题的讨论，见 Stephen Owen, *The Poetry of the Early T'ang*, 209。

[3] Stephen Owen, *Remembrances*, 20-22.

相伴的忧思。把瞿塘峡视为历史遗迹很难，把它视为废墟更难，诗歌描写的不是一个衰落或衰变的过程，而是一个开辟和生成的过程，这就引发了一个具体问题：如何在制造遗迹的同时开始写作一首怀古诗？杜甫不能以典型的方式通过设置场景来开始，因为在这个遗迹的历史上，还没有地方可以作为开始。但诗人巧妙地找到了解决这个困境的办法，他从描写裂开的巨石、涌注的江水入手，而不是像通常那样以场景或情感开篇。追溯瞿塘峡的历史，把他带回到痕迹本身的原材料上来。

诗歌前半部分关注物质性，相对应地，后半部分视角转变，视野扩大，含纳已经制作完工的遗迹，并沉思其影响。第三联，杜甫描绘了瞿塘峡与夔州其他著名地标的关系："当白帝""隐阳台"。瞿塘峡不仅是这些地标中的一个，而且还是关键所在，它定位其他地标，决定它们之间的相互关系。一切都以瞿塘峡为中心而定位自身。这反过来又让我们想到它原本的峡道功能，即在地方与朝廷之间建立沟通、通报信息。瞿塘峡让人向外看，它的纪念形态让人想到连通夔州与整个帝国的网络。

诗歌前三联就这样从遗迹的物质成分转向想象它如何超越自身、改变周围环境。这反过来又在最后一联引出了诗人／说话人与被纪念的英雄之间的潜在关系问题。如前所述，在《禹庙》中，杜甫似乎认同大禹，他们都是身在异乡的旅人和移民。在《瞿唐怀古》中，我们能看到什么样的认同基础呢？玄奥的尾联提出了一个意味深长的解决方案：赞美"疏凿"之"美"，但只是为了把注意力转向明显更令人叹服的"陶钧力"。"陶钧"是"造化"的代名词，既可指"变化"的自然过程，也可指相当拟人化的创造者（Fashioner），杜甫笔下的大禹，是在与宇宙伟大的创造力协作共事。[1]就像他在另一首诗中所说的那样：

> 禹功翊造化，疏凿就欹斜。[2]

但"翊造化"或借助"陶钧力"，不只用来形容古代圣贤业绩。这类说法也常用来赞美各种文化成就，如杜甫形容自己"廷争酬造化"，形容朋友"功安造化炉"。[3]刘勰（约

---

[1] "造化"等词，可追溯到《庄子·大宗师》，唐诗常用"造化"来描写山峰，特别是用来描写帝国边陲的奇景。见Edward H. Schafer, "The Idea of Created Nature in T'ang Literature", *Philosophy East and West* 15, no. 2 (1965): 155. 杜甫这首诗可读为怀古诗与咏"被创造的自然"诗的混合体，杜诗与后者的关键区别在于，他把大禹作为历史中介置于峡道与非历史的"造化"之间。中唐诗歌中的"造化"意象，见商伟, "Prisoner and Creator: The Self-Image of the Poet in Han Yu and Meng Jiao," *Chinese Literature: Essays, Articles, Reviews* 16 (1994): 19-40。

[2] 杜甫《柴门》，见Stephen Owen, *The Poetry of Du Fu*, vol. 5, 124-129；萧涤非主编：《杜甫全集校注》，第八册，卷十六，第4566—4572页。

[3] "廷争酬造化"，出自《大历三年春，白帝城放船出瞿塘峡，久居夔府，将适江陵，漂泊有诗，凡四十韵》，见Stephen Owen, *The Poetry of Du Fu*, vol. 5, 398-407；萧涤非主编：《杜甫全集校注》，第九册，卷十八，第5434—5452页。"功安造化炉"，出自《哭台州郑司户苏少监》，见Stephen Owen, *The Poetry of Du Fu*, vol. 4, 30-33；萧涤非主编：《杜甫全集校注》，第六册，卷十一，第3312—3319页。其他唐诗中的类似用法，见Edward H. Schafer, "The Idea of Created Nature in T'ang Literature"。

465—约520)《文心雕龙》也曾以"陶钧"比喻文学创作："是以陶钧文思，贵在虚静。"[1]因此，杜甫《瞿唐怀古》结句赞美的是大禹所疏凿的言路，这个言路也包括诗歌。

这种读法多多少少是试探性的，但我认为，这里杜甫是从工匠、创造者（就像很多中唐诗人与"造化"结盟一样）的角度认同大禹的，他把大禹的行为等同于写作行为。按照这种读法，诗歌结尾就是指涉自身："疏凿"峡道，成了追溯峡道历史的诗歌的镜像，这两种行为都堪称"翊造化"。[2]这个镜像特别突出了诗歌的两个方面。首先，它让人注意到诗人对地貌的惊人解读：富有想象力地把石头"塑形"为历史遗址，呼应了大禹在洪水中疏凿出一个有序空间。其次，它让人想到诗歌作为交流媒介的功能，就像自然元素造就的峡道一样，诗歌通过跨距离沟通，定义并构建了地域的身份。如果认可这种寓意读法，《瞿唐怀古》就可读为利用或改变遗迹的纪念形态，以疏通峡道的历史。

诸葛亮与建筑形态

大禹故事及其在瞿塘峡的体现，无疑以独特的方式左右

---

[1] 周振甫译注：《文心雕龙译注》（南京：江苏教育出版社，2006），第396页。
[2] 17世纪批评家黄生有过类似评论，他明确把诗歌和峡道比作"凿"的产物："此诗奇险之句亦若假凿于五丁者。"转引自《杜诗详注》，第1558—1559页。

了杜甫对纪念形态的处理，我们在他咏诸葛亮遗迹的诗歌中也可看到引人注目的相似之处。这些诗歌的特点也在于突出强调传播历史、进入历史的通道的物质状况。只不过，《瞿唐怀古》中的物质形象是圣贤和诗人加工的原材料，在以诸葛亮为题材的诗歌中，物质形象则主要与侵蚀和熵的逆向过程联系在一起。尽管如此，在这些诗歌中，对物质的关注同样也伴随着连通空间的扩展视野，伴随着诗歌的自我指涉姿态。

杜甫在夔州所纪念的各种人物中，诸葛亮尤为独特。杜甫献给他的诗歌，在数量和体裁上都独具一格，体裁方面尤其引人注目，绝句、律诗、古歌行都有，貌似现有的各种诗歌结构都能安放杜甫的记忆。作为一个整体，这些诗歌的一个关键特征在于突显各种遗迹（庙、像、树）。这些遗迹不只是充当反思榜样事迹的背景、触发所追忆的主体的起兴物，它们本身就是主体。如杜甫《夔州歌十绝句》其十所言："武侯祠堂不可忘。"[1] 注意，这里应该记住的不是诸葛亮本人，而是他的祠堂。二者看似区别不大，但却是一种更大的模式的一个例子，在这种模式中，纪念的物质媒介完全取代了被纪念的主体。

以这种方式处理诸葛亮的遗迹，无疑受到其生平故事的启发。夔州对诸葛亮来说意义特殊，223 年，他传奇般忠心侍奉的先主刘备（161—223）攻打吴国失败后就是

---

[1] Stephen Owen, *The Poetry of Du Fu*, vol. 4, 169；萧涤非主编：《杜甫全集校注》，第七册，卷十三，第 3759—3760 页。

在这里去世的。刘备临终前把他年轻的嗣子刘禅（207—271）托付给诸葛亮，诸葛亮也遵嘱侍奉这位后主，直到十年后自己身故。[1] 从历史的后见之明来看，有仁德的先主的去世，标志着天心已改，蜀国就此失去了争霸天下的希望。然而，正因为徒劳无功，诸葛亮的努力才有了纪念自己恩主的象征意义。在夔州，诸葛亮成了一种坚持、忍耐、感恩的形象，他忠诚于已故的先主，致力于无望的事业，成了对抗不可避免的衰败的活遗迹。

不过，最能说明杜甫对诸葛亮庙的关注和看法的，是诸葛亮身后的一个插曲。如田浩（Hoyt Tillman）所言，在杜甫的时代，诸葛亮还不像后世那样是举世推崇的英雄。[2] 但如杜甫在纪念自己恩主严武的一首诗中所言，他被"蜀人爱"。[3] 和大禹一样，诸葛亮是地方崇拜的对象，这种崇拜的广泛性，可见于裴松之（372—451）注《三国志·诸葛亮传》所引《襄阳记》中的一则逸事。[4] 据这则

---

[1] 见《三国志·诸葛亮传》（北京：中华书局，1962），卷三十五，第911—928页。
[2] Hoyt Tillman, "Reassessing Du Fu's Line," 297-298.
[3] 杜甫《赠左仆射郑国公严公武》："诸葛蜀人爱。"见 Stephen Owen, *The Poetry of Du Fu*, vol. 4, 248-255；萧涤非主编：《杜甫全集校注》，第七册，卷十四，第3981—3996页。
[4] 《三国志》，卷三十五，第938—939页。相关讨论，见 Eric Henry, "Chu-ko Liang in the Eyes of His Contemporaries," *Harvard Journal of Asiatic Studies* 52, no. 2 (1992): 607-610。《襄阳记》中这则逸事的英译，见 Andrew Chittick, "Pride of Place: The Advent of Local History in Early Medieval China" (Phd diss., University of Michigan, 1997), 187.

逸事，诸葛亮死后，刘禅当局被立庙纪念他的呼声湮灭，后主害怕自己家族的权威受到威胁，拒绝了这些要求，但无济于事，诸葛亮的追随者们结伴在"道陌上"私祭他，政府最终只能同意在诸葛亮墓地附近的沔阳为他立庙，与刘氏宗庙所在的成都保持安全距离。据这则逸事，庙宇，更确切地说，庙宇的位置，意义重大，表达了民众对诸葛亮的爱戴以及希望看到他与他忠心侍奉的先主团聚的愿望。下面我们将会看到，同样的问题再次出现在了杜甫一些最有意味的纪念诗的中心。

不过，我们还是先来看杜甫夔州诸葛亮庙诗中突出的荒废意象。下面这首简短、颇受人忽视的诗歌，生动体现了这个主题：

上卿翁请修武侯庙遗像缺落，时崔卿权夔州

大贤为政即多闻，刺史真符不必分。
尚有西郊诸葛庙，卧龙无首对江濆。[1]

这首诗是杜甫写给妻舅的请愿书，软硬兼施，激励接收者采取行动。一边是卿翁，他的名声很可靠，不必动用"真符"，符需要君臣各执一半，任务完成后再合在一起；一边是诸葛亮，因风化腐蚀，他的神像缺落了头部。这里

---

[1] Stephen Owen, *The Poetry of Du Fu*, vol. 5, 316-317; 萧涤非主编：《杜甫全集校注》，第九册，卷十七，第 5247—5248 页。

没有明说的是，不像卿翁那样知名（"多闻"），诸葛亮的好名声仍然要靠丝帛、墨水等脆弱的物质来维持。如果没有杜甫、卿翁这样的人通过诗歌或别的流动信息来陈情干预的话，诸葛亮面目不明的神像还会继续蚀解，最终被江流磨洗湮没。

"无首"神像或许是一个独特而生动的例子，但历史痕迹面临材质风化威胁的主题在杜甫的其他诗歌中也很突出。在名篇《八阵图》中，杜甫赞美诸葛亮以石头推演军事战略，诗中对"石不转"的描写，让我们注意到了江流对石头的冲击力：

> 功盖三分国，名成八阵图。
> 江流石不转，遗恨失吞吴。[1]

石与水这两种自然元素的搏斗，再现了蜀国的悲剧命运，历史意义的有形载体，对抗着那些无形和遗忘的元素。江流占据上风，石头"转动"、受侵蚀或被淹没，只是时间早晚问题。石头会像蜀国一样被吞没，只不过速度慢一些，它们还有时间来表达对历史不公的"遗恨"。神像虽然损毁得更快，但一首动人的诗歌就有可能让它变得完整，石阵图的失败却是不可逆的。

---

[1] Stephen Owen, *The Poetry of Du Fu*, vol. 4, 136—137；萧涤非主编：《杜甫全集校注》，第六册，卷十二，第3572—3575页。此诗英译大部分沿用宇文所安译本。.

在描写诸葛亮遗迹的一些长诗中,我们也可看到这类蚀解意象。如《诸葛庙》,蜀国"失吞"对手的相关记忆,让位于这座庙宇作为两种蚀解场所的景象(第9—10行):

> 久游巴子国,屡入武侯祠。
> 竹日斜虚寝,溪风满薄帷。
> 君臣当共济,贤圣亦同时。
> 翊戴归先主,并吞更出师。
> 虫蛇穿画壁,巫觋醉蛛丝。
> 歘忆吟梁父,躬耕也未迟。[1]

这里,诸葛亮的纪念性物质再次被熵力所损耗。倒霉的神像,不仅被江流污损,现在又被害虫蚕食。而且,行为放纵、不负责任的当地巫师也没有注意到这一点,他醉倒在蜘蛛网中("醉蛛丝"),蛛网把他裹得像个枯茧。就这样,《诸葛庙》把我们在前两首诗中所见的对纪念性物质的处理方式浓缩为一联诗:"虫蛇穿画壁,巫觋醉蛛丝。"诚然,唐诗处理遗迹时指涉衰败和荒废是常见惯例,但杜甫用这样的诗句来展开主题,其独创性和物质细节都超越了常态。就像他把当地地质成因视为大禹遗迹一样,这类意象引导我们深入痕迹的材质。相较于因"开辟"帝国通道

---

[1] Stephen Owen, *The Poetry of Du Fu*, vol. 5, 168-169;萧涤非主编:《杜甫全集校注》,第八册,卷十六,第4708—4710页。

而具有了形式和意义的峡道石头,诸葛亮遗迹的材质却在收回它们所支持的纪念形态,从而关闭通道。

尽管如此,这似乎只是强化了杜甫对通行、对连通另一侧的渴望。就像前述《襄阳记》中诸葛亮的地方追随者一样,杜甫注重的是庙宇位置的象征意义,尤其是诸葛亮庙与刘备庙的距离远近。如杜甫关于夔州历史地标的著名组诗《咏怀古迹》其四,诗歌吟咏的是刘备,结尾称:

> 武侯祠屋长邻近,一体君臣祭祀同。[1]

这首纪念先主的诗歌,却以强调丞相祠堂就在附近作结。[2] "长邻近"的丞相祠堂,以持久的建筑形态象征了诸葛亮始终如一的忠诚,为刘备死在夔州后君臣分离的故事提供了一种补救性的反像(counterimage)。参照《襄阳记》的相关记载,这首诗显得意味深长,因为《襄阳记》中官方竭力想让他们两人的庙宇保持一定距离,试图限制诸葛亮地方崇拜的力量。从根本上说,诗歌充分利用了隐喻手法,通过消除界限、融合身体的两个常见比喻来表现君臣二人无嫌隙、准性爱(quasierotic)的亲密关系:他

---

[1] Stephen Owen, *The Poetry of Du Fu*, vol. 4, 364-365;萧涤非主编:《杜甫全集校注》,第七册,卷十三,第3854—3856页。另见Hans Frankel, "The Contemplation of the Past in T'ang Poetry," 360。

[2] 诗人"原注"提供了更多具体信息:"殿今为寺,庙在宫东。"

们两人就像鱼与水、云与风一样。[1]这种修辞手法让他们的关系成了完美交融的理想，彻底克服了距离。杜甫还用同样的转喻手法，让他们两人在祭祀的氛氲中聚首，庙宇虽然不在一处，他们却"一体"享用祭品。

"一体"这个意象，反过来又自我指涉地突显了诗歌（不同于庙宇）是建立连通的媒介。瞿塘峡的地质形态突显了把它读为历史遗迹的富有想象力的阐释，同样，夔州诸葛亮庙也突显了把逝者精魂团聚在一起的诗歌形式。说得更具体些，"一体"，使组诗《咏怀古迹》从其四咏刘备到其五咏诸葛亮的无缝过渡变得意味深长。相邻的两首诗复制并超越了相邻的两座庙宇，最后一个字"同"，像铰链一样，传达了二者的这种关联。如果确如莫砺锋所言，杜甫咏诸葛亮诗在韵律和措辞的体式上、在景仰崇敬的语气上都类似于宗庙颂歌，[2]那么，我认为这些作品在重构纪念空间时也映照了庙宇的建筑结构。

这样一来，夔州庙宇的位置及其诗歌再现的关键就在于克服距离，沟通隔开的空间和身体。所要克服的距离，可能是把相邻两座建筑隔开的那种距离，但也包括广阔得多的空间，如意味无穷的《古柏行》所示。在《古柏行》

---

[1] 当代"三国"同人小说（fan fiction）对这种情色意味的颠覆性推进，见田晓菲，"Slashing Three Kingdoms: A Case Study of Fan Production on the Chinese Web," *Modern Chinese Literature and Culture* 27, no. 1（Spring 2015）: 224–277。

[2] 莫砺锋：《杜甫对诸葛亮的赞颂》，收入《古典诗学的文化观照》（北京：中华书局，2005），第128—138页。

中,在夔州诸葛亮庙前一棵大树的感发下,杜甫追忆自己在成都拜谒武侯祠时的情形,成都这座武侯祠距离刘备庙很近:

> 孔明庙前有老柏,柯如青铜根如石。
> 霜皮溜雨四十围,黛色参天二千尺。
> 君臣已与时际会,树木犹为人爱惜。
> 云来气接巫峡长,月出寒通雪山白。
> 忆昨路绕锦亭东,先主武侯同閟宫。
> 崔嵬枝干郊原古,窈窕丹青户牖空。
> 落落盘踞虽得地,冥冥孤高多烈风。
> 扶持自是神明力,正直元因造化功。
> 大厦如倾要梁栋,万牛回首丘山重。
> 不露文章世已惊,未辞翦伐谁能送?
> 苦心岂免容蝼蚁,香叶终经宿鸾凤。
> 志士幽人莫怨嗟,古来材大难为用。[1]

---

[1] Stephen Owen, *The Poetry of Du Fu*, vol. 4, 228-231;萧涤非主编:《杜甫全集校注》,第六册,卷十二,第3575—3582页。对于这首非常经典的诗歌作品,这里需要说明的是,我的解读只重在强调它与本章所论特定主题相关的特征上。这首诗在"枯树"传统中的地位,见 Stephen Owen, "Deadwood: The Barren Tree from Yü Hsin to Han Yü," *Chinese Literature: Essays, Articles, Reviews* 1, no. 2 (1979): 157-179。英译参见 David Hawkes, *A Little Primer of Tu Fu* (Oxford: Oxford University Press, 1967), 156-164;以及 William Hung, *Tu Fu: China's Greatest Poet*, 226。我的译文贴近宇文所安,特别是诗歌的最后部分。

就我们目前的讨论而言，首先需要注意的是成都武侯祠让杜甫难以忘怀的原因：不像夔州先主庙与武侯祠相距甚远，君臣二人在成都却"同閟宫"。前引《咏怀古迹》其四咏刘备诗，以及《襄阳记》中的记载，其关注重心也在于两人庙宇距离相近，死亡恢复了君臣生前的完美交融。而恢复他们的这种相互关系，同样也需要通过诗歌的想象活动来克服距离。《咏怀古迹》中距离的克服是象征性的，通过祭祀的氛围与前后相邻的两首诗来实现；《古柏行》中距离的克服，则是通过追忆一个实际的共享空间（尽管远在天边）来实现的。

不过，最值得注意的是，这些记忆空间的相连是如何通过把远方聚集在一个单一的全景视角中来实现的。从诗歌的描写顺序来看，个人记忆像是视觉框架稳步扩大的延伸，"镜头拉远"（zooming out）从一棵奇大无比的柏树开始。这棵柏树，树干"四十围"，树高"二千尺"，已经让我们抬头仰望天空，让我们的眼光超越了夔州。到了第四联，视野进一步扩大，含纳了更远的地标，描绘了大气所"接""通"的形象。我们只有在空间上随着"黛色"向外延伸，才能在时间上回到杜甫往日的成都。这意味着，成都在线性时间轴上不一定能胜过或取代夔州，而是在一个时间不明的扩展视野中与夔州相连，两座连体庙宇在宏观上叠置在了一起。这种读法有助于解释诗歌时间上的模糊性，这种模糊性使评论者们难以确切指出记忆通道在哪里关闭。[1] 第七联指的是成都还是夔州？第八联呢？或许，非此即彼的读法本身就是错误的。或许，诗歌的重点就是要营造一种同时包含两地的视野，一种让庙宇和树木的所在位置失去其独特性的视野，就像夔州的柏树一路延伸到了成都，与成都的柏树重叠在了一起。如此形成的遮天树冠，将会连接诸葛亮相距甚远的两个纪念空间，这些空间又与刘备的纪念空间相连，从而把各个部分集聚为一个更大的整体。这个树冠还会让超越地界的名声变得有形，就像杜甫《咏怀古迹》其五（也是组诗的最后一首）形容诸葛亮时所说的"垂宇宙"那样。这样一来，《古柏行》就成了杜甫书写夔州纪念形态的连接性、沟通性的一个特别生动的例子：想象柏树像电话线那样跨越大地，在对诸葛亮的共同崇敬下把各个边远地区连为一体。[2]

柏树这个形象，不仅指代名声，也是让名声成为可能的媒介：诗歌的"黛色"在蔓延。就像《瞿唐怀古》中被凿开的峡道一样，杜甫的柏树也是让诗歌的力量变得可见的一种方式，诗歌有能力通过自身的流传而跨距离沟通、建立连接。在一首诗中想象遥远的时间和地点，与思考这首诗到过哪里、会去哪里，并没有太大区别。《古柏行》就

---

[1] 对记忆通道持续时间的一些不同解读，见浦起龙：《读杜心解》（北京：中华书局，2000），卷二十三，第298页。
[2] "诸葛大名垂宇宙"（Zhuge's great fame hangs over the universe），英译从宇文所安。见 Stephen Owen, *The Poetry of Du Fu*, vol. 4, 365; 萧涤非主编：《杜甫全集校注》，第七册，卷十三，第3856—3858页。

是通过指涉《蜀相》而这么做的。《蜀相》作于成都,写的是杜甫日后将会追忆的对成都武侯祠的拜谒:

> 丞相祠堂何处寻?锦官城外柏森森。
> 映阶碧草自春色,隔叶黄鹂空好音。
> 三顾频烦天下计,两朝开济老臣心。
> 出师未捷身先死,长使英雄泪满襟。[1]

读了《古柏行》再读这首《蜀相》,不能不说它们是姊妹篇,作于夔州的《古柏行》仿佛穿过杜甫诗集回到了《蜀相》,而且不只是回到《蜀相》所写的那些经历。在夔州,《蜀相》应该就在杜甫手边,因为他在这里重读、编订自己的作品。虽然我们不清楚《蜀相》这首诗是否以及在多大程度上影响了他的记忆,但我们确实知道,夔州时期的杜甫,在追忆《蜀相》创作背景的同时,也视觉化了这个连通成都的媒介。不管杜甫心中是否有意识地想到了《蜀相》,这首诗都把对成都武侯祠的认识带到了夔州乃至更远的地方,因此成了连接的媒介。声名的树冠就是由这些纪行文本组成的。

---

[1] Stephen Owen, *The Poetry of Du Fu*, vol. 2, 298-299;萧涤非主编:《杜甫全集校注》,第四册,卷七,第 1930—1940 页;David Hawkes, *A Little Primer of Du fu*, 103-108。有意思的是,诗歌第二行,宇文所安认为指的是据说乃诸葛亮亲手栽种的那棵柏树。果如此,那这里就更像夔州诸葛亮庙了。

叁 历史的渠道：杜甫夔州诗的纪念与沟通

这样一来，读了《古柏行》之后，可以说《蜀相》把柏树树叶本身视为一种类似于电话沟通的场景是恰如其分的。柏树出现在诗歌开篇，标明武侯祠的位置，吸引远道而来的访客。接着，这些柏树又再次出现在第二联，成了诗人进入祠堂后所见景象的一部分。第四行，就在思考诸葛亮事迹前，诗人描写了树冠中传来的声音："隔叶黄鹂空好音。"黄鹂鸟隔着柏树枝叶相互婉转鸣唱，诗人却看不见它们。柏树，作为指引诗人进入历史遗址的地标，作为远距离连接的象征，现在却成了一种障碍，茂密的枝叶掩藏了鸟儿，它们只以无形体的声音示人。我们又回到了纪念的物质性，物质性在这里不是体现为成形（formation）或变形（deformation），而是体现为媒介的不透明性，而远距离沟通必然要仰仗媒介。正如最有见地的杜甫评论家之一金圣叹（1610—1661）所言，这种不透明性很大程度上包括了与历史的沟通：

> 黄鸟所以求友，君子旷百世相感，有尚友古人之情，而无如古人终不可见，如隔叶也。[1]

按照金圣叹的读法，黄鹂鸟之间的关系就是诗人与过去历史的关系的写照。它们隔着枝叶，彼此看不见，距离遥远，而古人也藏在他们的遗迹背后，始终难以企及。树

---

[1] 金圣叹：《金圣叹选批杜诗》（台北：喜美出版社，1981），第79页。

冠内是阴暗的，是不在场和隔离状态的回音室。但共同体所面临的境况也是如此，试图从树叶、地标和书卷间发出的"好音"中发现自身。

杜甫吟咏大禹和诸葛亮古迹的诗歌，素材明显不同，但对纪念形态的处理手法却有相似之处。如前所述，这些手法的特点，一方面表现在注重遗迹的物质性，把它们写成生产原料（作为历史化风景的石、壁），或"下坠的、腐蚀的"衰变（八阵图、破败的庙宇及其污损的神像）[1]；另一方面表现为刻画相互连通的突出形象（作为周围地标参照的瞿塘峡、相邻的诸葛亮庙和刘备庙、遍布各地的柏树）。就后一种形象而言，我注意到了诗歌中反复出现的自我指涉倾向，把遗迹视为展示诗歌本身塑形、连通能力的镜像。像大禹疏凿的峡道一样，杜诗把夔州的地质环境转化为历史场所；像成都的庙宇一样，这些诗歌也让分开的人物聚在同一个纪念空间；像柏树一样，诗歌也跨越巨大的时空距离进行沟通。

像这样处理纪念形态，不仅是对被编码在地方痕迹中的故事的回应，也是对杜甫自己生活境况的回应，这两种语境无疑都非常重要，这种处理方式，还应视为对夔州——帝国最险要的峡道的门户——所特有的沟通境况的

---

[1] Georg Simmel, "The Ruin," in *Essays on Sociology, Religion, and Aesthetics* (New York: Harper and Row, 1965), edited by Kurt H. Wolff, 261.

回应。三峡唤起人们对沟通——包括与历史进行沟通——的渴望,以及对沟通手段的思考。在杜甫看来,夔州的痕迹是隐藏的峡道,是既欢迎人又阻塞人的通道,让旅人在门口徘徊。另一方面,他发现了连通和交融的历史,这无疑是被滞留、受阻隔的诗人一厢情愿的想象,但同时又是诗歌表达沟通渴望的标志。

(刘倩 译)

肆

反讽的帝国

卢本德

在过去的一千多年间,人们常常把杜甫视为一位维系破碎世界的诗人。人们时常肯定,他那些堪称道德典范的诗作表明,《诗大序》中诗与道德、政治的原初关联没有最终消失。杜甫同情当世受苦受难的民众,这说明渺小的个体依然能为帝国言说,以"一国之事,系一人之本"[1]。他对安史之乱的真正意义有透彻的见解,这样的洞见也表明了个体主体性和客观真理之间没有不可逾越的鸿沟,一个诗人仍有可能以合乎世界真实道德样貌的方式来感受世界。[2]杜甫在这些方面是中国的"诗圣"和"诗史"。一千多年来,诗歌经常被视为一种让诗人沉溺于个人经验和私人主体性而逃避政治和道德责任的艺术。在这种脉络当中,杜甫的使命是维护诗的根本可辩护性

---

[1] 见《毛诗注疏》(台北:艺文印书馆,1955),卷一,第18页。
[2] 古今评论家对杜甫的这类看法,见 Lucas Rambo Bender, "Du Fu: Poet Historian, Poet Sage"(Phd diss., Harvard University, 2016),特别是第213—220页。

(defensibility)。

然而，有时候杜甫的形象截然不同。例如，宇文所安认为杜甫是第一个在书写中创造一个私人领域的诗人，而这个私人领域，是由与帝国的意识形态显然不同的主观阐释构成的。[1] 宇文所安认为，中唐时期的重要诗人模仿杜甫，他们——

> 戏谑夸张地把家庭空间和闲暇活动阐释为一种私人价值观的话语，以表达对常规价值观的反抗。这些戏谑而出的价值观和意义，只属于诗人自己，它们创造了一个有效的私人领域，迥异于中国道德、社会哲学专横的一面，在这一面中，哪怕独处或家中行为，都是公共价值观等级序列中的一部分。[2]

宇文所安认为，这类诗推动了一种大趋势，决定了后来中国文学文化中的很多内容："作家开始以大小巨细各种方式宣称他们对一系列对象和活动的领属权：我的田地，我的风格，我的阐释，我的园林，我所钟爱的情人。"[3] 因此，在这类诗中，私人主体性与公共价值观之间的关系成

---

[1] Stephen Owen, *The End of the Chinese "Middle Ages": Essays in Mid-Tang Literary Culture* (Stanford, CA: Stanford University Press, 1996), 89.

[2] Stephen Owen, *The End of the Chinese "Middle Ages"*, 4.

[3] Stephen Owen, *The End of the Chinese "Middle Ages"*, 7.

了问题，造成文学写作与关注帝国命运的道德思考之间的新分歧。虽然许多评论家认为杜甫时时刻刻都关心公共问题，但宇文所安认为杜甫为逃避帝国责任与质疑帝国价值观提供了一个很重要的典范。

一个合理的假设是，这两种对杜甫的看法来自他庞杂诗集的不同部分。但事实上，杜甫那些私人主体性诗学的奠基之作，往往也是"一饭未尝忘君"[1]最令人信服的证据。这类两面兼具的诗歌——主要作于夔州，以琐碎家事为主题——同时指向两个方向，既通过将帝国价值观引入私人生活的细枝末节来确认杜甫对公共关怀仍有所承诺，同时又讽刺了这些价值观，突出了一种滑稽的不协调性，因为这些主题通常不受诗等高雅文化形式的关注。这些诗成了笑话，嘲笑着杜甫想把帝国价值观用于唐皇权边远地区凡俗生活的徒劳。与此同时，这些诗常常借忧郁的反思来削减这种幽默，杜甫看到了帝国的暴力，反思自己对帝国的长久依赖。通过探索公共关怀在家庭生活中的适用性，这些诗歌打破了杜甫迫切想要维系的世界，并在他试图逃避的反讽中揭示了反常的相互关联。[2]

---

[1] 这句著名的套话来自苏轼（1037—1101），见《苏轼文集》，第318页。
[2] 晚近对这些诗歌的研究，见Gregory M. Patterson的博士学位论文"Elegies for Empire: The Poetics of Memory in the Late Work of Du Fu（712-770）"（Columbia University, 2013）, 126-148, 及其在2016年唐代研究会（T'ang Studies Society）上提交的会议论文。

肆　反讽的帝国

以琐事为主题的早期诗作

杜甫诗集中以琐碎家事为主题的诗，有些被认为作于夔州时期以前。其中一些诗是传统解读的力证，即帝国价值观甚至渗透到杜甫生活中的某些领域，在这些领域中，道德感没那么强的人可能会注意不到。例如，在通常认为作于秦州、成都期间的《病马》和《棕拂子》[1]中，杜甫咏赞自己流亡时所用之物带给他的支持，显然意在为官事君的理想。相应地，传统评论者普遍认为，这些作品本质上关乎诗人被辜负的忠诚以及辜负他忠诚的那个政府。他称忠诚的病马让他觉得"意不浅"，称自己总是"缄縢"（收藏好）他的棕拂子，这些被解读为他对帝国的奉献没有换来应有的赏识。[2]这些诗并无特别幽默之处，谈论棕拂子的忠诚可能多少有点荒唐，但说到马的忠诚就不那么荒唐了。无论如何，评论者们几乎一致认为，这些主题只是为了引出更严肃的议题。

宇文所安认为，直到764年，杜甫在其试图把自己的

---

[1] 萧涤非主编：《杜甫全集校注》，第三册，卷六，第1575页；第五册，卷十，第2886页。Stephen Owen, *The Poetry of Du Fu*, vol. 2, 182-183; vol. 3, 256-259。

[2]《病马》的这类评论，如赵次公的评论，见林继中辑校：《杜诗赵次公先后解辑校》（上海：上海古籍出版社，1994），第350页；如"师曰"，见黄希、黄鹤：《补注杜诗》（台北：商务印书馆，1985），卷二十，第23a页。《棕拂子》的这类评论，见单复：《读杜诗愚得》（台北：大同书局，1974），卷九，第17页；《杜诗详注》，第1031页。

家庭琐事拔高到帝国大事程度的诗作中才开始遇到真正的反抗。宇文所安重点讨论了《水槛》[1]，这首诗描述了杜甫在是否应该修复他那破败隐居地的水槛一事上犹豫不决。宇文所安认为："是否修缮倒塌的水槛从来就不是一个问题，它不值得用严肃的诗来描写。"因此这首诗的根本张力在于，杜甫为了证明"为什么这件事对他来说那么重要，为什么严肃的诗歌体裁要费心关注如此琐细而平常的事物"[2]，"竟然离谱地援引《论语》中孔子教人'扶颠'的相关段落"[3]。《论语》中孔子谈论的是治理问题，不是水槛，杜甫把孔子的教诲用于家庭领域，这种荒谬突显出他的成都隐居地与帝国政治的脱节。因此，诗歌制造了一个反讽的分裂世界，说明这些关乎国家的价值观无法轻易地转移到家庭生活领域。"无论杜甫怎样努力赋予自己家中的建筑以意义，它终究只是一个水槛而已，这反讽了他的阐释努力，突显出用力过度"[4]，而这使得诗人最终意识到自己对水槛的依恋，并不是他所援引的高雅文化价值观的例证，只是平凡家常的熟悉而已。水槛单纯地属于他，而他也关心它，但这与帝国所看重的价值观十分不同——这就是私人领域的雏形。

---

[1] Stephen Owen, *The Poetry of Du Fu*, vol. 3, 360-361；萧涤非主编：《杜甫全集校注》，第六册，卷十一，第 3155—3158 页。

[2] Stephen Owen, *The End of the Chinese "Middle Ages"*, 91.

[3] Stephen Owen, *The End of the Chinese "Middle Ages"*, 92.

[4] Stephen Owen, *The End of the Chinese "Middle Ages"*, 92.

但是，大多数中国评论家对这首诗的解读很不一样。宇文所安认为，诗中"恐贻识者嗤"一句，意味着诗人对自己把《论语》滥用于水槛感到不安；周篆（1642—1706）等传统评论家的看法则相反，认为杜甫担心自己在琐碎的家庭领域也没能遵循孔子的教诲而受人嘲笑。[1] 从这些评论者的角度来看，这首诗体现出杜甫对正统帝国价值观的衷心认同，而从宇文所安的角度看，杜甫是在反讽。我认为这种分歧并非偶然。在讨论杜甫寓居夔州两年期间（766—768）所写的家事诗时，这种解读的双重可能性在结构上极为重要，表达了杜甫对身处帝国边界和帝国官僚机构边缘的阈限位置（liminal position）的沉思。[2]

蔬菜之"比"

毫无疑问，过去不乏描写外省乡村生活琐事的经典诗

---

[1] 周篆的评论，见萧涤非主编：《杜甫全集校注》，第六册，卷十一，第3156页。注意，单复认为这首诗喻指了帝国，风雨指代叛乱造成的社会失序，水槛指代国家，见单复：《读杜诗愚得》，卷十，第17b—18a页。同样，翁方纲（1733—1818）认为"扶颠"即修水槛，指杜甫试图援救房琯（696—763），见萧涤非主编：《杜甫全集校注》，第六册，卷十一，第3157页。按照这些读法，援引《论语》并无不妥。

[2] 杜甫生平概述，见本书"前言"。杜甫在夔州时的境况，以及夔州在唐帝国的地位，见 Gregory M. Patterson, "Elegies for Empire", 特别是第74—126页；方瑜：《杜甫夔州诗析论》，第9—70页；蒋先伟：《杜甫夔州诗稿》，特别是第60—71、173—176、222—224页；封野：《杜甫夔州诗疏论》。

作。实际上，在唐人看来，诗大概是连接易于脱节的经验领域的最佳方式。《诗大序》不仅认为可以从个体的经验和感觉中察知"一国之事"，还把"比"确立为理解诗义的"六义"之一，[1] 比如吃掉农家粮食的"硕鼠"就可喻指贪婪的统治者。[2] 根据传说中的《诗经》起源，其所收诗歌采自周朝广阔疆域的偏远人群，目的是向中央朝廷报告各地风土人情。因此，按照这种古典主义视野，夔州这样的穷乡僻壤产生伟大的诗歌也并非不可能。

不过，杜甫似乎意识到过于热切地应用"六义"时可能出现的"突降的幽默"（bathetic humor）*。如下面这首诗，当他声称要把夔州园官送来的劣菜"比"为国家的时务时，他就既把自己的诗歌实践与传统的、最崇高的来源联系起来，又嘲讽自己以《诗经》的诗学理论抱怨送来的粗劣蔬菜：

园官送菜[3]

园官送菜把，本数日阙，刻苦苣马齿，掩乎嘉蔬。伤时小人妒害君子，菜不足道也，比而作诗。

---

[1]《毛诗注疏》，卷一，第15页。
[2]《毛诗注疏》，卷五，第211页。
* 译者按：突降（bathos），一种修辞手法，会使严肃的内容突然变得荒谬。
[3] 本章所引杜诗文本，主要以王洙（997—1057）整理的《宋本杜工部集》（以下简称为"宋本"）为底本。《园官送菜》这首诗，见 Stephen Owen, *The Poetry of Du Fu*, vol. 5, 116–119；萧涤非主编：《杜甫全集校注》，第八册，卷十六，第4546—4551页。

> 清晨蒙菜把，常荷地主恩。[1]
> 守者愆实数，略有其名存。
> 苦苣剌如针，马齿叶亦繁。
> 青青嘉蔬色，[2] 埋没在中园。
> 园吏未足怪，世事因堪论。
> 呜呼战伐久，荆棘暗长原。[3]
> 乃知苦苣辈，倾夺蕙草根。
> 小人塞道路，为态何喧喧。
> 又如马齿盛，气拥葵荏昏。
> 点染不易虞，丝麻杂罗纨。
> 一经器物内，永挂粗刺痕。
> 志士采紫芝，放歌避戎轩。[4]
> 畦丁负笼至，感动百虑端。

这里，杜甫急于化解读者可能发出的嘲笑，两次宣称自己收到劣菜的事微不足道，不值得为此写诗。他让我们放心，这些蔬菜不是本诗的重点，蔬菜只是用来讨论更大

---

[1] 地主，一般认为即夔州都督柏茂琳，杜甫寓居夔州时的恩主。
[2] 这一行可能让人联想到两首早期情诗，其中均有"青青河边／河畔草"一句。见逯钦立辑校：《先秦汉魏晋南北朝诗》（北京：中华书局，1983），第192、329页。
[3] 荆棘，语出《老子》："师之所处，荆棘生焉，大军之后，必有凶年。"见冯达甫译注：《老子译注》（上海：上海古籍出版社，1991），第72页。
[4] 这一联指著名隐士"四皓"，他们避秦乱世，隐居商山。皇甫谧（215—282）《高士传》载有据称他们所作的《采芝歌》，言紫芝可以疗饥。见李昉等：《太平御览》（北京：中华书局，1995），卷五〇七，第2442页。

的时代政治、文化状况的一种手段。数百年来，大多数传统评论者都相信他这个说法，如杨伦（1747—1803）称："本是愤园官侵克食料，却入此大感慨，得诗人讽诫之旨。"[1]

但是，诗歌的最后一联也可以说明在杜甫的"百虑端"中或许有一些不那么崇高的关怀。所谓"百虑端"的多样性，其实已经体现在诗中了。从认为送来的蔬菜不好是因为园官"愆实数"（第3行），到直觉这些菜是治理窳败的具体结果（第11—14行），再到以劣菜喻指腐败的政治文化（第15—18行），各方面都说明诗人对自己引经据典来写劣菜"申辩得太多了些"*。而且，诗对诱人的"青青嘉蔬"的想象，也让人联想到早期五言诗描写春日离情的名句。若是《诗大序》为理解这首诗的内容提供了一种经典来源，对这首五言名句的呼应也或许能代表另一种更加接受个人乃至感官欲求的经典先例。

除了这些暗示杜甫可能没有成功消除对蔬菜本身的担忧之外，最后几联援引另一种先例重新阐释了本诗——传说中的"四皓"避秦虐政时所唱的《采芝歌》。杜甫反思，这些高士的诗歌与自己的诗形成了鲜明对比。他们快

---

[1] 杨伦笺注：《杜诗镜铨》（上海：上海古籍出版社，1980），卷十六，第761页。同样，王嗣奭（1566—1648）认为诗歌是对武官欺凌文官的批评，见王嗣奭：《杜臆》（上海：上海古籍出版社，1983），卷七，第246页。

* 译者按：doth protest too much，语出莎士比亚《哈姆雷特》。

乐地唱着歌，轻松采摘着无须人力培植、生长在帝国版图之外的灵芝；而自己抱怨的这些粗劣蔬菜，却沉甸甸地压在了那些干脏活的农民背上，他们受命把菜背来给他。这些"负"菜的农民，让我们想到诗首联中的"荷"字，"负""荷"二字同义，前面杜甫用"荷"字文雅地表达自己对恩主柏茂琳慷慨提供食物的感激之情。这种前后照应似乎暗示着，不同于"四皓"，诗人实际上被他对蔬菜的关注"压垮"了，就像那些农民因为送菜给他而身体上受累一样。这种刻意的转折（twist）不但可能意味着杜甫最终并没有超越他反复引经据典加以否认的琐碎关心，或许还重新评估了他与帝国价值观保持连接的愿望，因为在这里，他恰恰是帝国体制的受益人，牺牲了不那么幸运的其他人。

所以，这首诗尽管表面上牢骚不平，却浓缩了杜甫夔州琐事诗中诸多反复出现的主题。从结尾回看全诗，这种牢骚不平本身也是诗歌的重点所在，它把诗人戏剧化为一个老顽固，写作自命不凡的"比体诗"（allegorizing poetry）来抱怨免费食物。这样一来，诗歌重新思考着自身，重新思考着它装模作样地把高雅文化意义引入家庭琐事的努力。杜甫在作于夔州的另一首描写蔬菜的比体诗中再次采用了这种手法，而这一次，诗歌的语气（register）与其说是严肃的自我批评，不如说是幽默的自怜：

种莴苣并序[1]

既雨已秋，堂下理小畦，隔种一两席许莴苣[2]。向二旬矣，而苣不甲坼，伊人苋青青[3]。伤时君子或晚得微禄，辗轲不进，因作此诗。

阴阳一错乱，骄蹇不复理。

枯旱于其中，炎方惨如毁。[4]

植物半蹉跎，嘉生将已矣。

云雷欻奔命，师伯集所使。

指麾赤白日，澒洞青光起，[5]

雨声先已风，散足尽西靡。

山泉落沧江，霹雳犹在耳。

终朝纡飒沓，信宿罢萧洒。

---

[1] Stephen Owen, *The Poetry of Du Fu*, vol. 4, 218—221；萧涤非主编：《杜甫全集校注》，第七册，卷十三，第3686—3694页。

[2] 莴苣，宋本作"萎苣"（withered lettuce），不通。此处从赵次公之说，作"莴苣"，见林继中辑校：《杜诗赵次公先后解辑校》，第1006页。

[3] "伊人苋青青"，宇文所安译本和萧涤非校注本均作"独野苋青青"（only the wild amaranthus is growing green）。这里从宋本，不仅因为"伊人"常见于各种早期版本（包括那些没有对"独野"出校的文本），还因为这显系 *lectio difficilior*（较难读法［译者按：经文版本学的一个基本原则，越难解释得通，越值得采纳］），诗歌第25行出现的"野苋"也明确解释了诗序中的这处异文。此外，杜甫的邻居很可能种的是苋菜（他确实收到过各种苋菜，《园官送菜》就曾提到他收到了马齿苋）。

[4] 这行诗的用语让人想到《诗经·汝坟》："王室如毁。"见《毛诗注疏》，卷一，第44页。炎方（一译 fiery regions），南方。

[5] 这一行让人想到《楚辞》，特别是《离骚》对说话人遨游天际的描写。见崔富章、李大明主编：《楚辞集校集释》（武汉：湖北教育出版社，2003），第411—450页。

肆 反讽的帝国

> 堂下可以畦，呼童对经始。[1]
> 苣兮蔬之常，随事艺其子。
> 破块数席间，荷锄功易止。
> 两旬不甲坼，空惜埋泥滓。
> 野苋迷汝来，[2]宗生实于此。
> 此辈岂无秋，亦蒙寒露委。
> 翻然出地速，滋蔓户庭毁。
> 因知邪干正，掩抑至没齿。
> 贤良虽得禄，守道不封己。
> 拥塞败芝兰，众多盛荆杞。
> 中园陷萧艾，老圃永为耻。[3]
> 登于白玉盘，藉以如霞绮。
> 苋也无所施，胡颜入筐篚。

如果说《园官送菜》的"比"和《诗经》有关，这首诗则指向中国诗歌传统的另一个古老源头——《楚辞》，特

---

[1] 这行诗的用语让人想到《诗经·灵台》："经始灵台。"见《毛诗注疏》，卷十六，第579页。

[2] 这一行，宇文所安译为："You, wild amaranthus, I don't know where you came from." 虽然宇文所安的读法可以在很多前现代评论家中找到支持，但据上下文，杜甫很可能担心的是善恶相"混"的危害，如孔子所言："恶似而非者。"见《孟子注疏》(台北：艺文印书馆，1955)，卷十四，第263页。

[3] 老圃，让人想到《论语》中的一段话，当时弟子樊迟想学种庄稼而不是治理之道，孔子回答说："吾不如老圃。"见《论语注疏》(台北：艺文印书馆，1955)，卷十三，第116页。

别是《离骚》。《离骚》中的说话人把自己的美德比作香草（当时的宗教实践常用之来召唤神灵），描写自己在一个"小人"像腐草一样熏人的世界里精心培育兰和蕙。这首诗中的杜甫也是一个圃人，比起邻居家种植的粗劣苋菜，他努力想种出好菜来。尽管这首诗竭力想要贴近《离骚》，唤起说话人遨游天际时驱使的神灵形象，甚至在关键句中使用《离骚》常见的虚字"兮"，但终究只是庄重骚体的一种缩减形式（deflation）。这里，杜甫培植的不是兰、蕙等神灵喜爱的香草，只是莴苣——"蔬之常"。诗歌宏大的呼语"苣兮"就这样立即遭到破坏，这种粗劣食材显然无力代表诗歌想代表的"君子"罕有而脆弱的美德。把《离骚》传统移用于这类菜园，无疑会让人多少觉得有些荒唐可笑。

如果说莴苣难以代表美德，那杜甫也发现自己很难胜任最初给自己设定的"君子"角色。例如，种不好莴苣，与我们对"辘轲不进"这个词的常见期待相去甚远，尤其诗序中这个词前面还提到诗人近来因名为工部官员而获得了一份"微禄"。杜甫似乎认识到了这种不协调，在诗的结尾处暗示着，虽说孔子把下层民众卑微的知识与那些治理帝国精英的美德区分开来，自己在夔州其实和孔子所蔑视的"老圃"并无分别。在理想情况下，有德有官的人的食物可能会"登于白玉盘，藉以如霞绮"，但杜甫流亡时所用的餐具肯定较为简陋。我们可以想象，把邻居种植的苋菜装在他的篮子里，也不会有什么明显的不协调。

这样一来，这首诗破坏了它所宣称的自命不凡，暴露了杜甫自居的道德优越感。在窘迫的境遇中，杜甫是一个种莴苣的卑微圃人，很难配得上"君子"的样式。虽然到了8世纪，"君子"一词更多用来描写人的道德修养，杜甫这里恐怕在追溯这个词的词源与其和贵族以及治理的最初关联。其实，这首诗描写了一系列的无能之"君"，从错乱阴阳的宇宙统治者，到害得杜甫成为圃人的唐皇帝，最后再到没能阻止苋菜在他的菜园帝国中与莴苣杂生的杜甫本人。[1]这里同样突显了孔子的信念，即君子应该像君主一样开化自己周围的环境。孔子的这段话，似乎在杜甫写作这首诗和其他同类夔州诗时也萦绕于其心：

> 子欲居九夷。或曰："陋，如之何？"子曰："君子居之，何陋之有。"[2]

但杜甫开化不了南蛮之地，他别无选择，只能吃邻居种植的粗劣食物。

因此，就像《园官送菜》一样，这首诗也挫败了诗人表面上把家庭事务与帝国精英理想联系在一起的愿望，在这两个领域之间制造着一种不相连性。这无疑让人联想到

---

[1] 这种"错乱"应被视为治理失败的典型。据孔子，治理的关键首先在于"正名"，让万物名实相符，见《论语注疏》，卷十三，第115页；据《易经》，明君的职责在于"圣人作而万物睹"，这句话的出处，以及中古时期对这句话的理解，见《周易注疏》(台北：艺文印书馆，1955)，卷一，第15页。

[2]《论语注疏》，卷九，第79页。

宇文所安对《水槛》的解读。但是，尽管这种对诗人自命不凡的自我破坏可能是幽默的，菜园和帝国之间的断裂并没有开辟出一个能削弱国家对个人的要求的私人领域。相反，杜甫正是在对帝国的依恋中表达了与帝国的疏离。他作为"老圃"的失败，既体现出杜甫对孔子的虔诚使他无力顾及其他事情，又表明他无力在夔州这个地方践行孔子的教诲。这种双重约束在本诗诉诸《离骚》这个经典传统时特别明显。《离骚》据称为屈原所作，他大致生活在杜甫当时所处的地区。[1] 一方面，诗歌诉诸骚体，为诗人从事卑微的种菜活动进行辩护，以表明杜甫依然投身于中华帝国的传统；另一方面，把骚体用在这里，同样也可理解为杜甫被南蛮之地感化，而不是相反。因此，从这个角度看，这首诗的语言本身也以悖论方式表明了杜甫对帝国的依附和他与帝国的疏离。

写给仆人和孩子的诗

杜甫诗既表现对帝国的依恋，又表现对帝国的疏离，在某种意义上这个悖论是8世纪诗歌习俗的一部分。诗是（至少渴望是）跻身上流社会的一种手段，举进士要考诗，

---

[1] 实际上，屈原生活在更偏东边的一带（今湖北荆州附近）。但对杜甫而言，夔州与湖北并无二致，至少从文化上说，它们都位于中华文明的南部边缘。

诗也常用作精英社会生活的装点。不过，不管诗如何融入官宦阶层的生活，最著名的诗人不总是官阶最高的官员，成功的官员自然而然少了写诗的理由和时间。从7世纪末所谓的"初唐四杰"开始，宫廷就不再是文学活动的中心，相反，诗的才能是雄心受挫之人要求国家授予权力的途径。[1]正如麦大维（David McMullen）所言，宫廷与精英文化、文学生产的中心渐行渐远。[2]这一过程对9世纪初私人主体性和私人空间的发展至关重要，而这主要发生在处于官方权力边缘的"反文化"作家的作品中。[3]到那时，声称坚持该中国传统本身就可能是对帝国实际情况的不满。

杜甫还没到那一步——就像前面两首诗所表明的那样，身体上远离帝国中心和疏离高雅文化这两件事在杜甫的诗作中往往混在一起。然而，杜甫在夔州时期写了大量的诗，这种高产对诗和它仍然向往的精英群体之间本已紧张的关系又施加了更大的压力。这不仅因为夔州在文化和民族上都处于中华帝国的边缘，[4]还因为很难想象杜甫抱怨蔬菜的

---

[1] Stephen Owen, "The Cultural Tang," in *The Cambridge History of Chinese Literature*, vol. 1: To 1375 (Cambridge: Cambridge University Press, 2010), edited by Stephen Owen, 300.

[2] David McMullen, *State and Scholars in T'ang China* (Cambridge: Cambridge University Press, 1988).

[3] 今天已被经典化的9世纪作家韩愈（768—824）就是这种"反文化"的一部分，如见Stephen Owen, "The Cultural Tang," in *The Cambridge History of Chinese Literature*, vol. 1: To 1375, 330。

[4] 杜甫关于夔州文化的诗歌，相关讨论，见Gregory M. Patterson, "Elegies for Empire," 74-126。

诗会有什么受众。因此，在这个时期的一些诗作中，杜甫开始坦率地提及诗作的受众问题，有时会声称他的受众是精英社会边缘或之外的人，如孩子和家仆。在这些诗中，杜甫以帝国内部人士的姿态自居，将精英中华文明输入南蛮之地，带给他在此地的仆人和奴隶（几乎可以肯定是文盲，有的还不是汉人），[1] 或者把中华文明的教导和价值观传给自己的儿子宗文、宗武。就像《园官送菜》和《种莴苣》一样，这种试图连接边地夔州家庭事务与帝国中心价值观的努力，把这些价值观伸张到了极限：

---

[1] 很难确凿指出杜甫家中的奴仆情况。但可以肯定的是，他至少有一个"獠奴"（见《示獠奴阿段》，Stephen Owen, *The Poetry of Du Fu*, vol. 4, 128-129；萧涤非主编：《杜甫全集校注》，第六册，卷十二，第3546—3550页），还有一个女奴阿稽，从中古时期对南方少数民族的命名习惯看（见《魏书》[北京：中华书局，1974]，卷一百一，第2248页），她可能也是獠人／僚人。我们不太能确定杜甫提到的其他仆人的民族身份和法律地位。唐代法律中的"贱民"，或依附于官府，或依附于私人，问题很复杂。杜甫与他提到的大多数仆人之间的关系，我们几乎一无所知。因此，除非杜甫直接说明，本章不推测他们的民族身份或法律地位，只用"仆人"和"奴隶"两个词大致区分，不求精确。各级奴仆的法律界限并不严格，但"良""贱"泾渭分明。唐代奴隶制，见李季平：《唐代奴婢制度》（上海：上海人民出版社，1986）。唐之前奴仆法律范畴的发展变化，见堀敏一：『中国古代の身分制：良と贱』（东京：汲古书院，1987）。褚赣生的《奴婢史》（上海：上海文艺出版社，2009）记载了不少各个时期的趣闻轶事。英语论著方面，唐代少数民族奴隶制简论，见 Edward H. Schafer, *The Golden Peaches of Samarkand: A Study of T'ang Exotics* (Berkeley: University of California Press, 1963), 40-47; Marc Samuel Abramson, *Ethnic Identity in Tang China* (Philadelphia: University of Pennsylvania Press, 2008), 133-138。

课伐木[1]

课隶人伯夷、辛秀、信行等入谷斩阴木[2],人日四根止,维条伊枚[3],正直侹然。晨征暮返,委积庭内。我有藩篱,是缺是补,载伐筱簜[4],伊仗支持,则旅次于小安。山有虎,知禁,若恃爪牙之利,必昏黑撑突。夔人屋壁,列树白菊[5],墁为墙,实以竹,示式遏[6]。为与虎近,混沦乎无良,宾客忧害马之徒[7],苟活为幸,可嘿息已。作诗付宗武诵。

长夏无所为,客居课奴仆。

清晨饭其腹,持斧入白谷。

青冥曾巅后,十里斩阴木。

---

[1] Stephen Owen, *The Poetry of Du Fu*, vol. 5, 120-125; 萧涤非主编:《杜甫全集校注》,第八册,卷十六,第4556—4566页。
[2] 据《周礼》,仲冬时节砍伐山南边的树木,仲夏时节砍伐山北边的树木。见《周礼注疏》(台北:艺文印书馆,1955),卷十六,第248页。
[3] 此处用语指涉《诗经·汝坟》:"遵彼汝坟,伐其条枚。"见《毛诗注疏》,卷一,第43页。"枚"宋本作"校",显系形误。
[4] 筱、簜,《尚书·禹贡》提到的两种竹子。见《尚书注疏》(台北:艺文印书馆,1955),卷六,第82页。
[5] 白菊,让学界极为愕然,似乎不太可能用白菊来充填墙壁,故很多人认为"菊"字误,应作其他字。但诗歌结尾时提到了重阳节,说明本字很可能就是作"菊"。果如此,白菊可能就不是用来充填墙壁的,而是种在屋前的。
[6] 式遏,语出《诗经·民劳》:"无纵诡随,以谨无良。式遏寇虐,憯不畏明。"注意,《民芬》中也出现了"无良"(evil sorts)一词。见《毛诗注疏》,卷十七,第630—631页。
[7] 害马之徒,出自《庄子》中的一则寓言,牧马人对黄帝说,治理天下就像养马一样,"亦去其害马者而已矣"。见郭庆藩:《庄子集释》,卷八,第833页。

> 人肩四根巳，亭午下山麓。
> 尚闻丁丁声，[1]功课日各足。
> 苍皮成积委，素节相照烛。
> 藉汝跨小篱，当仗苦虚竹。[2]
> 空荒咆熊罴，乳兽待人肉。
> 不示知禁情，岂唯干戈哭。
> 城中贤府主，处贵如白屋。
> 萧萧理体净，蜂虿不敢毒。
> 虎穴连里闾，堤防旧风俗。
> 泊舟沧江岸，久客慎所触。
> 舍西崖峤壮，雷雨蔚含蓄。
> 墙宇资屡修，衰年怯幽独。
> 尔曹轻执热，[3]为我忍烦促。
> 秋光近青岑，季月当泛菊。[4]
> 报之以微寒，共给酒一斛。

　　这是一个有难度的文本，尤其是诗序，故意模仿古代《书经》古奥的帝王修辞。我们在思考受众问题时应该把这个文本的难度牢记在心，因为杜甫诗中提到的受众是大概

---

〔1〕 丁丁，语出《诗经·伐木》："伐木丁丁，鸟鸣嘤嘤。"见《毛诗注疏》，卷九，第327页。
〔2〕 第9—14行晦涩难解，评论家提出了各种不同读法。
〔3〕 执热，语出《诗经·桑柔》，但杜甫对这个词的用法，往往不同于传统的毛传注疏。
〔4〕 九月九日重阳节，家人朋友会登高望远，遍插茱萸，饮菊花酒。

不识字的奴仆以及受教育程度较低的幼子宗武。宗武受命对家仆诵读这首诗,很像地方官员对当地民众宣读圣旨。[1]这里的言下之意明白无误,杜甫自诩为某种帝国中央,他整顿荒野秩序,评价臣子的贡献,向南蛮之地传播中华文明。[2]然而,这种"诗人殖民者"的想象不符合诗中描述的实际活动,这与其说是中华文明的扩张,不如说是诗人自己遵循夔州的地方习俗。同样重要的是,这首诗的语言过于古奥,那些受众很可能理解不了,这让杜甫扮演的皇权成为一场奇怪的闹剧。我们也许可以想象,如果宗武真的把杜家的奴仆排成一列,努力向他们朗读这个文本,那场面一定很可笑。

此外,本诗用另一种途径试图把诗中的苦差事与精英文化联系在一起,而这里奴仆们能不能理解也是一个问题。诗人在诗的结尾处提出承诺,要在几个月后送这些辛勤劳作的奴仆一斛酒。对杜甫来说,这个提议有着明确的象征意义,即邀请仆人加入聚在一起喝菊花酒的汉族精英群体,庆祝重阳节。实际上,杜甫邀请他们代替原本在重阳节共饮的家人和朋友,但这些奴仆能否理解或特别感激杜甫的

---

[1] 这时的宗武大概十三四岁。宗武一生中大多数时间都在逃难。五岁左右,他有过大约一年相对安定的生活,当时杜甫在京畿地区做官;接着,他在四川过了五年断断续续贫穷、流亡的生活,这时他本应开始接受文人所需的教育。
[2] 《信行远修水筒》中的杜甫,差不多也是在"臣子"面前以皇帝自居。见 Stephen Owen, *The Poetry of Du Fu*, vol. 4, 170—173;萧涤非主编:《杜甫全集校注》,第七册,卷十三,第 3664—3669 页。

提议，这一点值得怀疑，尤其考虑到他们一定不熟悉这个提议所模仿的诗歌套路，如王维诗所言："他乡绝俦侣，孤客亲僮仆。"[1]对这些奴仆来说，在夏日骄阳下劳作一整天，几个月后再得到一斛酒，这个承诺可能显得太微不足道了。

杜甫似乎很清楚这些问题，因为这首诗主要围绕中华文化象征力量（symbolic power）的局限性展开。古奥的诗序试图掩盖诗人对这个文化落后地区风俗习惯的接受，而他承诺的友谊和菊花酒试图掩盖他作为一个贫穷贵族和仅仅是名义上的帝国官员所固有的问题，即他不再能像年轻时那样自信地假定自己对仆人拥有控制权。杜甫能否继续保留和管控奴隶，取决于他与帝国的关系，更具体地说取决于他在夔州时的恩主柏茂琳。也许杜甫也想到了这个问题，于是在诗中称赞柏茂琳为官贤能，辖区内"蜂虿不敢毒"。但是，虽说柏茂琳治理有方，杜甫还是对自己的安全似乎并没有十足的把握，只能"嘿息"而已。他担心自己和"无良"生活在一起（"害马之徒"一词，只有通过反讽地缩减其传统喻指，才能指代老虎），于是加固自己的墙壁来抵御暴力侵害。在这个语境下，杜甫形容柏茂琳"处贵如白屋"，其所指可能就变得模棱两可了。这行诗的主要意思确实是说柏茂琳待人和蔼谦逊，但鉴于杜甫正忙于加固自己的"白屋"，言外之

---

[1] 王维：《宿郑州》，见《全唐诗》，卷一二五，第1250页。这种对仆人的普遍情感，在唐诗中出现过几次。

意也许是说，不管柏茂琳身上有什么中华文化的美德，都可能成为老虎口中的食物，成为地方叛乱和民族起义的炮灰，杜甫自安史之乱以来已经目睹过太多次了。

因此，从基调上看，这是杜甫最复杂的诗歌之一，时而自夸，时而自嘲，时而自怜，时而慷慨，时而愚钝，既信任帝国庇护的恩惠，又感到叛乱的隐忧。这里，我们远离了中唐的封闭式园林，远离了私人领域的舒适或者越轨的幽默。杜甫太清楚自己对帝国的依赖了，哪怕他的身体远离帝国中心，哪怕他越来越意识到帝国价值观对夔州的自己毫无用处。因此，这首诗中荒唐的帝王修辞不只是一个笑话，笑话自己年轻时习得的价值观与现在所过生活之间的脱节。这种修辞还是一种承认，承认儿子们的安全取决于父亲掌握的文化知识。然而，我们几乎可以肯定，在儿子们流亡、贫穷和忙于家务劳作的一生中，父亲很难把这些知识传授下去。

催宗文树鸡栅[1]

吾衰怯行迈，旅次展崩迫。
愈风传乌鸡，秋卵方漫吃。[2]

---

[1] Stephen Owen, *The Poetry of Du Fu*, vol. 4, 172-177；萧涤非主编：《杜甫全集校注》，第七册，卷十三，第3670—3677页。
[2] 此处英译，从赵次公之说，大意是：不应吃春天的鸡蛋，这些鸡蛋会孵成小鸡，鸡肉有益于身体健康；秋天的鸡蛋可以吃，因为这时孵化出的小鸡活不过冬天。见林继中辑校：《杜诗赵次公先后解辑校》，第948页。

自春生成者，随母向百翮。

驱趁制不禁，喧呼山腰宅。

课奴杀青竹，终日憎赤帻。[1]

踏藉盘桉翻，塞蹊使之隔。

墙东有隙地，可以树高栅。

避热时来归，问儿所为迹。

织笼曹其内，令入不得掷。

稀间可突过，觜爪还污席。

我宽螬蚁遭，彼免狐貉厄。

应宜各长幼，自此均勍敌。[2]

笼栅念有修，近身见损益。[3]

明明领处分，一一当剖析。

不昧风雨晨，[4]乱离减忧戚。

其流则凡鸟，其气心匪石。[5]

---

[1] 赤帻，出自六朝故事，年轻书生梦见一个带着赤色头巾的人，结果是隔壁的雄鸡变形为人。见干宝：《搜神记》（北京：中华书局，1979），卷八，第229—230页。
[2] 意思是说，要把小鸡单独关在一个笼子里，免得大鸡欺负它们。
[3] 评论家认为这首诗指涉《论语》："殷因于夏礼，所损益，可知也；周因于殷礼，所损益，可知也；其或继周者，虽百世可知也。"见《论语注疏》，卷二，第19页。这里的幽默在于，宗文可以参照邻居的鸡舍来设计自己的"鸡帝国"。
[4] 这行诗指涉《诗经·风雨》："风雨如晦，鸡鸣不已。"见《毛诗注疏》，卷四，第179页。
[5] 这行诗指涉《诗经·柏舟》："我心匪石，不可转也。"见《毛诗注疏》，卷二，第74页。凡鸟，也可理解为是对"凤"的视觉双关。凤，鸟中最不平凡者，与凡鸟相对立。

> 倚赖穷岁晏，拨烦去冰释。[1]
> 未似尸乡翁，拘留盖阡陌。[2]

像《课伐木》一样，这首诗有些地方也相当晦涩难懂，17世纪评论家黄生称之为"（杜甫）集中第一奇作"。[3]不过，这首诗的基本结构可以根据它与我们前面所论几首诗的相似性来理解。再一次，杜甫在他的夔州居所建造了一个微型帝国，试图整顿扰攘他后院的那些混乱和内战。诗人教导宗文"掌管"手下的"小官吏"（即家中的仆人和奴隶），把《缚鸡行》中搞得家反宅乱的啄食虫蚁的捕食者改造成有德行的臣民，使之具备《诗经》中君子应有的坚毅和勤勉。[4]这样一来，杜甫是在让儿子做好准备，好从自

---

[1] 这一行晦涩难懂。去，一作"及"，宋本和宇文所安都认为应作"去"，意思才更好理解。如果作"及"，那杜甫可能说的是（说得很简练），等明年冰雪融化后，他就会继续诗歌第一行提到的远行（"行迈"）。这样，此行可译为："dispelling bothers until we leave when the ice melts."

[2] 尸乡翁，《列仙传》中的神仙，养鸡数千头，夜则栖于树，昼则放养，他给这些鸡都起了名字，呼之即至。见刘向：《列仙传》（杨溥编，上海：商务印书馆，1936），卷一，第30页。

[3] 见萧涤非主编：《杜甫全集校注》，第七册，卷十三，第3675页。但这条评论不见于《黄生全集·杜诗说》，见黄生：《黄生全集》（合肥：安徽大学出版社，2009），第82—83页。其他传统评论家对这首诗看法不一。经常对杜诗写家事题材提出批评的王嗣奭认为："盖成大事者不宜小察。"见王嗣奭：《杜臆》，卷七，第249页。卢元昌则认为："篇中亦见仁至义尽。"见卢元昌：《杜诗阐》（济南：齐鲁书社，1997），卷二十二，第13页。

[4] Stephen Owen, *The Poetry of Du Fu*, vol. 5, 28-31；萧涤非主编：《杜甫全集校注》，第八册，卷十五，第4350页。

己手中接过传承中华文化及其开化中国内部有蛮夷风俗地方的责任。可以说，他是通过诗歌煞费苦心地引经据典，来向孩子灌输这个文化与责任。

我们读过了前面的三首诗就不难看出，杜甫把这些典故用在鸡身上有多么荒唐了。例如，第29行"不昧风雨晨"非常呆板地引用了《诗经·风雨》中之用鸡言美德那个比喻，这无疑是对高尚文化语言的嘲讽。杜甫试图把鸡舍与帝国联系在一起，实则太过可笑，只能说是个有学问的笑话。但是，诗歌到了最后一联又出现了和《园官送菜》中类似的，让读者重新思考的转折。这里，杜甫自嘲地对比了自己与让鸡自由游荡、相信它们会一呼即至的尸乡翁。这种对比本身就有点意思，似乎意味着建造一个有笼子、等级严明的"鸡帝国"，也许还不如达到一种不需要这些设施的状态。但是，杜甫在另一个方面也比不上尸乡翁，这让宗文倍加痛苦。和尸乡翁不同，杜甫是个短命的凡人，不是神仙。这个转折在诗开篇四行已经做了铺垫。开篇这四行既谈到他寄居夔州漂泊无根，又谈到他身患慢性病，这两个问题对宗文来说都是意味严重的威胁，因为一旦父亲去世，他可能就不能指望继续得到帝国官员的恩庇了。如果杜甫在夔州的处境如《课伐木》中写的那样不安全，他家人的处境就更加堪忧，因为身处这个既无财产又无亲戚的帝国边地，只剩下他们父亲为柏茂琳社交应酬写作高雅诗的能力能让他们免于贫困了。因此，本诗要求宗文从高雅文化先例的角度来思考家庭事务，这既荒谬，又很严肃。这家庭事务是眼下维持家庭生活的必需，而当杜甫去世后，高雅文化的先例就要成为孩子们生存的必需。

杜甫没有任何有形资产可以传给孩子，他唯一重要的财产是诗中蕴含的文化资本。而且，他也强烈意识到，动荡和贫困的处境让他很难把这个文化资本传承下去。汉族精英父亲一般不会写诗给孩子讲修建鸡舍的正确方式。和全世界掌握文化资本的人一样，他们一般都会依靠自己生活和运作的环境给孩子提供足够的训练。[1]但在夔州，杜甫很少有机会通过自身活动来展示高雅文化的价值。他的孩子可能比他小时候拥有更少的资源，却承担着更琐碎的家务责任。因此，写诗和孩子谈论如何应对这些家庭事务，既是对家人脱离高雅文化社会这个问题的解决之道，又不可避免地推翻了这种解决之道。

结　语

杜甫的儿子并非他成问题的遗产的唯一继承人。无论是中唐以来的私人主体性作家还是宋代以来认为杜甫将破

---

[1] 这个话题，见杜甫的早期诗作《登兖州城楼》，诗中形容自己探访在兖州做官的父亲的日子为"趋庭日"。见 Stephen Owen, *The Poetry of Du Fu*, vol. 1, 4-5；萧涤非主编：《杜甫全集校注》，第一册，卷一，第8—9页。趋庭，典出《论语》孔子父子关系的故事，意为"君子之远其子也"，见《论语注疏》，卷十六，第150页。这个文化理想对身为人父的杜甫而言难以企及，因为他在夔州并无一官半职。

碎世界维系在一起的评论者，他们都从杜甫对高雅文化理想和家庭事务的并置中收获了一些东西。中唐作家继承了杜甫对这两个领域不协调性的体认，评论家则强调杜甫对于被帝国深刻影响的生活领域的认识经常被忽略。但我认为，总体说来，无论是杜甫在诗作方面的继承人，还是在诗评方面的继承人，都没有意识到这些诗中自我意识的全部复杂性。就此而言，杜甫在《催宗文树鸡栅》等示子诗中对自己遗产的关注可谓有先见之明。他对文化传统的参与既过于空洞，又过于丰富，无法简单地传承下去。

在本章讨论的这些诗和其他写于夔州的家务诗中，杜甫与帝国的关系不可避免地有了反讽的意味。只要杜甫坚持保持自己与高雅文化价值观的关联，他就会意识到自己用力过头（overreach）的荒谬。一旦意识到自己用力过头的荒谬，杜甫就会承认自己仍以一种更微妙、更悲观的方式依赖着帝国的等级制度。一个菜园、一间鸡舍只能作为反讽的帝国，但杜甫嘲笑自己诗中把琐碎家务高尚化的荒谬，又反衬了他在夔州的不安全感，使得这些诗歌在悲剧和喜剧之间无休止地切换。杜甫既不能安全地置身于公共世界，又不能逃入一个安全的私人领域。这样一来，他就夹在了"中间"（in-between），而这个状态反映了他在帝国边缘的阈限地位（liminality），他作为拥有奴隶的流亡者在不断延宕回家的旅程。

这些诗只是杜甫全集叙述诗人一生中对帝国的思考不断发展和变化的一小部分。这场叙事结束于杜甫在湖南病逝的770年，但杜甫到了去世的那一天还没有解决我们在此探究的复杂问题。那么，除了欣赏诗中精致的古怪以外，如果说这些诗作中有值得我们珍视的遗产的话，这遗产倒不在于杜甫坚守或抵抗中古时期中华帝国对个体的要求。杜甫留给我们的遗产在于，他意识到了意识形态中的疏忽、荒谬和不公——尽管这些意识形态成就了唐朝在自己年轻时的相对繁荣，尽管他到晚年仍然依赖这些意识形态所支持的帝国，尽管这些意识形态支持他毕生实践的精英艺术——而大多数受惠于此意识形态的同时代人意识不到的这些问题。

（刘倩 译，陈荣钢 修订）

第二部分 诗歌与佛教

伍

避难与庇护：杜甫如何书写佛教

罗吉伟

在大多数中国佛教史研究中，学者们都会指出纯文学作品最早提到佛教信仰的是张衡（78—139）《西京赋》中的这两行文字。作者用了二十行描写舞女之美，然后补充道：

> 展季桑门，谁能不营。[1]

这个不起眼的时刻，被引为中国佛教信仰史的直接经验佐证。但是，没有人指出这两行文字中那些更有意味的方面。首先，这里有一种反讽：中国文学作品第一次提到佛家苦行僧（śramaṇa）的体裁，是经常被批评为铺叙过度、唤起感官愉悦的体裁。其次，这两行文字还进一步暗示中国本土女性的美丽能让一个外国高士放弃用来定义他自身的主要

---

[1] 萧统：《文选》，卷二，第79页。英译见 David R. Knechtges, *Wen xuan*, vol. 1, 237。

品格：他的自制力。这不失为一个好的起点，可以就此开始讨论文学中的苦行戒律问题，以及佛教话语如何与中国既有的特定**美学**原则互动的问题（就张衡这两行文字而言，这个问题表现为：一方面不信任表面语言，一方面又用诗文表现道德品格）。这些问题可能会在某些作家的作品中引发悖论，如贾岛（779—843）的诗作：他以佛教徒自居，却沉溺于对句技艺的表面魅力，不免让人生疑。

不过，这里，我想指出张衡这两行文字中另一个更有意味的方面。我们不清楚他对佛教的了解程度，当时他生活中也出现了一些佛教团体（特别是洛阳和彭城），但很少受到书面文献的关注。他很有可能听说了一些佛教高士的模糊传说，注意到外来词 śramaṇa（赋中记音为"桑门"，后改译"沙门"）有些异国情调，适合浮华艳丽的赋体姿态，可以用来证明自己学识广博。他还把这个词与中国本土的克己榜样展季——公元前 7 世纪人，"柳下惠"这个名字更广为人知——联系起来。康达维在译注这两行文字时说：

> 《毛诗》第 200 首毛传（《毛诗注疏》卷十二，十二之三，第 20b 页），以及很可能采纳了毛传的《孔子家语》（卷二，第 21b—22a 页），都间接谈到了柳下惠的故事，他让一个无家可归的女子整夜坐在自己腿上，自己的名誉却没有招致任何中伤。[1]

---

[1] David R. Knechtges, *Wen xuan*, vol. 1, 236.

把儒、释两家的克己典范联系起来,可以说,张衡涉及的领域就连接了古人和远方的人。女孩们如此可爱,足以打败任何时空的自制榜样,这就好比维多利亚时代的诗人让女性的美丽同时挫败了古罗马的塞涅卡*和一个印度高士。

这也让我们面临一个根本性的问题,关乎整个中古时期对佛教信仰的文学指涉。随着佛教知识在中国精英间的传播,随着佛经翻译越来越准确,开始出现了一批新词汇,即佛教术语,它们或是据梵文音译(如śramaṇa,音译为"桑门"),或是意译(如śūnyatā/emptiness,意译为"空")。两种译法各有各的问题:前者听上去就是外来词,不像汉语,后者则易导致复杂的佛教思想肤浅地被本土话语同化,尤其是被新兴的道教话语同化。在讨论这些词对美文、非佛教作品的影响时,就会面临一些奇怪的问题。如果作者使用梵文词汇,往往就会营造出一种异国情调;或者,如果这个词已完全融入日常用语,它所触发的明确的佛教含义,可能就会与体裁所想表达的本土文学传统格格不入。如果作者在一个通常不属于宗教的体裁中使用与佛教有关的本土词汇,那他的意思可能就会不清不楚;或者,可能会导致在文本中读出佛教意味,但这其实不是文本的本意。这方面最突出的例子恐怕要数王维(约699—

---

* 译者按:塞涅卡(Lucius Annaeus Seneca,约公元前4—公元65),古罗马政治家、斯多葛派哲学家、悲剧作家、雄辩家。

约761）诗中常见的"空"字：他诗中的"空"字，我们不知道是该视为对śūnyatā的首要指涉，还是次要指涉。

这是讨论佛教与中国文学时的中心问题，如果我们所说的"中国文学"指的是除佛教专门话语（经藏［sutras］、论书［śāstras］、偈［gāthās］等）以外的体裁的话。唐代精英诗歌传统就是一个很好的例子。一方面，如果在精英诗歌中看到明确的佛教用语，我们需要记住的是，这可能主要是出于修辞效果，而不是直接反映诗人的宗教关怀（这类关怀往往不能脱离文本而明确重建）。另一方面，要说佛教世界观微妙地影响了一首并未表达明确佛教内容的诗歌的美学思想，我们又很难证明这一点（这里，我想到的是宇文所安和周姗［Eva Shan Chou］，他们认为王维诗的"神秘结尾"是盛唐诗初期对含糊结尾的迷恋的结果，是对以情感直露为特征的初唐诗的反动）。[1] 分析佛教现象（Buddhist effects）及其对一般写作的影响，也不是不可能，田晓菲就出色论述了佛教现象学如何影响6世纪诗歌对物质表象的描写。[2] 但这方面仍难以坐实。在现代学界，另外两个因素也加剧了这种困难：首先，中国阐

---

[1] Stephen Owen, *The Great Age of Chinese Poetry: The High T'ang*, 38-39, 57-58; Eva Shan Chou, "Beginning with Images in the Nature Poetry of Wang Wei," *Harvard Journal of Asiatic Studies* 42, no. 1 (June 1982): 117-137, esp. 119-121.

[2] Tian Xiaofei, *Beacon Fire and Shooting Star: The Literary Culture of the Liang (502-557)* (Cambridge, MA: Harvard University Asia Center, 2007), 233-259.

释传统一般倾向于忽视文学中的佛教元素；其次，现代中国倾向于把禅宗视为一种贴近中国（Chinese-friendly）、智识精深的佛教信仰版本，认为它不是"宗教迷信"，因而可与精英美学价值观相互兼容（所以涌现了众多以"禅与中国文学"为题的学术论著）。这第二种倾向尤其成问题，因为它很少深入体察禅宗运动之所以兴起的各种历史因素，这些因素在唐代大多数时候还处于萌芽和不明晰状态。现代学者如已故的马克瑞（John McRae）花了数十年时间指出，我们对禅宗的看法是后世修行者的追溯建构，直到10世纪末它才开始呈现出我们熟悉的样貌。[1] 所以，当王维或杜甫在诗中使用"禅"字或指涉禅宗创始人时，我们不能说他们心中已有这种成熟的禅宗运动观，我们也不能言之凿凿地说他们的某首诗在这个意义上（无论是主题还是意象）具有"禅意"（channish）。其实，中古时期出现在佛教作品中的一些共同的意象和概念，已经进入了诗歌话语，也见于"世俗"文学。这些意象和概念是用一些词来表达的，这些词同时也可以表达非佛教思想，因此，我们必须考虑各个不同方面，才能就每个个案讨论佛教的影响，而很多时候，这种讨论也只能是尝试性的。就此而言，诗歌的社交功能可能有所帮助：谁是诗歌的接收者（例如，是僧友还是朋友）？诗歌是在什么情况下创作的（最明显

---

[1] John McRae, *Seeing through Zen: Encounter, Transformation, and Genealogy in Chinese Chan Buddhism*（Berkeley: University of California Press, 2003）.

的,它是不是一首"访寺"诗)?使用佛教术语,主要是为了修辞效果,还是同诗歌的整体意图有关?还有,就算这些问题的答案是肯定的,我们恐怕也要记住,唐诗的情境性和社交性意味着我们看到的是某首诗或某个场合中的佛教表现,不一定代表作者的日常关注。

在开始讨论杜甫之前,我们最好注意到即便有王维这样明显的佛教徒诗人,佛教在社会和语境中的存在也多少为人所忽视。对大多数现代读者来说,王维最"佛教徒"的时候,是他作为一个看似孤独寂寞、寻求更宏大真理的苦行僧而写作的时候(如他常被收入各种诗选的《过香积寺》)。[1] 不过,如果要衡量佛教在王维日常生活中的作用,以及这种作用如何反映在诗歌中,我们或许应该转向他那些不太著名的诗作:

饭覆釜山僧

晚知清净理,日与人群疏。
将候远山僧,先期扫敝庐。
果从云峰里,顾我蓬蒿居。
藉草饭松屑,焚香看道书。
燃灯昼欲尽,鸣磬夜方初。
已悟寂为乐,此生闲有余。

---

[1] 陈铁民校注:《王维集校注》(北京:中华书局,1997),第594—596页。

伍 避难与庇护：杜甫如何书写佛教

思归何必深，身世犹空虚。[1]

佛教信众应为僧人团体提供食物，王维把这个义务作为诗歌主题，但同时也结合了诗歌传统的一些常见惯例。

诗歌开篇是典型的王维诗，歌颂自己的隐士生活，毫不涉及佛教内容。接着，这种生活被外人来访所打断。一般说来，这些访客会是那些继续过着世俗生活的朋友，诗歌将会出现对比公共生活与私人退隐生活之乐的场景。但王维却将诗歌转入了佛教语境：他成了俗家施主，为僧人（来访的外人）提供简朴的蔬食。这使得他能够利用其他传统来重新阐释佛教徒的社会义务。俗家准备的食物一般都较为丰盛，以体现俗众乐于为普度众生而退隐社会的群体慷慨施舍。但这里，王维只是象征性地提供了清苦的"松屑"，这是道教神仙（"仙"）食用的。诗人亲自打扫卫生，期待访客的到来，他们也"下"山来到他家，这个场景进一步强化了与道教的关联。而且，访客来了以后，也扮演了更为传统的隐士角色。王维为他们提供的礼拜空间，也是读书的地方。注意，僧人们不是诵经，而是看"道书"（可以含混地指代各种哲学和信仰）。这些僧人不只是僧人，还是隐士同道和朋友，他们在王维"敝庐"的活动，对他们来说有一定的交友性质。王维试图把他们重新安置在非佛家的隐居话语中。诗歌结尾突出了佛理，但同时也大力

---

[1]《王维集校注》，第521—522页。

强调了诗人作为一个能从自己的独立修行中获益的俗家信众的角色。他有所顿悟（"已悟寂为乐"），描述自己如何超越二元性：他意识到可以把这种"空虚"感带入自己的日常活动，不管这些活动是发生在私人领域还是公共领域。他成功地把世俗隐逸、道教神仙、佛教信众的义务、大乘佛教哲学的"不二论"（nonduality）这些因素全都融合在一首诗中。

名气更小但更贴近当时佛教观的，是王维写给朋友"胡居士"的几首诗，当时两人都抱病在身。[1]这几首诗，每首读起来都有难度，王维从大乘佛教的主流观点出发详细辨析了不二论，以开解接收者。每首诗都充斥着佛教教义用语：

> 一兴微尘念，横有朝露身。
> 如是睹阴界，[2]何方置我人。
> 碍有固为主，趣空宁舍宾。[3]

从这个例子，我们可以感受到王维能让他的佛教修辞变

---

[1]《王维集校注》，第532页。
[2] 阴（skandha），指各种形式的感官感知和心理过程，它们使人虚幻地相信自我。界（dhatu），指理智与感官感知互动而生的各个领域（译者按：阴、界，即一般所说的"五阴"[又称"五蕴"]、"三界"，"五阴"指色、受、想、行、识五种刹那变化的成分，"三界"指欲界、色界、无色界）。
[3] 王维《与胡居士皆病寄此诗兼示学人其二》其一，见《王维集校注》，第532页。

得多么复杂；这样的诗句，如果不详细出注，现代读者几乎很难理解。所以，不奇怪，这些诗歌不是王维经典的一部分，因为它们堪称押韵的哲学话语。但它们确实展现了一个诗人的朋友轻易就能理解、欣赏这些诗歌的世界。结合上下文，甚至还可看出一定的幽默：既然诗歌是写给病友的，诗人势必会想到维摩诘的例子，这个才华横溢的居士借着装病，巧妙地向佛陀弟子们讲解不二论和存在的虚幻性。

王维的其他诗歌和散文，利用带有佛教色彩的社交场合，把佛教的修辞和用语与更鲜明的中国元素结合在一起，如《蓝田山石门精舍》把访寺诗变成了对桃花源故事的改写，有意把僧人混同于那个难以企及的乌托邦群体，再次围绕佛教僧侣与道教神仙的关联做文章。[1]

这些例子说明，如果不留意社会语境和典故运用，我们就不能真正判断佛教对中国主流文学的影响。如果多加留意，我们就不能把佛教视为影响文化审美的一种外来哲学体系，而是要把它视为在日常生活中逐渐发展起来的各种实践和信仰形式，是受教育精英共同语言的一部分。因此，个人信仰的性质或其表现形式，就不一定能从文本中带有佛教色彩的字句推断出来。[2] 就唐代诗人而言，我们

---

[1] 《王维集校注》，第460页。
[2] 如何界定佛教传统中的"信仰"问题（甚至"信仰"对一个唐代佛教徒来说意味着什么），是个复杂的问题，这里不能展开讨论。可参见 Donald S. Lopez Jr., "Belief," in *Critical Terms for Religious Studies* (Chicago: University of Chicago Press, 1998), edited by Mark C. Taylor, 21-35。

更应注意佛教活动在多大程度上构成了日常存在的一部分。为了衡量佛教实践，比如说，我们可以注意诗人对它的相对重视程度，以及相较于其他各种广泛的非佛教的传统活动，佛教活动在他作品中出现的程度。这样，我们才多多少少有理由把王维看作佛教徒诗人，因为我们可以追溯他文学作品中出现的交际圈，以及他使用佛教术语的自如程度。同样，我们还可以仔细探究佛教比喻（tropes）和概念如何出现在那些看似不太可能在其作品中强调佛教的诗人身上，就这些诗人而言，佛教实践和信仰的各个方面可能是他们日常经验的一部分，但信仰并不是他们世界观的主导因素。

这样，我们才能正式开始讨论杜甫与佛教的问题，或者，更准确、更累赘地说，讨论"杜甫的现存诗歌及其各种意象、词汇、概念，这些意象、词汇、概念，可能是也可能不是佛教的，通常取决于它们使用的语境"。在我看来，最有建设性的做法，不是把杜诗中的佛教元素视为对某种内心生活或虔诚信仰的明确可靠的指示，而是视为诗人工具箱的一部分，诗人用这些元素来创作一首好诗（尽管宗教真诚可能也是一个基本要素）。就此而言，重要的是不要成为过分简单化的自传读法的受害者。虽说杜甫的作品本身是我们通过阅读作品了解诗人完整自传的首要的和最初的一步，但应该注意的是，他那些同佛教有关的诗歌几乎都是应酬之作，通常是写给僧友的。社交互动（包括礼仪要求，或者只是单纯想和当地的好友建立联系），往往会和自我表达形成一种创造性张力相互作用。这些诗歌可能仍有自传性,但却经过了诗人和接收者所建立的关系的过滤。

杜甫与佛教的关涉程度,诗与诗之间往往差异较大。可以想见,最常见的是访寺诗,可能只是顺带涉及他所描写的场所的宗教性质。在这类访寺诗中,把佛教术语或信仰表述限制在首联和尾联的情况并不罕见。杜集开篇第一首诗就是一个很好的例子,后来他会反复沿用这种模式:

游龙门奉先寺

已从招提游,更宿招提境。
阴壑生虚籁,月林散清影。
天阙象纬逼,云卧衣裳冷。
欲觉闻晨钟,令人发深省。[1]

尽管中间两联神秘、超凡,但不太可能含有针对特定佛教徒读者的暗语。这类访寺诗,偶尔也会有对佛教程度较深的关涉,如下面这首诗,作于杜甫寓居成都期间:

望牛头寺

牛头见鹤林,梯径绕幽深。

---

[1]《杜诗详注》,第1页;Stephen Owen, *The Poetry of Du Fu*, vol. 1, 2-3。本章所论杜诗,英译均据宇文所安译本。

> 春色浮山外，天河宿殿阴。
> 传灯无白日，布地有黄金。
> 休作狂歌老，回看不住心。[1]

明确的佛教内容，使得精巧的对仗成为可能，如第三联中闪光的"白日""黄金"，既唤起了"传灯"意象（这是一盏长明灯，不只夜间点亮）的力量，又表达了对布施寺院的信众的敬意。但这些都与非佛教意象浑然一体，更多是为了展示诗歌技艺（多少还被第四行的优美文采所遮蔽）。相较于最常见的结尾"我应该出家为僧"，这首诗的结尾可能更引人注目，因为它明确指涉杜甫作为一个有自觉意识的诗人的天职。道德批评家"狂歌"者的形象，在中国文学中源远流长，可以追溯到《论语》中的桀溺；这个形象有力肯定了杜甫作为某种反社会的社会参与者的角色。要说他打算把这个角色让渡给一个平和的佛教徒沉思者，哪怕只是在一首即景诗中，那也太异乎寻常了，虽说这可能也是一种常见姿态。

对佛教完全不同的一种用法，可见于他后期的诗作《岳麓山道林二寺行》[2]。这首诗在某种程度上弘扬了张衡的佛教观，杜甫展示了自己的博学，结合了中国本土的比喻

---

[1]《杜诗详注》，第990页；Stephen Owen, *The Poetry of Du Fu*, vol. 3, 208-211。

[2]《杜诗详注》，第1986—1989页；Stephen Owen, *The Poetry of Du Fu*, vol. 6, 96-97。

手法（kennings）和晦涩的佛教典故：

> 地灵步步雪山草，僧宝人人沧海珠。
> 塔劫宫墙壮丽敌，香厨松道清凉俱。
> 莲花交响共命鸟，金榜双回三足乌。

这首诗很有趣，但还是流于表面。它最吸引人的地方大概在于杜甫把印度圣地移至中国，用文学手法为观音和文殊在中国境内找到了相应的圣所。但我们也可以理解为杜甫很大程度上是在用这类诗句向他的佛教朋友们炫技，表明自己有能力把奇异的印度意象纳入汉语的描述性语言。

诗歌与信仰的交会，更理想的例子可能要数叛乱初期杜甫身陷京城时所作的组诗《大云寺赞公房四首》[1]。我认为，这组诗属于杜甫全集中的一个子类，或可称为"避难"（refuge）诗，描写动荡时期他如何寻求朋友或善心的陌生人的暂时庇护。他至少有两首名篇属于这个子类，即《彭衙行》《赠卫八处士》。[2] 有些避难诗，可能是写来酬赠帮助他的人的。

大云寺组诗既是访寺诗，同时又具有这类避难诗的姿态。但这里，杜甫不只是作为在寺院场所中找到和平宁静

---

[1]《杜诗详注》，第333—338页；Stephen Owen, *The Poetry of Du Fu*, vol. 1, 268–275。

[2]《杜诗详注》，第413—417、512—514页。Stephen Owen, *The Poetry of Du Fu*, vol. 1, 348–353; vol. 2, 72–75。

的佛家修行者（乃至好奇的局外人）来写的，更是在现实世界生活的压力下前来寻求僧人朋友的情谊和帮助。所以，友谊是这组诗的一个重要主题；而且，赞公作为佛教神职人员，他的特殊地位能够给予诗人普通世俗朋友给予不了的额外慰藉。我们可以在诗中看出一个潜在的标准佛教用语"皈依"/"归依"，即在佛家"三宝"——佛陀（Buddha）是佛宝，佛所说的法（dharma）是法宝，佛的出家弟子的团体僧伽（sangha）是僧宝——中寻求庇护。杜甫就这样把两种类型的避难/庇护合为一体。但如下所述，这种跨类结合带来了复杂的动态关系。赞公只是朋友吗？寺院只是履行朋友义务、维系友谊纽带的场所吗？抑或，赞公是精神导师，乃至是菩萨吗？那寺院就是精神庇护所？是一个神圣的地方，诗人可以在此恢复自己的身心？这两类不同角色在诗歌中形成了张力，虽然杜甫以他的意象和语言表明佛教庇护的一面是他经验中极为重要的一部分，但这一面在某种程度上同时又被重申世俗关怀的不和谐音所削弱。[1]

大云寺组诗四首，在铺叙诗人访寺过程时颇费苦心。组诗第一首，我们看到杜甫经过一道道门来到和平的中心

---

[1] 在这个意义上，我认为这些诗歌是寒山诗的反面。寒山诗的理想读者（知音）是佛教信徒，他们通过菩萨—诗人的"妙法"来解读不变的现实。见 Paul Rouzer, *On Cold Mountain: A Buddhist Reading of the Hanshan Poems* (Seattle: University of Washington Press, 2015), 57–65。

（他的朋友也在那里等着他）。第二首，赞公赠送他衣物，两人还因观摩著名唐代艺术家吴道子所画的龙这一审美活动，建立了亲密关系。第三首，写杜甫在寺中过夜。最后一首，写杜甫离开，感谢主人让自己暂时摆脱了困境。

组诗第一首，有效地完成了这个叙述的开端部分：开篇突出了内外之别，表明杜甫进入了寺院，但却是通过暗示身心的潜在合一来做到这一点的。诗人心中已有佛性，已在"水精域"[1]，但他的外在自我运气不好，淋了春雨（哪怕这场雨滋养了万物，而且，如下所述，滋养和净化之水是组诗中反复出现的一个母题）。因此，杜甫的第一个行动，就是进入寺院本身，进入一个自有其规章制度的平静有序的世界，从而把自己的有形身体带到这个"水精域"：

其一

心在水精域，衣沾春雨时。
洞门尽徐步，深院果幽期。
到扉开复闭，撞钟斋及兹。

这里，第三行中的"洞门"一词，可能尤为重要，暗示幽深和神秘（就像形容道教石窟的"洞天"）。"幽期"的意指也超越了佛教，形容遁世隐居，尽管这里也有"约定"

---

[1] 佛性（tathāgatagarbha）论的这个方面已普遍为人所接受：未开悟信徒的主要问题在于他们意识不到自己已经开悟了，至少是潜在地开悟了。

的意思,指诗人即将同朋友赞公见面。通过暗示道教神仙,诗人就强化了寺院场所本身的神力。这几行诗带出了组诗最重要的主题走向:庇护和安宁,只能与神物不安地共存。

但就目前而言,诗还只展现了物质需求。提到用餐时间,诗人得以风趣地暗指精神营养,他身心都得到了满足:

> 醍醐长发性,饮食过扶衰。

精神关怀与物质关怀融为一体,佛教语言与描写友谊的语言融为一体;赞公作为避难者的主要守护人出场。

随着诗歌开始常规的对仗描写,诗人注意到鸟儿也来寺院寻求庇护,它们可能也像自己一样来这里避雨。寺院是众生的庇护所。"把臂"这个动作所带来的交互融合感,又因栅格状的门窗("罘罳")而强化:

> 把臂有多日,开怀无愧辞。
> 黄鹂度结构,紫鸽下罘罳。
> 愚意会所适,花边行自迟。

最后,到了尾联,我们看到了佛家修行者与文人朋友的完全融合,诗人提及六朝时期有文化素养的僧人与俗家朋友的知识互动世界。杜甫把赞公比作诗僧汤惠休(活跃于5世纪中叶),赞公也像那些僧人一样,加入了诗人世俗诗歌创作的世界,看起来他还是诗人的"粉丝":

> 汤休起我病，微笑索题诗。

当然，赞公也知道，向诗人"索诗"，让诗人做他喜欢做的事，会让诗人感觉好受一些。这里，他给杜甫开出了一剂"法药"作为方便法门：他是有情的菩萨，知道这个受苦的人需要的是酬唱一首好诗。不用说，把佛陀和菩萨等同于医生，经常见于佛经文献。

组诗第二首，开篇重点描写了赞公赠送的衣物：

其二

> 细软青丝履，光明白毡巾。
> 深藏供老宿，取用及吾身。

这里，赞公的慷慨，被描写为僧俗地位的反转，他赠送的衣物，本是俗众"供"给寺院的，"供"是形容俗众施舍的标准用语。我们还注意到，至此，赞公为诗人提供了四种标准的救济形式：庇护所（寺院本身），食物，医药（他开出的"诗方"），衣物。这种反转，使杜甫能以佛家酬赠为框架来表达自己在接受僧侣赈济时感受到的感激和羞愧之情。身为避难者，他无以为报（或许除了他的诗歌）。

这时，诗人再次唤起了六朝时期的那种友谊。支遁（314—366，诗中以他的字"道林"称呼他）、惠远（慧远，334—416），大概是4世纪佛教史上最杰出的两位人物，也是为僧侣与中国传统知识分子之间的哲学交流提供了重要知识框架的关键人物。当然，作为典型的酬赠诗，杜甫既把自己与赞公的关系比作类似交情，但又否认（以典型的酬赠诗的方式）自己配得上这种交情：

> 自顾转无趣，交情何尚新。
> 道林才不世，惠远德过人。

在这个庇护所的中心，在这个阴郁的雨天，杜甫似乎在寺院的平静中找到了安全感，两人还欣赏了吴道子的画。但这里也有一种奇诡（uncanny）的气氛，一直延续到了组诗第三首：虽然与行家一起欣赏吴道子画，但这种赏画行为并不能完全消除看到画时的敬畏感，这幅画似乎与神殿外的恶劣天气联系在了一起：

> 雨泻暮檐竹，风吹春井芹。
> 天阴对图画，最觉润龙鳞。[1]

寺院本是躲避春雨的庇护所，但如今，在它的神秘中心，却有着使雨发生的力量。既然龙行雨，雨就不只是某种需要躲避的东西，还是行雨之龙这个角色本身的产物。与此同时，赞公的慷慨从寺院惠及整个世界，他提供的是

---

[1] 如宇文所安所言："龙负责大雨。这行诗表明，画中的龙做了它们的工作，降下了前几行诗中的雨水，现在又回到了墙上，身上还是湿漉漉的。"见 Stephen Owen, *The Poetry of Du Fu*, vol. 1, 271.

一种"法雨"（就像《法华经》中的百草寓言）。这是积极的（或许还提醒诗人这场雨不是只影响他一个人的小麻烦），但却再次在杜甫寻求的家一般的安宁与寺院中心出现的更动态的变动之间形成了张力。友谊，以及常规的赠衣和酬诗，都不能完全克服诗人所在的这个庇护所的超凡性和神圣性，意味着他体验到的任何平静感都可能是暂时的。

如果诗歌要写成典型的访寺诗，接下来该写些什么呢？最理想的情形是，诗人养精蓄锐一夜，次日凌晨再继续自己的叙述。这时他的静默会代表内心和平、不受时间影响。但我们读到的却是一首关于失眠的诗，诗人实际上**并没有**摆脱时间的专制以及由此而生的焦虑，而是承认自己必须结束探访朋友、寻求朋友的庇护（总的说来，这可能也是杜甫性格的一个特点，他总是预料问题会出现，无法在当下找到平和）。这里，寺院被描绘得令人生畏；尽管效果表面上看是积极的，但仍有一种潜在的不安和骚动感，延续了吴道子神龙画的印象。事情都是暂时的、变幻莫测的：

其三

灯影照无睡，心清闻妙香。

夜深殿突兀，风动金银铛。

天黑闭春院，地清栖暗芳。

这是一个神奇的空间，闻得到异香，听得到风吹铃铛响（风是此前行雨之龙带来的），看得到窗外"突兀"的建筑物。组诗第二首雨中的"阴"天，现在在夜间变成了"黑"天，尽管这里显系清静地，理应是组诗第一首第一行形容佛心时所说的那种"水精域"。但诗人在这里找到的不是平和，而是庄严和变化（transformation）。

> 玉绳迥断绝，铁凤森翱翔。
> 梵放时出寺，钟残仍殷床。

这无济于事。星象和气象在变化，星座（"玉绳"）和风向标（"铁凤"）预示外面世界的动荡，叛乱仍在持续。寺院嘈杂的仪式活动在第一首诗中让人放松，现在却害得他失眠，因为这些仪式是用陌生而有魔力的梵文吟唱的。诗歌尾联，我们看到，这种不安是他内心扰攘的一种表现。杜甫不是活在当下的平和之中，而是不断把自己投射到不可知的未来的焦虑之中：

> 明朝在沃野，苦见尘沙黄。

组诗最后一首，黎明时分，诗人做出若无其事的样子，在窗前观看阳光灿烂的世界。这时出现了一个小插曲，一个侍僧的直观技能让诗人惊叹不已（或许暗指《庄子》的庖丁——这里杜甫说的是熟能生巧吗？扫除实际上没有用扫帚吗？）：

其四

童儿汲井华，惯捷瓶上手。
沾洒不濡地，扫除似无帚。

昨夜的春雨已经停了，带来了一个妩媚明艳的世界：

明霞烂复阁，霁雾塞高牖。
侧塞被径花，飘飖委墀柳。

这里，读者大概会联想到后来更著名的《春夜喜雨》："随风潜入夜，润物细无声。""晓看红湿处，花重锦官城。"[1]我们的世界是平凡的世界，其神奇之处更平常、不那么令人生畏。但这里仍与前面的主题存在关联：侍僧从井中汲水，他运水的这个角色，是昨日行雨之龙的延续；他洒水所除之尘，也是杜甫曾经逃离，但现在知道自己必须返回的俗世之尘。

而且，这些受神龙所兴之雨滋养的美丽风景，其实**就是**诗人必须启程前往的"沃野"。在感激赞公的同时，诗人不得不承认自己并没有在佛家"三宝"中找到真正的庇护，他只是来这里访友而已。现在，佛教寺院的神圣面（对此他态度矛盾）不必再提，只是重申传统友谊的单纯纽带：

---

[1]《杜诗详注》，第798页；Stephen Owen, *The Poetry of Du Fu*, vol. 3, 4–5。

> 艰难世事迫，隐遁佳期后。
> 晤语契深心，那能总钳口？
> 奉辞还杖策，暂别终回首。

这里，"回首"这个动作完全切合与朋友告别的忧伤，但也让人联想到僧人奇遇菩萨的相关传说，特别是僧人在五台山遇到文殊菩萨化身的那些故事。例如，下面这则奇事出自677年慧祥对五台山的记载，俗家信徒与一个虔诚的佛教团体一起修行，后来却发现整个团体神秘消失了：

> 日月稍久，暂请还归。僧亦放之，少不留碍。到家数宿，即来驰赴。但见山谷如旧，都无踪迹。频寻求访，寂寞如初。其人不知圣人，悼责无已。[1]

如果杜甫想要唤起的是这类故事，那"回首"可能就意味着整个寺院的消失不见，寺院本是菩萨为了他的福祉而建造的幻象，现在再也派不上用场了。他离开了自己的朋友，但也永远离开了庇护。

诗歌最后六行，可以说是整组诗的跋语：

---

[1] 慧祥：《古清凉传》(《大正藏》No. 2098，第五十一册)，第1098页。英译见 Daniel Stevenson, "A Sacred Peak," in *Buddhist Scriptures* (New York: Penguin, 2004), edited by Donald S. Lopez Jr., 84-89。

> 泱泱泥污人，狺狺国多狗。
> 既未免羁绊，时来憩奔走。
> 近公如白雪，执热烦何有？

虽然这些诗句明确指涉叛乱，但最后的告别姿态更像是典型的"辞隐诗"：声称自己想加入同伴，但是，现在还不是时候。尽管如此，诗歌结尾还是再次把我们带回到清静/尘埃的意象和水的净化能力。诗人深陷泥潭，但朋友的出现像冰雪一样缓解了他的烦热。

大云寺组诗四首的"佛教"特色，并不在于它们能告诉我们杜甫的信仰观。它们也没有表现出现代批评家所关注的那种佛教影响的任何迹象。组诗没有指涉任何具体禅宗问题（实际上，诗中所有佛教典故都是大乘佛教主流信仰的一部分），没有任何自然意象隐微暗示了万物之"空"。相反，组诗使得杜甫把佛教的某些特定主题——庇护，寺院空间，僧俗互动，无常——与更常见的"避难/访友"诗交织在一起，还在一定程度上以牺牲前者为代价而重申了后者。这种交织，丰富了文本，让文本变得更有意味；但需要记住的是，我们看到的只是对某个神圣时刻的生动书写。

几年后，杜甫移居秦州，赞公再次出现在他诗中。赞公被逐出他在大云寺的舒适住所，被贬谪到这个边远地区；他被剥夺了崇高地位，不再是恩主，而是以同为政治动乱受害人的身份与诗人互动。这一时期，杜甫写了四首诗给他，另三首的基调全都与大云寺组诗截然不同。[1]第一首是律诗，简洁描写了一次拜访：

宿赞公房

杖锡何来此？秋风已飒然。
雨荒深院菊，霜倒半池莲。
放逐宁违性，虚空不离禅。
相逢成夜宿，陇月向人圆。

过去，诗人可以在僧人神圣的京城寺院里找到安全之所；现在，两人都是难民，赞公给不了他任何东西。因此，诗人的语气也从感激变为同情，把赞公视为像自己一样陷入困境的人。他再也不能靠他寺院里那些全能的雨龙来控制好天气了，反倒要受雨、风、霜这些天气的欺压。在这个新语境下，杜甫把他视为僧人和隐士，也是在这两种身份中都面临威胁的人：菊花代表陶潜的世俗退隐，莲花则是佛教的标志。尽管如此，无论是政治流放还是恶劣天气，都既不能让僧人脱离他修行的本质方面，也阻止不了他对自己存在的"虚空"的体认。这里，杜甫扮演的是提

---

[1] 除本文所引的《大云寺赞公房四首》外，另三首诗分别是：《宿赞公房》（《杜诗详注》，第592—593页；Stephen Owen, *The Poetry of Du Fu*, vol. 2, 150-153)、《西枝村寻置草堂地夜宿赞公土室二首》（《杜诗详注》，第594—597页；Stephen Owen, *The Poetry of Du Fu*, vol. 2, 152-157)、《寄赞上人》（《杜诗详注》，第597—599页；Stephen Owen, *The Poetry of Du Fu*, vol. 2, 156-159)。

供抚慰的朋友角色，诗人劝慰赞公相信自己的价值，尽管他的事业出现了危机。杜甫同科考落第的朋友交流时，可能用的就是这种语气。无论如何，有意味的是，赞公安抚、振作人心的神力，很大程度上植根于过去他修行的那个场所；他的魔法出自家乡寺院和寺中图画，现在，他与它们的关联被切断了。

写给赞公的其他三首诗几乎没有什么佛教内容，主要写杜甫急于在秦州找到一个简朴的宜居之所。这些诗中，赞公的佛教徒身份**彻底**被他作为受苦的流放者、隐居的同道者这个双重身份取代。诗中对宗教修行的任何重要指涉，也被苦难和对京城的怀念取代，京城是赋予他们生命以意义的所在。注意《西枝村寻置草堂地夜宿赞公土室二首》其二中的这段描写：

> 跻攀倦日短，语乐寄夜永。
> 明燃林中薪，暗汲石底井。
> 大师京国旧，德业天机秉。
> 从来支许游，兴趣江湖迥。

4世纪向佛的文学人物（如诗中的支遁、许询），更多是作为过去的友谊、现在的遗憾的象征而被追忆的。这时，杜甫最大的愿望就是把自己的避难所建在朋友的避难所附近，这样他们就能以某种派头（"风流"）共享自在穷人之乐，如《寄赞上人》结尾所言：

> 柴荆具茶茗，径路通林丘。
> 与子成二老，来往亦风流。

比较这些诗歌与先前的大云寺组诗，我们可以很清楚地看出杜甫根据自己应景表达的需要调整或忽略佛教素材的能力。不奇怪，佛教越是退居幕后，赞公就越容易融入杜甫最得心应手的儒家叙述话语：含冤受屈，流亡，高洁地隐居。这些都需要一套不同的转喻和意象。

如果说杜甫在这些诗歌中把赞公重新解读为一个受苦的流亡者/隐士，那么，在后来作于成都的《山寺》中，他也以同样的方式重新阐释了整个佛教神职人员群体。《山寺》共二十八行，写一座面临荒废的寺院，由此写出了一首引人注目的新颖的抗议诗，结合了对人类苦难的伤叹，并以牺牲佛教主题为代价来突出这种伤叹。[1]

诗歌开篇生动描写了寺院的衰颓：

> 野寺根石壁，诸龛遍崔嵬。
> 前佛不复辨，百身一莓苔。
> 虽有古殿存，世尊亦尘埃。

---

[1]《杜诗详注》，第1059—1061页；Stephen Owen, *The Poetry of Du Fu*, vol. 3, 292-295。诗歌"原注"讲明了作诗缘起："章留后同游，得开字。"留后，留后使简称，联络节度使与京城的官员。诗歌第九行中指称这个官员的"使君"一词，很可能就是指章，杜甫大概是在游寺后写这首诗来恭维他的。

伍 避难与庇护：杜甫如何书写佛教

> 如闻龙象泣，足令信者哀。

无常，无疑是佛教的一个核心概念，它在这种情境下形成了一种含蓄的反讽：这些本是颂扬佛教信仰的艺术和建筑，却证明这样的创造性活动终究是虚无、短暂的。寺院崖体上的壁龛中满是俗众捐资建造的佛像，但经过岁月的磨蚀，现在已难分清哪个是佛陀、哪个是菩萨了。大自然的不懈破坏力让它们的身份变得无关紧要，这里杜甫也略带指涉了至少从鲍照（约414—466）《芜城赋》以来就成为诗歌传统一部分的"芜城"母题。尽管如此，寺院本应是结合神与人的所在，它的衰颓是真正的悲剧，不只是无常的必然结果。众生，无论人（"信者"）还是非人（"龙象"），都因破败的佛陀塑像而悲痛欲绝，"如闻龙象泣，足令信者哀"。这同样是大云寺组诗所写的那个神秘、神圣的世界，如今却被剥夺了普世力量；就像流亡的赞公，龙也变得无能为力。有意味的是，杜甫不是用一个全称词来指代人类世界，而是只言及"信者"，意味着这里的伤心人只是整个社会的一部分，绝非皇帝的全体臣民。[1]

接着，"使君"出场，开始拨乱反正：

> 使君骑紫马，捧拥从西来。

---

[1] 这不一定意味着杜甫不把自己归为"信者"，但通过使用这个词，他确实含蓄承认了还有其他人不适合用这个词来指称。顺便说一句，这也是杜甫作品中唯一一处出现"信者"的地方。

> 树羽静千里，临江久徘徊。
> 山僧衣蓝缕，告诉栋梁摧。
> 公为顾宾从，咄嗟檀施开。
> 吾知多罗树，却倚莲华台。
> 诸天必欢喜，鬼物无嫌猜。
> 以兹抚士卒，孰曰非周才？

如果说，之前的段落微妙暗示了信者与非信者的分别，使君的出场则加重了这种分别。在某种意义上，我们可以说他是前来守护信仰的菩萨／俗众，唐代作品随处可见对具体扮演这种角色的朝廷官员的赞美。但杜甫似乎更愿意把他看作无宗派权威的代表，**同时**又是贫困僧人借以改善自己处境的最佳人选。使君的态度，不是作为虔诚的俗众，而是作为意识到这种状况代表了民众的普遍苦难（尤其是叛乱时期）的某个人："公为顾宾从，咄嗟檀施开。"他转身面对随从，像是要跟他们确认自己的感受："现在，我们不能再这样下去了，对不对？"于是，他开始扮演儒家贤官的角色，以身作则，成了率先捐资修缮寺院的俗家施主。接着，诗人开始畅想将来修复后的景象，神灵"必欢喜"，它们的地位会再次受人尊崇。但诗人接着评论道："以兹抚士卒，孰曰非周才？"暗示使君本人虽然不是虔诚的信者，但他清楚自己的做法会受部下拥戴，能够振奋士气。清代评论家仇兆鳌甚至进一步称这一联主要是称赞使君的贤能可以移用于其他领域："若移此奉佛之心以抚恤军士，岂非弘济才乎？"[1]在仇兆鳌看来，使君出手修缮寺院，不是因为他想让部下高兴，而是因为他有一种济世的仁慈心（儒家的那种仁慈），清楚善待佛陀和军士的好处（按照仇兆鳌的读法，这一联就可译为：If he employs this sort of action in his treatment of the army, /then who will say that he is not an all-encompassing talent?).[2]不管杜甫如何看待使君的做法，这里他强调的是使君拨乱反正的能力，以及他所扮演的正义的最终仲裁人的角色。衣衫"蓝缕"的僧人和神灵都要仰仗他。

像是要把这种做法引申到更普遍的伦理问题，杜甫以广泛思考苦难而结束全诗，这种思考也悲悯地把僧人考虑在内：

> 穷子失净处，高人忧祸胎。
> 岁晏风破肉，荒林寒可回。
> 思量入道苦，自哂同婴孩。

在即将到来的寒冷面前，所有人都会受苦，不只是僧人。但把僧人放在受苦人中间，杜甫就微妙地颠覆了他们在唐代社会中作为一个特殊社会群体的重要性。不错，他

---

[1]《杜诗详注》，第1060页。
[2] 这里的"周才"，很可能特指出仕为官。王康琚（4世纪在世）《反招隐》李善注称："以出仕为周才，隐居为偏智。"见《文选》，卷二十二，第1031页。

们在典型的佛教社会动态机制中接受俗众的布施，但他们接受布施，是为了造福众生这一更大的慈悲目的。俗众的施舍是出于感激和谦卑，为的是表彰僧人所做的大善行。但是，在杜甫看来，他们只是饱受叛乱动荡之苦的另一个贫困群体，如果社会在和谐的政治原则下运行，这个群体的地位就会有所改善。杜甫是同情而不是尊重他们。从这个意义上说，他以一种竞争性的普世主义将佛教去中心化了。如果这首诗是当着使君的面（并且是为了赞美使君）而写的，那他可能认定了章使君也会觉得他这种态度是最恰当的。

《山寺》是我们讨论杜甫诗与佛教信仰之间关系的最后一个例子。不少访寺诗和其他诗作对大乘佛教术语的运用，说明他熟悉佛教教义；宗教在他诗歌中的社交功能，说明不管他个人的信仰如何，他都接受佛教在社会、文化中的存在。但是，当他在诗中真正谈到佛教问题和思想观念时，我们就不能不注意到他如何让自己远离佛教强调修行实践重要性的这个更大主张。对他来说，最终胜出的往往是传统文人的老关切，即渴望出任公职、关心政治秩序是否安定；而且，当他觉得自己无力解决这些关切时，他就会转向有德君子的隐退生活，而不是剃度出家，或是诉诸虔诚俗家居士的慰藉。

（刘倩 译）

陆

饲凤："秦州－同谷组诗"的佛教观*

田晓菲

"宗教诗歌"在很多文化中都是重要的研究题目，不过，研究者们不总是能在究竟何为宗教诗歌、如何定义宗教诗歌、有些宗教诗歌到底有多少宗教性和很多宗教诗歌又到底有多少诗性等问题上达成一致。这些恼人的问题没有一个统一、确定的答案，只让人更想知道："宗教诗歌"这个范畴，无论是对于宗教研究来说还是对于诗歌研究来说，归根结底有多少意义和用途。一个更为有效的公式，是"诗歌**与**宗教"，因为这样的公式突显了每一个概念的独特身份和传统，同时我们又可以注意到它们在一个特定历史时期内的各种不同形态的互动和组合。

在研究中国的诗歌与宗教时，学者通常关注两种文本：宗教实践者，比如佛教僧尼或者道教徒，所创作的文本；世俗作者描写宗教游观和宗教事件以及与宗教实践者

---

* 本文前身的中文版题为《从"行旅诗"到"觉悟叙事"：解读杜甫"秦州－同谷组诗"》，发表于《上海师范大学学报》47号，2018年第1期，第106—113页。

交往的作品。第一种文本以外在的社会身份划定界限，第二种以作品的主题和内容作为界定标准。这都是实际和稳妥的选择，它们和手头有待处理的研究题目的相关性是一目了然的。但是，我们有时候难免会有疑问：这些文本到底有多少宗教精神？而那些具有明显宗教内容的诗歌，比如为布道劝教而作的宣传性作品，又到底有多少文学价值？这两个问题，在抽象的层次上，都是不易回答的。

在本章中，我希望提出研究诗歌与宗教的第三种选择，也就是说，一个诗歌文本如何受到通行的宗教话语和宗教（姑且使用这个词语）氛围的影响。佛教寺庙和道观，行游宣化的僧尼，宗教界节日，为死者与生者举行的宗教仪式，视觉艺术，各种表演：一个像杜甫这样的中古士人，一生中会被各种与佛教、道教和社会上流行的崇拜与信仰联系在一起的图像、声音、符号、事件及人物所环绕与包围；他很可能对流行于中古士庶当中的几部佛经都耳熟能详，譬如《法华经》和《维摩诘经》。无论一个诗人怀有什么样的"宗教信仰"，这些来自外部世界的多媒体信息必然会对之产生影响，我们的问题不是**有否**，而是**如何**。

必须承认，这比只分析宗教人士所作的诗或者具有鲜明宗教主题的诗要困难得多。但是，如果文本的内在属性和外部的历史条件都存在明显的线索，那么在研究中保持这一态度，于我们有很大的价值。我们还应考虑到社会历史和文学历史的长远发展脉络。比如说在公元5、6世纪，对佛教的宣传成为南朝与北朝之间激烈意识形态竞争的一个重要因素，佛教信仰既是公开的铺张场面，也是私人的精神寄托。在这一时期，我们看到大量有关光与影，特别是烛火的诗篇（风烛是佛教对短暂脆弱人生的著名比喻），也看到很多描写物质世界感官情色的诗篇；很多一流诗人都是虔诚的佛教信徒，写作与教义有关的文字，参与讲经和其他宗教活动。这些现象使我们认识到，佛教不仅为中国文学带来了新鲜的词汇、意象、主题和形式因素，也促进了诗歌中一种对现象界的全新观看与言说方式的产生。[1]

那么，具体到杜甫身上，又是怎样的一种情形呢？从宋代以来，杜甫一直被视为儒家诗人。过去几十年来也开始有学者研究他和佛教的关系，但这种解读在杜甫研究中占少数，而且大多局限于那些具有明显佛教内容的诗篇。本章希望把"杜甫与佛教"带入一个不同的方向，从佛教的角度来检视杜甫一组著名的行旅诗。组诗的中间一首写到游寺，这算是一个明确的佛教题目；组诗的最后一首也表现出很有佛教气息的慈悲情怀。但是，我认为组诗不能拆开做零星的解读，而是应该被视为一个精心组织结构的整体，构成了一个连贯的关于转变与开悟的佛教叙事。这样一来，我们可以为专注于明显佛教题材的杜诗研究增加一个新的层面，对一组著名的诗篇做出新的阐释，也思考文学与宗教如何动态地相交，就像它们在活生

---

[1] 参见田晓菲：《烽火与流星：萧梁王朝的文学与文化》（北京：生活·读书·新知三联书店，2022）。

生的社会现实里那样，而不仅仅是学术研究里两个截然不同的话语传统。

公元759年初冬，杜甫携全家离开秦州前往同谷，希望在那里获得资助，过上安稳的生活。从秦州到同谷的旅程有诗十二首，以《发秦州》为首题，题下自注："乾元二年自秦州赴同谷县纪行十二首。"[1]组诗以《凤凰台》结束，中间的十首诗每首描写一个诗人路经的地点。[2]诗人

---

[1] 本章使用的杜诗版本为王洙《宋本杜工部集》(续古逸丛书，上海：商务印书馆，1957重印)，也见萧涤非主编：《杜甫全集校注》，第四册，卷七，第1699—1770页，嗣后引文不再一一注明。

[2] 诗人的"原注"在组诗结构中起到重要的作用。如果没有此注，组诗以《凤凰台》告终会显得相当奇怪而不自然，因为诗人从北边的秦州南下同谷，可是凤凰台位于同谷县东南，并不在诗人的旅行路线上。参见严耕望：《唐代交通图考》(台北："中研院"，1986)，第836页；李济阻：《杜甫陇右诗中的地名方位示意图》，《杜甫研究学刊》2003年第2期，第44—51页。事实上，"凤凰台"和诗人歌咏过的同谷县另一地点"万丈潭"都是同谷的风景点，而且一山一水、一凤一龙(诗中提到潭有黑龙)，反而构成了绝妙的对照，以至于有学者专门撰文对《凤凰台》和《万丈潭》进行对比分析。如黄奕珍：《论〈凤凰台〉与〈万丈潭〉"凤""龙"之象征意义》，见氏著《杜甫自秦入蜀诗歌析评》(台北：里仁书局，2005)，第83—128页。按：在杜集早期版本中，如《宋本杜工部集》(第144页)和南宋郭知达集注《新刊校定集注杜诗》卷六，此诗总是排列在《发秦州》一诗之前，题下小注"同谷县作"，似乎作者想明确告诉读者这首诗的创作地点和时间，但是又不想让读者把它和秦州－同谷组诗混为一谈。这一做法违反了在诗体之下按照写作时间排列诗歌顺序的常态，和后来的清代杜集版本形成鲜明的反差：清代版本一般来说总是把《万丈潭》放在《凤凰台》和《乾元中寓居同谷县作歌七首》之后。黄奕珍推测说，早期版本的诗歌排列顺序反映了诗人本人的设计，因《万丈潭》不符合纪行诗的形态，所以把它放在《发秦州》之前，以保证它不和秦州－同谷纪行诗混淆，但又担心读者会误以为万丈潭是秦州地名，所以特别加注说诗写于同谷。这一说法可供参考。见《杜甫自秦入蜀诗歌析评》，第83页。

的自注要求读者不要把十二首诗分开来独立阅读，而是把它们作为一个带有连贯性的整体。这种整体阅读提醒我们注意组诗中反复出现的意象和子题，为所有的诗赋予了一个大的诠释框架，使我们看到单独每一首诗自身所不具备的意义。换句话说，杜甫呈现给我们的不是一个一个单另的地点，而是一幅把所有的地点都联结在一起的行旅地图。

很多学者都曾谈到谢灵运（385—433）山水诗对杜甫自秦入蜀诗的深刻影响。[1] 422 年，谢灵运从都城建康（今南京）外放到永嘉（今浙江温州），沿途写诗纪行，第一首诗题为《永初三年七月十六日之郡初发都》，接下来写了《邻里相送至方山》《过始宁墅》《富春渚》和《七里濑》。这些诗都收入了唐代读者包括杜甫在内非常熟悉的《文选》。除了写于同一旅途这一事实之外，诗与诗之间没有内在的关联。事实上，谢灵运的山水诗里有一个重复出现的结构，就是诗人以愁烦情绪开篇，在山水之间发泄郁闷，最终在诗歌结尾处达到某种感悟和超越：这样的单篇诗歌结构并不鼓励读者把同一行程中写下的不同诗篇放在一起作为整体阅读，因为重复的感悟会降低每一次感悟经验本身的有效性。与谢灵运相反，杜甫的自注把十二首单另的诗凝聚为一个有机的整体，创造出了一个转变和觉悟的叙事，虽然以身体之远行贯彻全局，却以一个令人震撼

---

[1] 如苏怡如：《杜甫自秦入蜀诗对于大谢山水诗之继承与逸离》，《文与哲》2010 年 6 月第 16 期，第 203—236 页。

讶异的精神与想象之行旅告结。

1. 发秦州

我衰更懒拙,生事不自谋。
无食问乐土,无衣思南州。
汉源十月交,天气如凉秋。[1]
草木未黄落,况闻山水幽。
栗亭名更佳,下有良田畴。[2]
充肠多薯蓣,崖蜜亦易求。
密竹复冬笋,清池可方舟。
虽伤旅寓远,庶遂平生游。
此邦俯要冲,实恐人事稠。
应接非本性,登临未销忧。
溪谷无异石,塞田始微收。
岂复慰老夫,惘然难久留。
日色隐孤戍,乌啼满城头。
中宵驱车去,饮马寒塘流。
磊落星月高,苍茫云雾浮。
大哉乾坤内,吾道长悠悠。

身体的地理行程和精神之旅,作者的道路和"道",在

---

[1] 汉源县在同谷县旁边。
[2] 栗亭是同谷地名。

最后一句诗中完全浑然一体,为这次行旅赋予了象征性意义。如果我们读完全部组诗之后,再掉过头来回顾这首诗,这首诗会显得更有意味。这里只指出一点:诗人说他想去同谷,是因为同谷在他心目中是人间天堂,气候温暖,食物充足,有栗实、薯蓣、崖蜜、冬笋,还有清池。他在半夜启程,而他的马已然得水而饮,虽然在这句诗背后,隐隐可以听到建安诗人陈琳(?—217)"饮马长城窟,水寒伤马骨"的回声。

2. 赤谷

天寒霜雪繁,游子有所之。
岂但岁月暮,重来未有期。
晨发赤谷亭,险艰方自兹。
乱石无改辙,我车已载脂。
山深苦多风,落日童稚饥。
悄然村墟迥,烟火何由追。
贫病转零落,故乡不可思。
常恐死道路,永为高人嗤。

在到达天堂之前,诗人必须首先经历地狱:他带家人离开秦州是为了逃避饥饿与寒冷,可是一路上饥寒都在追逐他们。第一首诗提到"无衣",此处第一句就点出"天寒霜雪繁",更兼"山深多风",使"无衣"的状态更加难耐。第一首诗提到"无食",这里诗人却没有谈自己的饥饿而是写到孩子们的饥饿:成年人可以忍受一餐饭的短缺,幼小的孩子则缺乏这样的耐力,他们的叫饿声使身处窘境的父母感到加倍地艰难。[1] 日落之后将更加寒冷,而晚饭和住宿都没有着落。秦州草木的"黄落"现在被移置于诗人自己,他正在"贫病转零落"。

3. 铁堂峡

山风吹游子,缥缈乘险绝。
硖形藏堂隍,壁色立积铁。
径摩穹苍蟠,石与厚地裂。
修纤无垠竹,嵌空太始雪。
威迟哀壑底,徒旅惨不悦。
水寒长冰横,我马骨正折。
生涯抵弧矢,[2] 盗贼殊未灭。
飘蓬逾三年,回首肝肺热。

如果在上一首诗中诗人好似秋冬的草木一样"零落",那么这里他被山风所吹(呼应前首"山深苦多风"),在诗进行到中半时飘坠到"哀壑底",诗最终以"飘蓬"意象作

---

[1] 约两年后杜甫在《百忧集行》中描写了同样的情形:"痴儿未知父子礼,叫怒索饭啼门东。"《宋本杜工部集》,第157页,萧涤非主编:《杜甫全集校注》,第四册,卷八,第2353页。
[2] 弧矢既表示战事,也指国君世子出生后用桑弧蓬矢射天地四方以象征男子志向远大。这里诗人是说,他的漂泊生涯一方面是由战事造成的,一方面也显然(讽刺性地)满足了男儿志在四方的期许。

结。值得注意的是，第一首诗里的竹子又出现在这里，但是没有鲜嫩的冬笋，却覆盖着"太始雪"，也就是亘古以来郁积不化的雪，甚至不是前首诗里的新鲜的"霜雪"。寒水再次出现（呼应第一首的"寒塘"），但已经不能饮马，因为水已凝结为"长冰"，而且诗人的马也终于"骨正折"，这既把第一首诗中陈琳"伤马骨"的潜文本推到显处，而"我马虺隤"的程度也更远甚于陈琳了。

4. 盐井

卤中草木白，青者官盐烟。
官作既有程，煮盐烟在川。
汲井岁榾榾，出车日连连。
自公斗三百，转致斛六千。[1]
君子慎止足，小人苦喧阗。
我何良叹嗟，物理固自然。

政府垄断了盐的流通买卖，在公元770年代后期，盐税占了唐帝国税收的一半。我们也应该知道，天宝（742—756）和至德（756—758）年间，一斗盐只卖十钱，但是到乾元元年时，也就是杜甫写此诗的前一年，价钱已经涨到每斗一百一十钱。[2] 不过，尽管杜诗以"诗史"著

---

[1] 也就是说，盐商牟取了二十倍的利润。一斛相当于十斗。
[2]《新唐书》，卷五十四，第1378页。

称,我们最好也不要犯下用诗歌来判断盐价的错误。对文学研究者来说,更重要的是注意到这首诗中提到的两种颜色"青与白"如何与组诗反复出现的意象与主题互为表里:在前一首诗里,青竹被白雪覆盖,在这一首诗里草木虽然"未黄落",却被盐卤变成了白色,唯一的青色是煮盐的青烟。诗人在组诗开始时对同谷冬笋的浪漫想象,渐渐被途中所见投下了暗影。虽然8世纪诗人对于人为的环境污染和破坏的描写几乎令人想到狄更斯小说里对19世纪工厂的描写,然而,在人的贪欲之外,在草木的破坏之外,我们又必须承认,盐是人类食物中不可或缺的成分,对人类的生存至关重要,而食物和生存,正是诗人希望在同谷县求得的。

5. 寒硖

行迈日悄悄,山谷势多端。
云门转绝岸,积阻霾天寒。
寒硖不可度,我实衣裳单。
况当仲冬交,溯沿增波澜。
野人寻烟语,行子傍水餐。
此生免荷殳,未敢辞路难。

如果说上一首诗提到人类饮食中的一个基本因素,这首诗则转向诗人希图在同谷得到的另一生活条件:能够帮他解决"无衣"问题的温暖气候。诗中点出"仲冬",显示诗人行程经历了从第一首诗的"十月交"到此时"仲冬"的时间变化,第一首诗中的"寒塘"至此变成"寒碛",伴随着"我**实**衣裳单"的强调。荒野一片静悄悄,行人太寒冷疲倦而寡言少语,和当地人特意前来和行人攀谈相映成趣。上首诗里的"烟",在这里以野餐的炊烟出现,仍和食物有关,而当地人循烟而至,和前面第二首中诗人在"悄然"的荒野之中寻"烟火"而不得遥相呼应。此诗结尾处,因为有了篝火、食物、温暖和土人的攀谈,诗人的情绪显然受到了积极的感染,努力看到乌云的金边,自慰道:"此生免荷殳,未敢辞路难。"

6. 法镜寺

身危适他州,勉强终劳苦。

神伤山行深,愁破崖寺古。

婵娟碧鲜净,[1]萧摋寒箨聚。

回回山根水,冉冉松上雨。

泄云蒙清晨,初日翳复吐。

朱甍半光炯,户牖粲可数。

拄策忘前期,出萝已亭午。

冥冥子规叫,微径不复取。

---

[1] "碧鲜"有时被解为"碧藓"。萧涤非主编:《杜甫全集校注》,第四册,卷七,第1732页。

这首诗是组诗的中间点。在征途中诗人暂时停止前行，去拜访一家寺庙。到杜甫的时代，"游寺诗"已有一个漫长的传统，也形成了一定的程式：在很多游寺诗中，诗人寻访寺庙的旅程也隐括了求法的历程。放在这样的背景下衡量，杜诗相当与众不同。它并未讲述一个觉悟叙事，而是描述了一段梦幻般的经历，诗人好像被施了魔法，暂时把前面的征途抛到脑后。日光照耀的朱甍，明亮璀璨的户牖，都只强化了头目的晕眩感，似乎坚实的建筑细节都消失在了一片闪烁的光中。[1] 对宿雨和朝云的描写，甚至隐隐回应了巫山神女和楚王的幻情。如此一来，藤萝与竹林交蔽的山寺构成了一个具有魔术魅力的空间，在这一空间里，时间的流逝是以诗人暂时忘记了他在人世间的责任（"忘前期"）为标志的。同时，佛教寺庙往往会给访客提供餐饮茶点，因此，我们可以相信诗人在此流连徘徊期间享受到的，不仅是精神的休憩，也是身体的舒适。

"冥冥子规叫"打破了魔咒。子规或杜鹃啼鸣的是"不如归去"，在这里却只提醒诗人回归人世，继续征程。但是，对诗人和读者来说，子规的叫声都是令人吃惊的：子规一般要到晚春和初夏的交配季节才会常常啼叫，但在上

---

[1] 太阳下光与影穿过门窗的互动，让人想到杜甫最钦佩的南朝诗人庾信（513—581）在其《梦入堂内》里的两句诗："日光钗焰动，窗影镜花摇。"许逸民校点：《庾子山集注》（北京：中华书局，1980），第260页。诗人都是借用光与影的动态及其创造的恍惚迷乱来描写一种不真实感。

一首诗里，我们得知时序已到仲冬。[1]"冥冥"也同样出乎意料：很多杜鹃种类都是夜间啼鸣的，但是这首诗的时间明明是日在中天的"亭午"，此前的诗句还充满了晃朗的日光。这首诗的最后数句，尤其是"冥冥子规叫"，十分反常，充满迷离恍惚。把诗人从梦幻中惊醒的声音，本身就和梦幻一样缥缈不实。

诗人在旅途中间拜访的佛寺，让人想到佛经里的化城。在广为流行的《法华经》第七章"化城喻品"中，有一个著名的譬喻，讲述一群求宝的旅人，经历种种"险难恶道，旷绝无人，怖畏之处"，"中路懈退"，旅人之中有一导师，为鼓励众人继续前行，遂以法力幻出一城。"众人前入化城，生已度想，生安隐想。尔时，导师知此人众既得止息，无复疲倦，即灭化城。语众人言：'汝等去来宝处在近，向者大城，我所化作为止息耳。'"佛解释说，化城代表了佛教的方便说法，鼓励人们继续在大道上前行，修成正果。

饥寒交迫、鞍马劳顿的诗人，不仅"身危"，而且"神伤"，从精神到肉体都处于崩溃边缘，深山中的法镜寺，是被"碧鲜"环绕的阈限空间，是诗人的化城，他的佛教桃源。休憩之后，化城即灭，而他就像离开了桃源的渔人那样再也不能重来："微径不复取。"在这首诗里，我们再次看到竹林：被宿雨洗净，冬笋脱去了寒箨。而冬笋正是诗

---

[1] 杜甫在766年写下的《杜鹃》诗即有"杜鹃暮春至，哀哀叫其间"的句子。见《宋本杜工部集》，第172页；萧涤非主编：《杜甫全集校注》，第六册，卷十二，第3492页。

人在秦州时所梦寐以求期待于同谷的。但诗人不能留在化城里,他必须继续前行。

7. 青阳峡

塞外苦厌山,南行道弥恶。
冈峦相经亘,云水气参错。
林迥峡角来,天窄壁面削。
溪西五里石,奋怒向我落。
仰看日车侧,俯恐坤轴弱。
魑魅啸有风,霜霰浩漠漠。
昨忆逾陇阪,高秋视吴岳。
东笑莲华卑,北知崆峒薄。
超然侔壮观,已谓殷寥廓。
突兀犹趁人,及兹叹冥寞。

离开了暂时的避难所,诗人的征途变得更加艰险。青阳峡的山峦似乎具有魔怪气质:"奋怒"的岩石、平如刀削的峭壁、仿佛魑魅呼啸的风声。中古早期发展出来一种只有通过地狱才能达到乐园的文化叙事模式,[1] 杜甫在这里的山水描写绝对是以刀山剑林的地狱描写为范例的。

这是在《发秦州》之后、《凤凰台》之前,篇幅最长的

---

[1] 参见笔者《神游:早期中古时代与十九世纪中国的行旅写作》(北京:生活·读书·新知三联书店,2022)中的讨论。

一首诗。值得注意的是,它包含了六个方位:南、西、东、北、上、下(第2、7、15、16、9、10句),暗示诗人的登山和看山经验至此达到了包笼六合的全面性和完整性。具有讽刺意味的是,在《发秦州》里,诗人哀叹"登临未销忧",还抱怨说秦州山水不佳,"溪谷无异石",可是在这里他好像已经完全受够了登临、看够了奇石,已经达到"苦厌山"的程度了。

8. 龙门镇

细泉兼轻冰,沮洳栈道湿。
不辞辛苦行,迫此短景急。
石门云雪隘,古镇峰峦集。
旌竿暮惨澹,风水白刃涩。
胡马屯成皋,防虞此何及。
嗟尔远戍人,山寒夜中泣。

成皋是洛阳以东的战略要地。在杜甫动身前往同谷的那一年,史思明(703—761)叛军攻下洛阳。这首诗弥漫着无能为力的情绪。雪再次出现,和云一起构成白色的关隘,但是不能抵挡胡马的进袭。就连风和水——在此成为武器的替代——也是"涩"(钝而生锈)的,就连心如铁石的军人也在夜间哭泣。

第一首诗曾提到渐渐黑暗下来的"孤戍",以陈琳"饮马长城窟"的潜文本暗示了边塞屯守的艰苦。这一子题在第三首、第五首中被点到("生涯抵弧矢,盗贼殊未灭""此生免荷殳"),现在则彻底重现,对古镇孤戍做出详细的描绘。诗人逃避饥寒的欲望在此和饱尝寒冷的戍卒的夜泣交相呼应,本来是一个古老的边塞乐府主题,现在成了诗人见到的实景。

9. 石龛

熊罴咆我东,虎豹号我西。
我后鬼长啸,我前狨又啼。
天寒昏无日,山远道路迷。
驱车石龛下,仲冬见虹霓。
伐竹者谁子,悲歌上云梯。
为官采美箭,五岁供梁齐。
苦云直榦尽,无以充提携。
奈何渔阳骑,飒飒惊蒸黎。

越向前行,诗人似乎越陷入迷乱。在第七首《青阳峡》中,诗人抱怨"道弥恶",这里他则完全"道路迷"。前首视野包括六合,此首则左、右、前、后,皆为熊罴、虎豹、长啸之鬼、哀啼之狨所包围,又只听得见声音,却看不到影子。诗人对现实越来越失控,还反映在这首诗是整个组诗中最虚幻不实的,这不是说诗人又有了一次好似在法镜寺的梦幻经验,而是说这首诗是两种诗歌类型的混合:一方面,噩梦般的山水是以《楚辞》的寓言模式呈现的（1—6句）；另一方面，伐竹者好比一个类似于"游子""思妇""戍卒"的乐府角色，而不是一个真实的具体的个人（9—14句）。

如果说第七首诗写到东西南北而这首诗也写到东西南北或前后左右，至少第七首诗里的山峦具有雄伟豪放之美感和真实感，但这种美感和真实感在这首诗中却完全缺席。相反，这首诗倒是具有一种神志错乱感，好似高烧病人的呓语，这主要表现在全诗缺少视觉意象，唯以声音为主：诗人于前后左右皆听到咆哮啼号，伐竹者的悲歌似乎从云端传来，诗收尾处以遥远的西北部渔阳叛军铁骑的"飒飒"声作结。诗人唯一"见"到的景象，是第八句中的虹蜺。但虹蜺应该在冬天的第一个月就隐藏不见了，仲冬见到的虹蜺好似一个视觉幻象（与《法镜寺》中的杜鹃啼叫相似），既是不正常的现象，也是不祥的兆头。[1]

伐竹者之歌，悲叹连年战争使美竹都被采尽，不是作为食物，而是作为武器。对环境的人为破坏呼应第四首《盐井》，而且直接威胁到诗人对同谷密竹冬笋的想象。在下一首诗里，他已经非常接近目的地，开始尝试着对同谷的生活做出比较现实的打算。

---

[1] 按"虹藏不见"曾是唐代进士考试的题目。李处仁曾以此为题写过一篇赋，建中时期（780—783）的进士徐敞以此为题写过一首诗。见《全唐文》（北京：中华书局，1996），卷九五五，第9516页；《全唐诗》，卷三一九，第3591页。

10. 积草岭

连峰积长阴，白日递隐见。
飕飕林响交，惨惨石状变。
山分积草岭，路异明水县。
旅泊吾道穷，衰年岁时倦。
卜居尚百里，休驾投诸彦。
邑有佳主人，情如已会面。
来书语绝妙，远客惊深眷。
食蕨不愿余，茅茨眼中见。

  这首诗的意义和趣味完全有赖于它在组诗中的位置和组诗为它构成的语境。在前一首诗里，诗人意识到当地的竹林资源已然告罄、百姓生活贫困，他在这一首诗里对同谷生活表达了比当初的浪漫理想要远为现实和谦卑的愿望。他不再奢谈有栗实、薯蓣、崖蜜、冬笋，表示只要"食蕨"就很好。此外，在这首诗里，诗人突如其来地提到同谷县的"佳主人"——这位"佳主人"既没有出现在第一首诗里，也没有出现在最后一首诗里，这令人颇为吃惊。这不仅因为离目的地越近，诗人就对他在目的地受到的款待越为关心，而且，这也是诗人在含蓄地告诉读者，"主人"最终令他失望：组诗最后一首对主人只字不提，这种沉默正因为《积草岭》而更加"响亮"。

11. 泥功山

朝行青泥上，暮在青泥中。

泥泞非一时，版筑劳人功。

不畏道途永，乃将汨没同。

白马为铁骊，小儿成老翁。

哀猿透却坠，死鹿力所穷。

寄语北来人，后来莫匆匆。

离目的地越近，诗人越为焦虑，但在到达之前，却还需要再闯一道难关。在《哀江南赋》中，庾信如是描写被俘略到北方去的南人所经历的艰辛旅程："饥随蜇燕，暗逐流萤。秦中水黑，关上泥青。"[1]杜甫和家人虽然是在南行，但是他们也不得不面对无穷无尽的青泥。

诗人表现出一种黑色幽默：诗的第三联，"不畏道途永，乃将汨没同"，呼应了谢灵运《于南山往北山经湖中瞻眺》中的句子："不惜去人远，但恨莫与同。"[2]谢灵运意在表示，他不在乎离群索居，只遗憾无人和他分享山水之美；杜甫用了同样的句式，甚至同样的韵字，来表明他不在乎道路漫长，只担心他会和全家老少一同陷于青泥。谢灵运此诗以"朝旦发阳崖，景落憩阴峰"开头，杜诗的首联"朝行青泥上，暮在青泥中"与之遥相呼应，简直可以

---

[1]《庾子山集注》，第162页。
[2] 此诗收入杜甫非常熟悉的《文选》。

说是对谢灵运一诗淘气的"恶搞"。[1]

此诗另一幽默之处在于"泥功"和"人功"的对比。对造物主来说,此山之泥泞"非一时",乃出于长期积累,非一朝一夕可就;同样,对人来说,他们如要在此山修筑一条通道,也必须付出长期的劳力。[2]就连对于那些试图穿越的行人来说,也要花费很长时间;比人敏捷百倍的猿与鹿,都无法依靠它们的灵敏迅速逃脱青泥的陷阱。当诗人在结尾处告诫北来行人"莫匆匆"的时候,这一告诫带上了一层荒诞幽默感,因为此山是"匆匆"不得的。

把一座山的名字坐实,让人想到第一首诗中,诗人也曾把"栗亭"的名字在想象中坐实,以为栗亭必有栗,但那是快乐的想象,现在诗人已经不那么天真了。

12. 凤凰台

亭亭凤凰台,北对西康州。[3]
西伯今寂寞,凤声亦悠悠。[4]
山峻路绝踪,石林气高浮。
安得万丈梯,为君上上头。

---

[1] 早期评论家一般只注意到此诗和"朝发黄牛"歌谣的相似,见萧涤非主编:《杜甫全集校注》,第七册,卷十三,第1756页。
[2] 注意"同谷-成都"组诗第十首《剑门》与此对应,诗人责备造物主创造如此的天险。
[3] 西康州指同谷。
[4] 西伯指周文王,据说在他统治时,凤鸣岐山,是周朝的祥瑞之兆。

> 恐有无母雏，饥寒日啾啾。[1]
> 我能剖心出，饮啄慰孤愁。
> 心以当竹实，炯然忘外求。
> 血以当醴泉，岂徒比清流。[2]
> 所重王者瑞，敢辞微命休。
> 坐看彩翮长，举意八极周。
> 自天衔瑞图，飞下十二楼。
> 图以奉至尊，凤以垂鸿猷。
> 再光中兴业，一洗苍生忧。
> 深衷正为此，群盗何淹留。

题目之下有作者原注："山峻，不至高顶。"这和此前诗篇亲身经历一切地景形成鲜明的反差。组诗一路千难万险，最后却以心灵之眼看到的景观和想象的行游终结。

只有把这首诗放在组诗的完整语境里，我们才能体会到它的惊人的力量：对于一路陪伴杜甫来到同谷的读者来说，这最后一首诗是一个令人拚舌不下的反高潮。这里没有一句提到诗人曾幻想过的人间仙境，甚至没有一字提到同谷。事实上，如前所言，凤凰台在同谷西南，诗人至此已经过了同谷县。诗人把眼光集中在一座高峻的山顶，根

---

[1] 英译对凤雏使用复数，因为一般来说在凤凰传说中凤凰总是"一母将九雏"（古乐府《陇西行》）。
[2] 《庄子·秋水》中凤凰"非梧桐不止，非练实不食，非醴泉不饮"。《庄子集释》，卷六，第605页。

本没有攀登。

在这首诗里,一切都与旅程的开头相反,但一切又都可以追溯到旅程的开头。在《发秦州》里,诗人谈到自己迫于饥寒才动念去同谷;在《赤谷》中,他谈到孩子们的饥寒。这种人性的情形是再熟悉不过了——一路上,孩子们都在不断询问父母:"我们到了没有?我们什么时候才到?"我们可以想象父母用同谷的美景鼓舞他们,我们也可以想象孩子们,和他们的父母,在终于到达同谷之后,一切不符所想的失望。然而,在最后一首诗里,诗人却将他苦涩的失望转变为至为广大的同情与悲悯:他想到山顶上,或有失母的凤雏在嗷嗷待哺,因此表达了一个狂野的愿望——把自己的身体作为食物,供给饥渴的凤雏。整个组诗里,竹子的意象贯彻始终,在这首诗里有惊人的再现:他不再为自己企求"冬笋"和"清池",相反,他要像《石龛》里的伐竹者那样攀登万丈云梯,不是为了砍伐竹子,而是把自己的身体作为竹子和清池的替代,把心剖出来作为竹实,把血洒出来作为甘泉。他希望他的自我牺牲能让凤雏成长,带来祥瑞:"再光中兴业,一洗苍生忧。"

这样的转变——从担忧自己和自己的家人,到同情他人,再到全天下人——也可以在其他杜诗中看到,如现代读者耳熟能详的《茅屋为秋风所破歌》即是。但是,《凤凰台》却有所不同:这里,诗人同情的对象不是人,更不是与他自己相同的"寒士",而是鸟;他所提出的解决方式,是把自己的肉身作为牺牲。

这种巴罗克风格的想象、激情、极端的手势,毫无温柔敦厚可言,使许多明清时代的论者感到不安和不以为然。[1]在道学思想成为主流的时代,在把杜甫视为"诗圣"的时代,诗人以身饲凤的狂想在几个方面都构成了不和谐音。《孝经》云:"身体发肤,受之父母,不敢毁伤,孝之始也。"[2]以身饲鸟(哪怕是神鸟)就更加不可思议。我们都知道《论语》里著名的故事:马厩着火,孔子问"伤人乎","不问马";我们也都知道孔子乃斯人之徒,不与鸟兽同群。[3]这些来自儒家经典的引言,让我们看到,在人类和其他物类之间存在着清楚的等级差异。诗人以鲜血淋漓的词语做出牺牲自我的手势,也对古典诗学中对节制情感的要求构成了直接的冲击。[4]

但是,在佛教经典中,我们却能看到很多自残身体、自我牺牲的故事,无论是向佛祖奉献,还是为了拯救众生。与一般佛教徒的自我修行与得救相比,为救助众生而甘心舍身的大悲之心是菩萨的特征。在这些故事里,最有名

---

[1] 王士禄(1626—1673)的评论至为简短而颇有微词:"似孟郊。"张潜(1621—1678)称之为"变调",说:"以一首观,则若可删。"乔亿(约1730年代在世)褒中含贬:"意正不嫌辞诞。"郭曾炘(1855—1928)则直截了当称:"此诗毕竟不佳。"见萧涤非主编:《杜甫全集校注》,第四册,卷七,第1765—1768页。
[2]《孝经注疏》(台北:艺文印书馆,1955)卷一,第11页。
[3]《论语注疏》卷十,第90页;卷十八,第165页。郑玄(127—200)针对"伤人乎"一语道破:"重人贱畜。"
[4] 譬如孔子赞《诗经》"乐而不淫,哀而不伤"。《论语注疏》卷三,第30页。

的莫过于释迦牟尼前身摩诃萨埵王子舍身饲虎的故事，摩诃萨埵王子出行时看到一只饥饿的母虎将要吞食自己的幼崽，决定牺牲自己来拯救幼虎，因饿虎已无力吃人，他遂以竹枝自刺出血以饲虎，虎恢复气力之后，又吞噬了他从悬崖自投而下的肉身。这则佛本生故事，又称"萨埵太子本生"，出现在很多中古时代出译和流传的佛教经典里，也出现在佛教视觉艺术形式中。[1]特别值得一提的是，它在甘肃天水麦积山石窟壁画里得到突出的表现，而这正是杜甫盘桓日久的秦州。[2]杜甫在秦州时所写的《山寺》一诗，描写的就是麦积山上的佛寺。[3]诗人熟知萨埵太子舍身饲虎的故事，当是确定无疑的。

《法华经》里的"化城"，通常被视为对小乘教义自我修行达成涅槃果位的比喻；而旅人所要寻觅的"大宝"，乃

---

[1] 流行佛经如三国时期康僧会（？—280）翻译的《六度集经》，慧觉（约445年在世）翻译的《贤愚经》，昙无谶（385—433）、义净（635—713）都曾分别翻译的《金光明经》。《金光明经》的版本收入7世纪的佛教类书《法苑珠林》。见释道世：《法苑珠林校注》，周叔迦、苏晋仁校注（北京：中华书局，2003），卷九十六，第2756—2762页。其他尚有《菩萨投身饲饿虎起塔因缘经》等。佛教视觉艺术，如敦煌石窟壁画、云冈石窟、龙门石窟，都有对舍身饲虎本生的表现，许多艺术史和文物学者对此有所撰述，可参看高海燕：《中国汉传佛教艺术中的舍身饲虎本生研究述评》，《敦煌学辑刊》2014年第1期，第170—180页；王菌薇：《莫高窟壁画与敦煌文献研究之融合：以北魏254窟壁画〈舍身饲虎〉与写本〈金光明经卷第二〉为例》，《新美术》2010年第5期，第42—45页。
[2] 参魏文斌、高海燕：《甘肃馆藏造像碑塔舍身饲虎本生图像考》，《中原文物》2015年第3期，第63—73页。
[3] 萧涤非主编：《杜甫全集校注》，第三册，卷六，第1517页。

是对一切众生的救度。虽然组诗以对孔子的引用开始，但终篇却提供了一个佛教的解决。组诗的结构，依靠终篇才得以真正建立，诗人不仅到达了旅程的目的地，也达到了精神的觉悟，使旅程的辛苦磨难最终获得了意义。这十二首独立的诗，在一个转变与觉悟的佛教叙事中，像一串珍珠那样被贯穿在了一起。

在同谷停留不到一个月，杜甫又带着他的家人踏上了征程，这次目的地是成都。他的"同谷-成都"组诗恰好有十二首诗，这不是偶然的。这一系列中的每首诗，都在逐一呼应"秦州-同谷"系列里的十二首诗作，两组诗的建筑结构互相照应，构成了一双镜像式组诗系列，值得另文探讨。这里要指出的，只是"秦州-同谷"系列是以佛教作为关键结构手法的。第六首和第十二首各自包含明显的佛教子题，但十二首诗一起才构成了转变和得救的连贯叙事。诗人毕竟没有找到他的密竹和清池，但却找到了一个新的目标感，一个更新了的自我意识。

归根结底，我无意讨论"杜甫到底主要是儒还是佛？"，或者像做化学实验一样，追问"杜甫思想里，是儒家成分还是佛教成分居多？"。相反，我希望展示，佛教在中古中国社会是一个多媒体的普遍的存在，它和文学是以多种多样的方式发生交叉的。佛教对中古士人的影响，不能仅仅视为对教义的吸收或者知性的启迪，而影响在诗歌文本里的表现，也超出了词语、典故和意象。

以一种去分门别类化的态度接受社会现实的复杂性，

帮助我们对一组著名的行旅诗做出新的解读。这种解读,让我们看到一个伟大的诗人如何用组诗的建筑性结构,为世界万象赋予意义,又是如何在佛教话语里,为他精心构筑的经验,找到完美的寓言性表现。

(秋水 译)

第三部分

接受与再造

柒

困难之源：阅读和理解杜甫

倪 健

> 骥子好男儿，前年学语时。
> 问知人客姓，诵得老夫诗。
>
> ——杜甫《遣兴》[1]

> 老杜诗字字有出处，熟读三五十遍，寻其用意处，则所得多矣。[2]
>
> ——黄庭坚

上面这两段引文，分别出自杜甫本人和北宋作家、批评家黄庭坚（1045—1105），从中我们可以看到对待这位伟大诗人的作品的两种截然不同的态度。在杜甫诗中，骄

---

[1] Stephen Owen, *The Poetry of Du Fu*, vol. 1, 262-263；萧涤非主编：《杜甫全集校注》，第二册，卷三，第794页。本章杜甫作品原文和英译，均据宇文所安译本，译文偶尔略有改动。本章引文也利用了《杜甫全集校注》。
[2] 华文轩编：《古典文学研究资料汇编·杜甫卷》（北京：中华书局，1964），第128页。

傲的父亲称赞儿子不过三四岁就能背诵自己的一些诗歌。这里，重点是口诵。"骥子"即宗武，能说，但读、写还要等几年。无疑，他是听父亲诵读时学会这些诗的。杜甫并没有说儿子懂自己的诗。能"诵"，不一定能"通"，几百年来的学童和老师都证明了这一点。我们还可以假定——因为我们想把杜甫往好处想——杜甫教给儿子的是像绝句这样的简单的诗歌，而不是他那些更长、更华丽的赋篇。杜甫在另一首写给儿子的诗中称"诗是吾家事"[1]，但在《遣兴》中，诗歌不是劳作，不是艰苦努力的结果，而是一种能力，像说话一样自然。

黄庭坚的看法，则重在把杜甫的作品视为书面文本，认为只有付出很大努力才能理解它们。不是"语"，而是"字"；不是"诵"，而是"读"。对黄庭坚来说，这并不意味着口头/听觉方面不再重要了，这些方面大多数时候都灵活得足以同时涵盖口头形式和书面形式，但他的重点不同，他假定读者是从书面文本来认识杜甫的作品的。努力的方向也很明确：必须集中注意力反复熟读，因为杜甫是一位其毕生之作全都有意识地灌注了文学遗产的诗人。他的作品是精益求精的结果，只有同样精益求精地阅读，才能领会具体字句背后的真正用意。

这就是杜甫的形象，一个困难的、有挑战性的诗人。黄

---

[1]《宗武生日》，见 Stephen Owen, *The Poetry of Du Fu*, vol. 4, 342-343；萧涤非主编：《杜甫全集校注》，第五册，卷九，第 2647—2650 页。

庭坚把这种困难与他所认为的杜甫对过去的文学和历史几近百科全书式的掌握联系在了一起。在这方面，他还特别把杜甫（以及韩愈［768—824］）与后来的读者做了对比：

> 老杜作诗，退之作文，无一字无来处，盖后人读书少，故谓韩杜自作此语耳。[1]

这里，杜甫的天才，不在于他毫无前例地自铸新词，而是相反：前例才是重要的。[2] 要真正理解杜甫，读者必须知道杜甫知道的东西；黄庭坚暗示，这就需要付出艰苦努力。

黄庭坚的这种读杜法，很快就主导了宋人对杜甫作品的接受，很多做法还一直延续至今。[3] 近一千年来，相较于其他任何中国诗人（也许还有人类历史上的其他任何诗人，莎士比亚可能除外），杜甫更常成为研究的对象。杜集的最新校注本即萧涤非主编的《杜甫全集校注》，共12册，密密麻麻6000多页。如果这些注释没能做到查出每

---

[1] 华文轩编：《古典文学研究资料汇编·杜甫卷》，第120—121页。
[2] 对类似观点的讨论，见 Chen Jue, "Making China's Greatest Poet: The Construction of Du Fu in the Poetic Culture of the Song Dynasty (960-1279)" (Phd diss., Princeton University, 2016), 214-215。
[3] 明清时期对这种读杜法的反对，见 Ji Hao, "Poetics of Transparency: Hermeneutics of Du Fu (712-770) during the Late Ming (1368-1644) and Early Qing (1644-1911) Periods" (Phd diss., University of Minnesota, 2012)，特别是第一、二章的内容。

个字的出处，不是因为没努力过。换句话说，要以黄庭坚及其众多后继者所倡导的那种方式来理解杜甫，这些注释就是必需的：这位"诗史"，他的作品给人的丰厚回报，只能是对艰苦探究的奖励。

本章，我从另一个角度来探讨杜甫。不是假定杜甫记住了整个文学遗产，不是假定他写下每个字时他心中都知道这个字过去的所有重要用法，而是抽样检视他的作品，大致判断这些作品在多大程度上能为他那个时代受过基础教育的读者所理解。这是对"诗歌困难"（poetic difficulty）的初步探究，这个概念本身就很难界定。当现代西方学者说杜甫很难时，他们的意思部分是，很难在翻译中向新读者传达为什么他是"中国最伟大的诗人"。这是一种有意义的困难，解释了为什么直到宇文所安出版他里程碑式的著作，这位中国最伟大的诗人的作品才被完整地译为英文。杜甫对黄庭坚来说也是难的，原因不一样，但也有重叠的地方。

对文本难易程度的看法，总是受制于语境。"对谁来说是难的"，这个问题的答案并不总能轻易映现出对文学水平高低的判断：青少年的手机短信，对一个精通弥尔顿的中年学者来说可能很难破解，对另一个青少年来说则是完全透明的。下面我的分析将侧重于语言困难和诗歌困难的两个基本方面：词汇和典故。对这些困难展开讨论的语境，则是基于我们对唐代前半期文学训练初级阶段所用文本的了解。因此，本章所说的读者，不是一个手边藏有各种刊本的宋代学者,肯定也不是一个拥有各种详注本和数十种可检索的电子资源的现代学者,而是中古时期文学精英中的普通一员,正处于学习词汇和参考书的初级阶段,所学的这些内容将会使他们满足当时社会的基本文化需要。

我侧重于一个有限的样本:杜甫作于夔州时期的著名组诗《秋兴八首》[1]。我并不是说这组诗在某种程度上代表了杜甫更大的作品;它显然代表不了(就像它不是杜甫向他三岁儿子诵读的那种作品),但却是杜甫后期风格的突出代表。我选择这组诗作为一个具有潜在启示意义的样本,原因在于这组诗是公认的中国传统诗歌艺术的高峰。如宇文所安所言,它"有强有力的理由成为汉语言运用的最伟大的诗篇"。[2]这本身就是一个强有力的理由,也得到了数百年来读者和评论家的充分认同。[3]就我这里的目的而言,同样重要的是,这组诗被视为杜甫最有挑战性的作品之一,但人们不是总能说清楚它难在哪里,[4]而且,可以说,宋以来它所累积的评论比杜甫的其他任何作品都

---

[1] Stephen Owen, *The Poetry of Du Fu*, vol. 4, 352-360;萧涤非主编:《杜甫全集校注》,第七册,卷十三,第3789—3841页。
[2] Stephen Owen, *The Great Age of Chinese Poetry: The High T'ang*, 265.
[3] 对这组诗成就的详细讨论,见叶嘉莹:《杜甫秋兴八首集说》(上海:上海古籍出版社,1988),第1—62页。
[4] 梅祖麟和高友工令人信服地讨论了这组诗的创新性及其精妙的声律模式,见 Mei Tsu-lin and Kao Yu-kung, "Tu Fu's 'Autumn Meditations': An Exercise in Linguistic Criticism," *Harvard Journal of Asiatic Studies* 28 (1968): 44-80。

要多。[1]这里,我的目标不是为这些评论添砖加瓦,不是从美学或文学史的角度重新审视它,而是以它作为测试用例来讨论"诗歌难度"这个概念。我把这组诗作为可量化、可分析的信息,这种分析只是看待这些作品的一个透镜。这个透镜会遮蔽很多东西,但也有可能揭示新的洞见。虽说这组诗将是本章的论述重点,但我也会简要讨论杜甫的一些赋作以为比较,因为赋往往被视为词汇和典故方面更有挑战性的诗体形式。我的初步结论是,就《秋兴八首》而言,我们感知到的困难,最终证明可能与特定读法有关,与对杜甫的假定有关,而不是因为作品本身的内容。

词汇基准

一首诗不只是一连串独立的语义单元及其"词典释义",没人会说理解诗歌只是个词汇问题。但分析词汇,能让我们大致了解对理解诗歌来说必要的——尽管不一定是充分的——最低限度的知识水平。一首诗如果生僻字比例较高,说明词汇量大,很可能带来挑战,这些挑战就可以用作一种对读者来说有意义的难度指标。

我们的第一步是设置一个读写能力(literacy)的基

---

[1] 叶嘉莹《杜甫秋兴八首集说》汇集了众多这类评论。

线，作为衡量《秋兴八首》词汇层面难度的基准。读写能力包括哪些方面，这个问题从古至今都存在争议。[1]读写能力的任何定义，只有在综合了社会期望、经济要求、文本特征等因素的特定语境下，才是真正有效的。艾美·多尔（Aimée Dorr）对读写能力下了一个基本定义，即"读写文本的能力、对文本符号系统进行编码和解码的能力、阐释文本表征中的意义的能力"，这为本章的目标提供了一个有用的起点，尽管我们的兴趣只在于读，不在于写。[2]我们真正关心的问题，不是杜甫时代的读写能力包括哪些方面，而是我们期望读者在不同教育阶段能够掌握哪些书面用语，以及这些用语与杜诗词汇的重叠程度。

这个问题不太容易有肯定的答案，因为我们对中古时期早期教育的具体内容知之甚少。大多数关于唐代教育的讨论，往往侧重于理论和道德问题，而不是方法论问题，我们

---

[1] 当代关于读写能力问题的理论论争，见 Brian V. Street, *Literacy in Theory and Practice* (Cambridge: Cambridge University Press, 1984)。古希腊罗马读写能力研究，见 Williams A. Johnson and Holt N. Parker, eds., *Ancient Literacies: The Culture of Reading in Greece and Rome* (Oxford: Oxford University Press, 2009)。最全面探讨早期中国读写能力问题的英文著作，见 Li Feng and David W. Branner, *Writing and Literacy in Early China: Studies from the Columbia Early China Seminar* (Seattle: University of Washington Press, 2011)。中文论著则很少谈及中国中古时期的读写能力问题。

[2] Aimée Dorr, "What Constitutes Literacy in a Culture with Diverse and Changing Means of Communication?" in *Literacy: Interdisciplinary Conversations* (Cresskill: Hampton Press, 1994), edited by Deborah Keller-Cohen, 136.

看不到对具体教学法的任何系统描述。不过，对于那些准备参加科考的人或至少沿用那套基本教育模式的人所可能学习的材料，我们确实有所了解。敦煌出土文书《杂抄》，内容庞杂，其"经史何人修撰制注"条下开列了一份书单，经史只是其中一部分，其他还包括从文章选集《文选》到韵书《切韵》的各种书目。[1]郑阿财认为它类似于今天的"教学提纲"，其实是为参加科举不同科目考试的学生准备的一份书单。[2]不管他这种看法准不准确，这份书单确实是独一无二的证据，能够说明哪些书对教育来说是重要的。其中有五种书，要么明确针对初学者，要么一直被列为供青少年研习的作品。它们可以让我们大致了解读者在阅读更复杂、更困难的作品前可能需要掌握的词汇。下面我简要介绍一下这五种书（以便把它们用于本章讨论）。

首先是《千字文》，它很可能作于6世纪初，是现存中古时期最有名的启蒙读物。自问世以来，它就作为早期识字课本不断流传和使用，可以说是历史上最成功的一部启蒙读物。《千字文》的缘起，说法不一，但学界公认乃梁朝官员周兴嗣（？—521）所作，他受梁武帝（502—549年在位）委托，从著名书法家王羲之（约303—约361）的

---

[1] 《杂抄》全文或近乎全文，见伯希和藏写本P.2721、P.3649，http://gallica.bnf.fr。《杂抄》研究，见那波利贞：『唐代社會文化史研究』（东京：创文社，1974），第197—268页；郑阿财、朱凤玉：《敦煌蒙书研究》（兰州：甘肃教育出版社，2002），第165—193页。

[2] 郑阿财、朱凤玉：《敦煌蒙书研究》，第191页。

书法作品拓本中选取了1000个不重复的汉字，编成一篇条理清楚、对仗工整的四言韵文。[1]现存少数关于此书在中古时期的使用情况的文献表明，它很快就被广泛传播。746年，李良在推荐唐代启蒙读物《蒙求》的奏疏中说："近代周兴嗣撰《千字文》，亦颁行天下。"[2]其他作者也谈到《千字文》被用作当时各种笑话和游戏的基础书。[3]就传世的文本证据而言，有140多份敦煌文书含有《千字文》全文或其部分内容。因此，我们有充分理由认为这本书被人广泛记诵，其内容是大多数文化人受教育之初要掌握的基本词汇的一部分。

第二个基准本文《开蒙要训》，名气要小得多，但实际上可能比《千字文》更能代表这个时期的常用启蒙读物。[4]和《千字文》一样，《开蒙要训》也是四言韵文，有的对仗，有的不对仗。全书共1400个字，几乎没有重复字，词汇

---

[1] 《千字文》成书时间，说法不一，但都系于6世纪的最初二十五年，有时还系于507—521年，相关讨论，见张新朋：《敦煌写本〈开蒙要训〉研究》（北京：中国社会科学出版社，2013），第125—126页。所有提及作者信息的敦煌写本《千字文》，都称此书乃周兴嗣"次韵"。对作者问题的详细讨论，见张娜丽：《〈敦煌本《六字千文》初探〉析疑——兼述〈千字文〉注本问题》，《敦煌研究》2001年第3期，第102—103页。

[2] 《全唐文》之《唐文拾遗》，卷十九，第10574页。

[3] 如《千字文语乞社》，收入李昉等：《太平广记》（北京：中华书局，1961），卷二五二，第1957页；《患目鼻人》，《太平广记》，卷二五七，第2007页；相关讨论，见李鹏飞：《唐代非写实小说之类型研究》（北京：北京大学出版社，2004），第45页。

[4] 郑阿财、朱凤玉：《敦煌蒙书研究》，第178—179页。更多讨论，见那波利贞：『唐代社會文化史研究』，第235页；王三庆：《敦煌类书》（高雄：丽文文化，1993），第124—125页。

的广度和深度远远超过《千字文》。基本按主题编排，从地理（"五岳嵩华，霍泰恒名"）到生理疾病（"癫秃胗痹，癣疥瘑疽"）。此书似乎没能进入宋代日益壮大的印刷文化，中国现存各种公私书目均不见著录。中古时期有两份文献提到它，一是《杂抄》，称此书乃马仁寿所作；一是藤原佐世（847—898）《日本国见在书目录》，著录"《开蒙要训》一卷马氏撰"。[1] 部分是因为此书只见于敦煌文书，很多学者认为它针对的是农民家庭，可能只是地区性传播。[2] 但我们没有理由认为此书只与敦煌或"平民"有关。它很可能先是在中部地区创作、流传的，传到敦煌和日本，正是它后来广泛流传的证据。它被《杂抄》列入以科举考试为目的的学习书单，说明它是这一时期广为人知的基础教育书。敦煌出土了此书的40种全本或节本，包括各种注释本（详见下文），也进一步证实了我们的这种推测。把《开蒙要训》列为基准文本，我们就有了比《千字文》更有代表性的一组基本词汇。[3]

---

[1] 矢岛玄亮：『日本国見在書目録：集証と研究』（东京：汲古书院，1984），第67页。

[2] 如张新朋认为，《开蒙要训》之所以篇幅长于《千字文》，是因为农家子弟学习时间较少，不得不在有限时间内塞入更多词汇。见张新朋：《敦煌写本〈开蒙要训〉研究》，第162页。

[3] 《开蒙要训》没有标准文本，以它作为基准会有比较大的挑战。非标准字的数量也很多，很多字甚至无法转换成统一码。我以伯希和藏写本P.2578作为此书的底本，再辅以斯坦因藏写本S.705。我的目的不是为此书确立一个"校勘本"，而是由此了解初学者所需的基本词汇。就此而言，我这种做法虽然不够理想，但也够用。

我用来作为词汇基准的另外两种初级读本，是汉代的《急就篇》和《孝经》。学界认为，从其问世的公元前1世纪直到六朝末年，《急就篇》大概是最常用的识字课本。[1] 它被列入《杂抄》书单，《杂抄》可能成于8世纪上半叶，说明它在唐代仍被用作教本。相较于《千字文》《开蒙要训》，《急就篇》更像是重要词汇表，共2144个字，涉及方方面面，从常见姓氏到身体各部位的名称。《急就篇》与《开蒙要训》的内容多有重叠，但也填补了不少空白（如《开蒙要训》就不收姓氏）。《孝经》似乎汉初就已问世，[2] 在四种书中词汇量最少。它的总字数为1800个字，比《千字文》《开蒙要训》都多，但有很多重复字，实际只有372个不同的字。[3] 其他三种初级读物很少甚至没有重复字。《孝经》作为基准文本的真正重要性在于，相较于其他初级读物（尤其是《开蒙要训》），有很多迹象表明，几乎每个学童很早就能背诵它。

最后一个基准文本是整部《论语》，也是唯一一部不是明确针对初学者的作品。虽说不是启蒙读物，但却似乎是

---

[1] Endymion Wilkinson, *Chinese History: A New Manual* (Cambridge, MA: Harvard University Asia Center, 2015), 295.

[2] 《孝经》成书时间，见 Michael Loewe, ed., *Early Chinese Texts: A Bibliographical Guide* (Berkeley, CA: Society for the Study of Early China, 1993), 142–146。英译、评论和中文原文，见 Henry Rosemont Jr., and Roger T. Ames, *The Chinese Classic of Family Reverence: A Philosophical Translation of the Xiaojing* (Honolulu: University of Hawai'i Press, 2009)。

[3] Endymion Wilkinson, *Chinese History: A New Manual*, 296.

每个学生都要学习并很可能背诵的首部"成人"经书。传记文章在谈到传主的早期教育时会反复提到它。这里只举一例：权德舆（759—818）在为自己十三岁时去世的孙子所作的墓志铭中谈到，孙子求学时曾读过这本书。[1]《论语》将近16000个字，在本章所说的基准文本中字数最多，但去除重复字后，只有1351个字，就用作基准文本而言，很接近《开蒙要训》和《千字文》。

除《论语》外的其他四种书，其完整文本也还是遗漏了很多常用字。这部分是因为这些书确实是启蒙读本（中国学界大多称之为"蒙书"），但我们最好是把它们视为"中级"读本，而不是真正的"初级"读本。也就是说，它们不是为处于"文化训练"（literacy training）最早阶段的学生准备的。如《千字文》，就不包括"山"这样的基础字，也不包括数字1、3、6、7、10的对应汉字。从字形结构上看，《千字文》的编排没有一个由简入繁、循序渐进的过程。虽说"天地"一词常见于各种书面材料，但年轻学子不太可能很快就有机会用上书中第二句中的"洪荒"一词。我们用作基准文本的其他启蒙读物也是如此。《开蒙要训》不包括大多数数字，也不收很多基本词汇，如它也没有"山"字，但有更高级的（也就是不那么常用的）"岳"字。《急就篇》有"山"字，但更多针对的也是中级读者。

---

[1] 权德舆：《殇孙进马墓志铭》，见《全唐文》，卷五六〇，第5152页。感谢Anna M. Shields让我注意到这篇文章。

最基础的文化训练文本，即便当时有固定的文本，而不只是各种具体不同做法的话，也没有流传下来。原因很可能在于，这些文本价值不大，不值得传抄，再刊刻出版。不过，敦煌文书确实为我们提供了一些证据，能说明哪些字比这四种基准文本中的字更"基础"。敦煌写本 P.2578 录有《开蒙要训》全文，还用字体较小的行间字为正文文字注音，如雾（武），露（路），暝（明），霞（遐），靂（力），震（镇），嵩（松），霍（郝），泰（太），括号中的字就是注音字。[1]这里的每组文字，在中古时期似乎都是同音字。[2]而且，所有注音字的写法，都比正文文字简单，几乎通篇如此。很多时候，注音字是复杂得多的正文文字的声旁，如"路"是"露"的声旁。有的时候，注音字与正文文字在写法上没有关联，如前引"雾（武）""靂（力）"，以及"舒（书）""筚（必）""穿（川）""冶（也）"。正文总共有 442 个字配有这种注音字。

我把这 442 个注音字作为基准，不是因为我们假定大多数年轻学子会使用《开蒙要训》这个特殊文本，我们当然不能这样假定，而是因为这些字是我们所能找到的最接近于常用字的一组字。我这么说也是推测性的：这些字除了注音外，我们对其作为类文本辅助成分（paratextual

---

[1] P.2578 的注音字问题，见张新朋：《敦煌写本〈开蒙要训〉研究》，第 177—259 页。

[2] 对这些字当时的发音以及中古音的全面讨论，见张新朋：《敦煌写本〈开蒙要训〉研究》，第 182—183 页，校记第 9—18 条。

additions）的功能知之甚少。例如，我们不清楚这些字究竟是这个特定写本的某个使用者所添加的注音，还是《开蒙要训》这个特定本文的版本特征。鉴于每个注音字的写法都比对应的正文文字简单，而且大多数时候似乎也更为常见，我认为我们有充分理由把这些字作为基准。

上面所说的这五种基准文本，远远没有穷尽无遗。比如说，你可以合理反驳说，整本《尚书》《诗经》也应该包括在内，因为学生在接受教育的早期阶段一般都要学习这两本书。但就我们这里的目的而言，更恰当的做法是把基线设置得低一些。说杜甫同时代人只要记诵"五经"、花多年时间研习《文选》，就能具备理解杜甫作品的语言工具，这等于是在说一个明显的事实。但我这里的目的是在边缘处探究。

词汇困难

《秋兴八首》最常见的读法，是把它视为8世纪下半叶一个特殊历史人物创作的一组七言律诗。[1]这种读法必然

---

[1] 特别需要指出的是，我这里的分析只基于书面文字，避而不谈听觉理解与视觉理解之间的差别这个复杂问题。显然，如果只听人吟诵，有些唐诗很难完全理解，至少意思含糊。见 Stephen Owen, "What Did Liuzhi Hear? The 'Yan Terrace Poems' and the Culture of Romance," *Tang Studies* 13（1995）：81–118。据说白居易（772—846）曾把自己的诗歌读给居住在小巷深处的老妪听，想知道这些作品是不是能（转下页）

会带来各种问题，涉及体裁、形式、文学史、音韵学等方面，而所有这些问题对理解和阐释作品来说的确至关重要。但也有其他办法来讨论这组诗。把它视为一种可量化的信息形式进行分析，或许可以让我们从新的角度来了解不同时期的不同读者如何阅读和接受它。

原始数据表明，至少就词汇层面而言，《秋兴八首》并不是特别困难。[1]组诗共448个字/字位，去除重复字，实际用字340个。这340个字，其中有286个字见于基准文本，占组诗实际用字的84%。由于组诗有相当数量的重复字，就总字位数而言，这个比例略有不同。448个字位中，391个字位（87%）用的是基准文本文字。我们已经说过，这些基准文本不是年轻学子可能需要掌握的词汇的理想代表。为了更准确地了解这些词汇的难易程度，我们可以对诗歌的总字数稍作调整。也就是说，虽然《秋

（接上页）被人听懂，但这个虚构故事也意味着听懂不是理所当然的事。此外，侧重于书面文本的分析是可能的，而这种可能性对口头实践来说根本就不存在。梅祖麟和高友工的文章"Tu Fu's 'Autumn Meditations'"，就是这种音声分析可能性的一个出色例子。

[1] 下面我对诗赋作品的统计分析，利用了加州大学圣地亚哥分校资助、Joshua Day 和 Sarah Schneewind 开发的 Literary Sieve 程序。对这个程序的全面介绍，见 http://ctext.org/tools/literacy-sieve。我用的版本，是 Brent Ho 开发的 The Sieve Online。我是从 MARKUS 网站进入的，该网站是作为"Communication and Empire: Chinese Empires in Comparative Perspective"课题的一部分而开发的，https://dh.chinese-empires.eu/markus/beta/sieveOnline.html。本章所用的基准文本，《千字文》《孝经》部分用的是 The Sieve 上的版本，《论语》《急就篇》用的是 ctext.org 上的版本，《开蒙要训》文本及其注音字，则是我据伯希和藏写本 P.2578 重建的。

兴八首》有些字不见于基准文本，但对具有中级文化水平的学子来说很可能并不陌生。我认为，这些字包括：看、渔、森、卧、鸥、湖、苦。如果把这些字算作基准文字，基准文字就占了组诗实际用字的86%，占组诗总字位数的89%。此外，还需要指出的是，其余很多词也不生僻，如"鹦鹉""侣"。诗与诗之间的差别也很大。组诗最后一首，有14个字位用的是非基准文字（但这14个字位包括了"鹦鹉""侣""苦"）。相较而言，组诗第三首只有"渔""陵"两个字不见于基准文本，但它们都不是生僻字。

为更好理解这些数据，我们可以比较约略同时的另一位著名诗人的作品，即王维在其别业所作的绝句二十首，题为《辋川集》。[1] 王维的这组作品与《秋兴八首》形成了有意思的对比：《辋川集》包含了王维一些最著名的作品，但一般认为就词汇层面而言这些诗并不特别困难；它们也是与《秋兴八首》体量相当的样本，共400个字位。用基准文本来衡量它们，结果类似于《秋兴八首》：400个字位中有335个字位用的是基准文本文字，占84%。同样，有些字也不见于基准文本，但读者只要受过最起码的教育，就会认识这些字（这些字很多都与《秋兴八首》相同）。这些基本数据表明，总的说来，《辋川集》在词汇层面可能比《秋兴八首》更有挑战性一些，但二者数据太接近了，差别

---

[1] 陈铁民校注：《王维集校注》，第413—427页。

柒 困难之源：阅读和理解杜甫

可以忽略不计。

单就词汇而言，《秋兴八首》对处于中级教育阶段的唐代读者来说并不难。组诗所用的词汇看起来并不比以"措辞简朴"[1]著称的王维更生僻，可见它不会为杜甫同时代的读者带来特别的挑战。组诗没有用生僻字来描写奇花异草，也很少用联绵词来形容风吹拂某种树的声音，诗歌大多使用的是学子在文化训练初级阶段就已掌握的文本中的词。

可能有人会反驳说，这种分析只是告诉我们诗歌本来就是这样：它的词汇范围有限。要讨论杜诗的词汇范围和词汇困难问题，他的赋才是更适合的对象。这些赋不那么受人称道，但却是他用来展示自己学问、表现自己对诗歌技艺更有挑战性方面的掌控力的作品。这种说法表面上有一定的道理：赋这种体裁，涉及词汇量更大，也为作家提供了机会，可以展示诗歌创作时较少用到的诗艺实力。但对杜甫有限的赋作的调查表明，词汇层面的难度与他的诗歌差别不大。

我这个结论的基础，是用同样的基准文本来分析杜甫的三篇赋作《朝献太清宫赋》《封西岳赋》《雕赋》。[2]基准文本文字与赋作总字位数的占比分别为：《朝献太清宫

---

[1] Stephen Owen, *The Great Age of Chinese Poetry*, 36.
[2] Stephen Owen, *The Poetry of Du Fu*, vol. 6, 242-262, 308-323, 328-341；萧涤非主编：《杜甫全集校注》，第十一册，卷二十一，第6131—6165、6248—6270、6278—6292页。

赋》85%,《封西岳赋》86%,《雕赋》87%。这些数据很接近《秋兴八首》,基准文本文字占比稍微低一点而已。更值得注意的是,这三篇赋都是进呈皇帝的,势必会全面展示杜甫的诗歌才能,但就词汇层面而言,没有哪篇赋作比王维《辋川集》中的绝句更有挑战性。

  我不能说这些数据是可靠的。不同的基准文本可能会产生不同的结果,分析不同的组诗也可能结果不同。但与此同时,这些数据似乎确实表明,杜甫的这些作品,无论诗、赋,单就词汇层面而言,即便对中级教育阶段的学子来说也不会构成重大挑战。

典　故

  词汇范围,能说明阅读一首诗的基本困难程度。但当黄庭坚称杜诗"字字有出处"时,他想到的是其他不同的东西:文字不是简单的词条,而是指涉前人作品的典故,熟悉前人作品对理解杜甫用意来说至关重要。虽然明清时期反对这种读杜法,很多作家认为理解杜甫的唯一途径就是完全忽略那些声称要追溯其"出处"的评注,反复诵读乃至抄录他的诗歌就够了。但事实上,杜甫一直被视为大量用典的诗人。这种看法可以找到无数例证,如他的长篇排律,尤其是《八哀》,周姗就曾撰文详细讨论过诗中的很多典故。[1] 人们经常谈到不能充分理解《秋兴八首》的一个障碍，就是需要一定的背景知识，因为组诗浓密叠置了过去的文学和历史。因此，用典故来衡量理解这组诗所需的教育程度，就成了另一种富有成效的做法。

典故也很难坐实。海陶玮就曾尝试性地，但也颇有参考价值地列举了陶潜（约365—427）作品中的七种典故类型，既有对理解整首诗来说至关重要的典故，也有后世论者臆想虚构出来的典故。[2] 这两极之间的典故，则根据诗句中的典故对理解这句诗的重要性和影响程度来分类。宋代以来，一丝不苟的学者们孜孜不倦地挖掘杜诗可能使用的任何典故；但和海陶玮一样，宇文所安也认为："一个短语在词典上的最早用法与一个典故相去甚远，典故要求读者不但要知道出处，而且必须这么做才能完全理解诗歌。"[3] 很多时候，我们不太可能确切知道杜甫用典时心中想到的是什么文本。如果可能引用了前人作品，我们又会面临用典的连锁悖论（sorites paradox）：究竟需要几个字才能把一个非典故变成典故？有时候，一个字就够了；有时候，一个较长的短语，即便在前人作品中出现过，也是不够的。海陶玮说："陶潜用典，我无法提供精确的统计数

---

[1] Eva Shan Chou, "Allusion and Periphrasis as Modes of Poetry in Tu Fu's 'Eight Laments'," *Harvard Journal of Asiatic Studies* 45, no. 1 (June 1985): 77–128.

[2] James R. Hightower, "Allusion in the Poetry of T'ao Ch'ien," *Harvard Journal of Asiatic Studies* 31 (1971): 5–27.

[3] Stephen Owen, *The Poetry of Du Fu*, vol. 1, lxxx.

字,既无法统计他诗中典故的总数,也无法统计这些典故在通行的经书中的分布情况。"[1]这里,我的目标同样也比较中庸:考察《秋兴八首》中的指涉和典故,大致了解在杜甫的时代需要哪种程度的文化水平才能理解它们。同样,这个更为有限的范围,不能更全面地概括杜甫的全部作品,但结论可能会更精确。

也有学者雄心勃勃地对杜甫的用典情况进行了分类整理,他们就理解这些典故所需的文化水平所做的大致推测,可能有些冒进。2007年路元敦的硕士学位论文,就试图分类整理杜甫每一次用《文选》典的情况。[2]他的最终结论是认为杜甫总共有397句诗"受《文选》影响",他采用的标准是,如果"与诗人的抒情有密切的关系",就算"用典"。[3]对于路元敦的很多具体选择,我们尽可以提出异议,但他的工作还是为我们探讨杜甫的用典问题提供了一个有益的起点。我逐一检查了路元敦整理出来的这397句诗,看他所认定的这些出自《文选》的引文是不是也见于唐代类书《初学记》。为什么要选择《初学记》呢?中古时期编纂的类似著作有数百种,其中不少作品还以某种形式流传至今。《初学记》之所以是个很好的例子,部分原因在于它篇幅够长,包含了题材广泛、数量众多的作品的选段,

---

[1] James R. Hightower, "Allusion in the Poetry of T'ao Ch'ien," 5.
[2] 路元敦:《论杜甫诗与〈文选〉之关系》(硕士学位论文,新疆师范大学,2007)。
[3] 路元敦:《论杜甫诗与〈文选〉之关系》,第2页。

既有经书,又有诗赋(包括初唐诗赋),但同时篇幅又够短,便于记诵,不像字典那样只用于翻检查阅。相关记载清楚表明,《初学记》的编纂目的是供人阅读和学习,特别是书中像"事对"[1]这样的子目,就是为了辅助学习和记忆而纂辑的。

在路元敦认为杜甫借鉴了《文选》的397句诗中,有167句诗(42%)所属的《文选》作品也见于《初学记》。但很多时候,这些《文选》作品只有部分段落被收入《初学记》。如果只统计杜甫所借鉴的《文选》具体字句在《初学记》中的出现情况,那我们得到的数字就大幅下降了,只有70句诗(18%)。不错,这个数据确实告诉我们,杜甫对《文选》的了解不是依靠《初学记》,但这一点也不意外,因为我们知道他反复熟读《文选》,还和儿子一起朗读。此外,这个样本很有限,我们无法据此对杜甫用典的整体冷僻程度做出更多评价。毕竟,这些诗句用的是《文选》典,而《文选》是这一时期传播最广泛的读物,这个事实本身就说明这些典故很可能是具有基本文化水平的读者所熟悉的。

还是回到《秋兴八首》,仔细来看用典情况。组诗中,路元敦认定的那种用典类型——借鉴具体字词,还有常见的"借句"和"借句式"(即语典,大卫·拉蒂摩尔称之

---

[1] "事对"是成对的复合词,见于《初学记》的每个条目。事对提供现成的对仗短语,还附有早期文本出处,是对《初学记》各个条目知识内容的高度浓缩。

为 textual allusions)[1]——相对较少。而且,就基本理解《秋兴八首》的诗句而言,不太需要认出典故。例如,学者们认为组诗第一首第一句"玉露凋伤枫树林"可能用了两个典故。其中一个典故出自隋末叛将李密(582—619)的一首无题诗,诗歌开篇两句为"金风荡初节,玉露凋晚林"。[2]李密诗的忧郁沉思,主题上类似于《秋兴八首》;诗歌以秋天为背景,李密还把这个背景同王朝崩溃联系起来,这些都丰富了杜诗的意境,但即便完全忽略杜诗对李密诗的潜在指涉,也不会让我们对杜诗有不同的读法。这里的用典,就属于海陶玮所说的第四种典故类型:"诗句本身的意思较为清楚;一旦认出典故,就多了弦外之音,丰富了字面意思。"[3]此外,路元敦还认为"枫树林"指涉了阮籍的"湛湛长江水,上有枫树林",而阮籍这联诗本身又化用了《楚辞·招魂》。[4]我们并不清楚杜甫是否真的借鉴了阮籍诗(后者写的是春天,而不是秋天),其他评论家往往也不认为这里有典。

其他语典大部分都是这种情况。组诗第四首中的"王侯第宅皆新主",可能化用的是《古诗十九首》其三中的"王侯多第宅"。这个典故强化了杜甫远离自己所熟悉的京

---

[1] David Lattimore, "Allusion and T'ang Poetry," in *Perspectives on the T'ang*, 409.
[2] 转引自萧涤非主编:《杜甫全集校注》,第七册,卷十三,第 3791 页。
[3] James R. Hightower, "Allusion in the Poetry of T'ao Ch'ien," 6.
[4] 路元敦:《论杜甫诗与〈文选〉之关系》,第 29 页。

城的感受，这里显然有一种反讽，杜甫沉郁的诗歌所借用的那首"古诗"，鼓励读者"斗酒相娱乐"，还以劝诫读者远离悲伤作结："极宴娱心意，戚戚何所迫？"[1]但这里的用典，同样也属于海陶玮所说的第四种典故类型：多了弦外之音，但对理解这句诗而言，并不是必须的。

组诗第三首尾联"同学少年多不贱，五陵衣马自轻肥"则是另一种情况，如果认出其中的典故，确实就能大大改变我们对杜诗的理解。这一联显然用的是《论语》典，当问及自己的志向时，子路回答说："愿车马衣轻裘，与朋友共，敝之而无憾。"[2]杜甫这一联的意思本身很清楚，但这个典故很可能改变我们的阅读，虽说典故的确切意旨较为含糊。这一联或可以读为，杜甫对自己功不成、名不就的遗憾，还有他对往日同伴的怨恨，在慷慨的子路的映衬下，变成了一种痛切的自责。但如果从另一个角度来看这个典故，杜甫就是在责怪他那些朋友，因为他们没有以子路为榜样，有福同享；他们在长安郊外过着奢华的生活，杜甫却在远方受苦，被隔绝、遗弃。

不过，这八首诗中的大部分典故都不是路元敦所说的那种语典，也就是说，一般不是引用或刻意借鉴前人作品中重要的诗句和句式。我们看到的是事例性或信息性的典故：理解这类"事典"（topical allusions），需要掌握这

---

[1] 逯钦立辑校：《先秦汉魏晋南北朝诗》（北京：中华书局，1983），第329—330页。
[2] 《论语注疏》卷五，第46页。

个事例的相关知识，这些知识可能有不同的出处。与语典不同，理解事典，大多数时候对从根本上理解诗句或诗歌本身来说至关重要，故而属于海陶玮所说的第二种典故类型："典故是理解一句诗的关键；不知道典故，就理解不了这句诗。"[1]

这类事典，组诗第二首"听猿实下三声泪，奉使虚随八月槎"中有两个例子。这一联明确用了两个典故。第一个典故，如宇文所安所言："有古歌称，三峡旅人听见猿啼三声时会落泪。"[2]这是一个著名的古老传说，初唐类书《艺文类聚》"猿"条、《初学记》"猴"条都收录了这个传说的多个版本。这两部书都引用了6世纪作家萧铨的一首诗，《初学记》题为《夜猿啼诗》，《艺文类聚》题为《赋得夜猿啼诗》。[3]"赋得"这个标题，进一步说明这个典故很常见。杜甫这联诗的后半句，指涉的是张华（232—300）《博物志》中的一则故事，一个住在海边的人登上了每年八月都会经过的一艘浮槎，结果发现自己驶过银河来到了天河（但他没有下船，而是回到了人间）。这个故事以各种版本见于《初学记》的多个条目，如"海·事对·通天／动地"，就全文转引了《博物志》中的这个故事。[4]

---

[1] James R. Hightower, "Allusion in the Poetry of T'ao Ch'ien," 6.
[2] Stephen Owen, *The Poetry of Du Fu*, vol. 4, 353.
[3] 《初学记》（北京：中华书局，1962），卷二十九，第722页；欧阳询等：《艺文类聚》（上海：上海古籍出版社，2007），卷九一五，第1652页。
[4] 《初学记》，卷六，第116页。

柒　困难之源：阅读和理解杜甫

《秋兴八首》每首诗使用事典的情况有很大差异。例如，第四首几乎不需要了解具体的历史或传说故事就能理解，第五首则是另一个极端，几乎每句诗都用了某种事典：

> 蓬莱宫阙对南山，承露金茎霄汉间。
> 西望瑶池降王母，东来紫气满函关。
> 云移雉尾开宫扇，日绕龙鳞识圣颜。
> 一卧沧江惊岁晚，几回青琐点朝班？[1]

这些典故，大部分是以汉宫借指唐宫这一常见修辞手法的结果，但读者还需要更详尽地了解汉代故事，如汉武帝（前141—前87年间在位）建造的承露仙人像、西王母造访武帝等。函谷关的"紫气"，则指老子西行（并得道成仙）。老子是李氏家族的传奇祖先，这个形象把诗歌带回了当今的唐朝。其他指涉都不太复杂：宫扇上的雉羽，"龙鳞"是皇帝衮服上的图案，"青琐"指代宫门。理解这些词，是理解诗句的必要条件，但它们并不指涉具体的传说故事或文本记载。

就最基本层面的理解而言，第五首诗可以说是组诗中最难的一首，因为它要求掌握从汉宫建筑到老子故事方方面面的知识。但是，只要我们发现所有这些指涉对当时的

---

[1] Stephen Owen, *The Poetry of Du Fu*, vol. 4, 356-357.

杜诗读者来说都是常识时，这种困难感立即就消失了。而且，如果检视一下诗中的这类事例是否见于《初学记》，我们的这个断言就不再是基于推测，而是有确凿的证据。相关事例，列举如下：

1. 神话意义上的蓬莱及其宫阙，见于数十个条目，首次出现是在"总载山·事对·石闾／金阙"条，引用《史记》燕昭王派人寻访以黄金白银为宫阙的神山的相关记载来解释"金阙"。[1]杜诗"蓬莱宫阙对南山"，清楚表明他写的是汉宫，不是神界。

2. 汉武帝的承露盘仙人像，见于多个条目，杜诗第二句句首"承露"二字，见于"露·事对"第一条"玉杯／琼爵"所引《汉武故事》对铜盘仙人的记载[2]，也见于"露·事对·汉宫／魏殿"所引《汉书》记载[3]。"金茎"，同样也见于"露·事对"条下，引班固《西都赋》。[4]

3. 西王母见汉武帝故事，见于多个条目，通常引用《汉武帝内传》，称"瑶池"是他们的见面地点。[5]

4. 老子经函谷关西行故事（紫气聚集，提醒守关者有圣人来到），见"车·事对·青牛／白鹿"。[6]

---

[1]《初学记》，卷五，第91—92页。
[2]《初学记》，卷二，第33页。
[3]《初学记》，卷二，第34页。
[4]《初学记》，卷二，第34页。
[5]《初学记》，卷四，第77页；卷七，第147页。
[6]《初学记》，卷二十五，第613页。

5. 宫扇上的雉羽，见"扇·叙事"；雉尾，见"扇·事对"。[1]

6. 龙鳞，与"帝王·事对"条中的一位帝王有关。[2]

7. 青琐，见"黄门侍郎·事对"。[3]

《秋兴八首》中的事典，大多如此。如第三首中出现的汉代人物匡衡、刘向，第七首中的织女石像、石鲸鳞甲，理解这些指涉所需的信息，几乎都能在《初学记》中找到（很可能也能在很多其他基础类书中找到）。海陶玮提醒我们，统计典故是个棘手的问题，但就这有限的八首诗而言，还是值得大胆推测一下的。据我统计，组诗的语典和事典共33例，其中27例见于《初学记》，而《初学记》的编排方式，基本上能够确保读者理解杜甫诗歌所用的典故。当然，也有例外，如诗歌指涉的《古诗十九首》和《论语》子路故事，但任何读者都能从其他来源了解这些指涉。简言之，《秋兴八首》组诗的困难，显然既不在于杜甫所用的词，也不在于他所用的典故。

杜甫诗、赋用典情况差别较为明显，这也是意料之中。为大致了解这种差别，我检视了《封西岳赋》的用典情况。这篇赋作可能意在向皇帝全面展示杜甫的诗才和修辞能力，但词汇层面可以说不比《秋兴八首》（甚或王维《辋川集》）

---

[1]《初学记》，卷二十五，第604页。
[2]《初学记》，卷九，第208页。
[3]《初学记》，卷十二，第284页。

更有挑战性[1],典故则总体上比后者用得更多。

与《秋兴八首》不同,《封西岳赋》主要用的是语典,也就是说,逐字或几乎逐字转引他人作品。像这样把语典串联为一篇新作,即为"缀文"(字面意思即连缀字句以成文章),这个术语也泛指文学创作。就像我们在《秋兴八首》中看到的那样,很难确定怎样才算是用典,但如果只限于找出明确的语典,这个任务就轻松多了。例如,杜甫《封西岳赋》"上将陟西岳览八荒"一句[2],几乎可以确定他引用的是扬雄(前53—18)《河东赋》中的"陟西岳以望八荒"[3]。同样,杜甫赋中所用的"钦若神祇",显然也是指涉《河东赋》中的类似表述"钦若神明者"。[4]杜甫还逐字转引了一些《诗经》四言诗句,如"祀事孔明",出自《楚茨》《信南山》;"有严有翼",出自《六月》;"神保是格""时万时亿",出自《楚茨》。[5]认出所有这些典故,对理解杜甫赋至关重要。这些例子实际上都是逐字或几乎逐字转引原文,因此,可以说,认出这些典故就是读赋的主要方式。

从表面上看,这个遍布语典的赋体文本,似乎要比《秋兴八首》更难。但同样,如果仔细检视《封西岳赋》中

---

[1] Stephen Owen, *The Poetry of Du Fu*, vol. 4, 308–324.
[2] Stephen Owen, *The Poetry of Du Fu*, vol. 4, 308–309.
[3] 班固:《汉书》(北京:中华书局,1962),卷八十七,第3535页。
[4] 《汉书》,卷八十七,第3536页。
[5] 《毛诗注疏》,卷十三,第455页;卷十三,第462页;卷十,第357页;卷十三,第456页;卷十三,第457页。

的"缀文"现象,我们就会发现,杜甫的素材来源相当有限,而且这些来源一点也不冷僻。据我统计,《封西岳赋》赋中共有28例明显语典:扬雄《河东赋》7例,扬雄《甘泉赋》[1] 5例,《诗经》4例,司马相如(约前179—约前118)《大人赋》2例。其他零星来源各有1例,分别为班固《西都赋》《东都赋》,《汉书·贾谊传》,唐玄宗本人的《纪泰山铭》。这些都是众所周知的赋体作品描写封禅祭祀的备用典故。所有这28例语典,12例出自扬雄描写帝王祭祀的名赋,16例出自《汉书》(包括《汉书》作者班固的赋作2例)。这个素材来源范围很窄,很少有真正让人意想不到的用典。如果玄宗被这篇献给他的赋作打动,那也不是因为诗人在词汇或文本来源方面异乎寻常地涉猎较广。

对于这个发现,我们不应感到惊讶。为打动特定受众(这里即皇帝)而作的文章,用典必然会有所节制。对杜甫来说,展示自己善于驾驭适当的文史素材是重要的,但让受众轻松认出自己所用的典故、明白这些典故的意思,同样也很重要。没有人想为难皇帝,肯定也不想让皇帝觉得自己不够了解文学遗产。如果说杜甫是用这类作品来炫技的话,那他这么做的时候也是相当谨慎的。

---

[1] 对扬雄这两篇赋的讨论和翻译,见 David R. Knechtges, *The Han Rhapsody: A Study of the Fu of Yang Hsiung (53 B.C.-A.D. 18)* (Cambridge: Cambridge University Press, 1976), 44–62。

结　语

　　从诗歌困难的角度对杜甫部分作品的初步分析表明，基本理解这些作品语言所需的词汇和文史知识，并没有超过唐代文学教育初级阶段的要求。《秋兴八首》要求大致了解具有事典性质的历史传说，但很少要求了解具体的前人文本。前人文本的相关知识，一般都能在最众所周知的来源中找到，如《文选》《论语》。事典对理解诗歌来说至关重要，在组诗中的出现频率也更高，但掌握这些事典所需的知识，几乎都可以在《初学记》这类被人广泛使用的类书中找到。杜甫赋作的用典情况较为复杂，但也差不多。就词汇范围而言，杜甫赋与《秋兴八首》（或王维《辋川集》）差别不大。但赋用典更密，多用语典，理解这些语典对领会文意至关重要。与此同时，这些语典的取材范围实际上又比较狭窄。

　　回到黄庭坚，回到那些照黄庭坚所说的方法读杜的人，我们可以说，困难不仅在于读者的眼光，而且还很有可能是这些读者对文本的期待所制造出来的。如果带着"字字有出处"的想法读杜，试图追溯每个字词的早期用法，假定杜甫使用这些字词时必有深意存焉，那杜甫写的任何文本都是困难的，宗武小时候就能背诵的那些诗也不例外。这种读法，告诉我们更多的是杜甫的宋代读者的情况——他们把他的作品乃至很多唐诗作为学术研究的对象，而不是杜甫和杜甫那个时代的读者的情况。需要再次指出的是，黄庭坚的读法并不总是主导性的读法,很多明清读者就有意忽略逐字逐句追溯其所谓出处的注释和评论,称这些做法是"摭实之病"。[1]

这种批评,或许无意中也承认了杜甫写作的那个时代、最初接触他诗歌的读者所处的那个时代的物质现实。虽然皇帝身边有丰富的藏书,但杜甫的大多数读者很可能没有这样的资源,杜甫本人也没有。更重要的是,我们没有理由认为杜甫想让自己的诗歌成为学术分析的对象,需要读者查出所有可能的出处,并加以细心整理。杜甫写诗是让人读、让人听,不是让人研究。这并不是说杜甫希望自己诗歌的意思总是一览无余,读一次或听一次就能理解。当然不是,因为大家都知道,他自称"读破"《文选》和其他很多作品。这是对文本的深度沉浸,但不一定是学究式的。认出一个典故,读者靠的是自己的记忆,而不是广泛查阅研究资料(更不用说可搜索的数据库了)。

杜甫的《秋兴八首》确实对读者提出了要求,但这些要求比单纯的词汇和典故复杂得多。杜甫使用的语言总的来说是简单的,但他表达的情感和意义却不简单。这很大程度上可能就是这些诗歌作品魅力经久不衰的原因。悖论的是,语言的简单性使深度成为可能,但如果诗人使用复

---

[1] 相关讨论,见 Ji Hao, "Poetics of Transparency," 17–19。Ji Hao 指出,"摭实之病"出自宋荦(1634—1713)为张溍(1621—1678)杜诗评论所写的序言。见张溍:《读书堂杜工部诗文集注解》(台北:大同书局,1974),第161页。

杂的语言,这种深度就会迷失在僻词和僻典的海洋之中。面对简单的语言,读者不会因为诗歌博学的外表望而却步,反倒被这种迷惑人的可理解性所吸引,但当读者充分体会到杜甫在这些诗歌中置入的全部深度时,这种可理解性又开始变得模糊起来。

(刘倩 译)

捌

明清绘画中的杜甫诗句

艾朗诺

众所周知,从杜甫诗句中找寻绘画的灵感进行再创作的传统开端于11世纪,时至今日仍发挥一定影响。明清两代是依据杜甫诗句进行绘画创作的高峰时期,亦是本文的焦点。本文主要目的是要探讨艺术家在绘画中处理杜甫诗句的不同手法与方式。本文所涉及的绘画与诗歌之间的互动关系在中国传统文化中有其源流并在现代学术中被通称为文本与图像研究。此外,艺术家对杜甫诗句的使用也可以视作杜诗接受史的一个独特但又常被忽略的一环。在本文中,我想要揭示艺术家对杜甫诗句进行视觉转化时所展现出的广度与创造性。艺术家们对杜甫诗句的解读与想象能够促进我们在杜诗读法、接受史以及明清绘画史等几个方面的认识。

导 言

尽管今天我们还没有一个确切的数据来认识有多少画

作是受杜甫或者其他诗人诗句启发而成，但杜甫诗句比其他诗人诗句都更直接地影响到了各类"诗意图"的创作乃是不争的事实。我们或许可以据此推论，这是杜甫在晚期帝制中国所达到的"伟大诗人"这一地位的切实反映。但如果认真分析绘画上所题的杜甫诗句，我们也许会得到这样一个不同的结论：杜甫的名声与地位并非画家选择他诗句来进行创作的唯一理由。

首先让我们来看一些明清画家在他们画作上所题的杜甫诗句：

> 蓝水远从千涧落，玉山高并两峰寒。[1]
> 孤城返照红将敛，近市浮烟翠且重。[2]
> 涧道余寒历冰雪，石门斜日到林丘。[3]
> 请看石上藤萝月，已映洲前芦荻花。[4]

---

[1]《九日蓝田崔氏庄》，《杜诗详注》，第490页。诗的英文翻译可参考 Stephen Owen, *The Poetry of Du Fu*, vol. 2, 50-51。另外，此诗从这一联开始直到第七联全都题写在王时敏《杜陵诗意图册》的画作中。详见后文。

[2]《暮登四安寺钟楼寄裴十迪》，《杜诗详注》，第783页；Stephen Owen, *The Poetry of Du Fu*, vol. 2, 338-339。王时敏题写的诗句里为"近寺"而非"近市"。

[3]《题张氏隐居二首》之一，《杜诗详注》，第8页；Stephen Owen, *The Poetry of Du Fu*, vol. 1, 4-5。

[4]《秋兴八首》之二，《杜诗详注》，第1486页；Stephen Owen, *The Poetry of Du Fu*, vol. 4, 352-353。

含风翠壁孤云细，背日丹枫万木稠。[1]
百年地僻柴门迥，五月江深草阁寒。[2]
绝壁过云开锦绣，疏松夹水奏笙簧。[3]
石泉流暗壁，草露滴秋根。[4]
日出寒山外，江流宿雾中。[5]
返照入江翻石壁，归云拥树失山村。[6]

这些诗句，绝大多数是七律。除此之外，这些诗句还有什么共同点呢？它们都高度视觉化，带有写景的特征。另外，它们呈现出来的视觉意象十分复杂。一句中通常含有多达三种状物描写且呈现出物与物之间非常复杂的互动关系。诗句中的空间距离也很值得注意（如"蓝水远从千涧落"）。此外，诗句中还含有大量色彩描绘。种种特征都令这些诗句更适合于在绘画中进行视觉转化。诗句另一显

---

[1]《涪城县香积寺官阁》，《杜诗详注》，第986页；Stephen Owen, *The Poetry of Du Fu*, vol. 3, 204-205。
[2]《严公仲夏枉驾草堂兼携酒馔》，《杜诗详注》，第904页；Stephen Owen, *The Poetry of Du Fu*, vol. 3, 116-117。
[3]《七月一日题终明府水楼二首》之一，《杜诗详注》，第1652页；Stephen Owen, *The Poetry of Du Fu*, vol. 5, 136-137。
[4]《日暮》，《杜诗详注》，第1754页；Stephen Owen, *The Poetry of Du Fu*, vol. 5, 256-257。这一联及下一联都题在石涛《杜甫诗意册》上，详见后文。
[5]《客亭》，《杜诗详注》，第932页；Stephen Owen, *The Poetry of Du Fu*, vol. 3, 148-149。
[6]《返照》，《杜诗详注》，第1336页；Stephen Owen, *The Poetry of Du Fu*, vol. 4, 202-203。

见却常被忽视的特征是其内在的时间感,比方说,"江流宿雾中"指的是前一晚萦绕于此的雾气。"涧道余寒历冰雪,石门斜日到林丘"则是通过行为过程间接体现出时间。即便是"孤城返照红将敛",也还是通过落日之时变幻的色彩来烘托时间感。而"归云拥树失山村"则通过之前可以望见而现已不可见的山村来暗示时间变化。

对于熟读杜甫诗句的艺术家来说,上述空间关系、色彩以及时间感激发了他们进行创作的欲望。但诗句中呈现出的复杂构图以及空间关系对于艺术家的创作来说仍是一大挑战。他们究竟能不能用绘画把所有这些元素展现出来呢?我们后面将要看到,艺术家们通常能够出色地回应这一挑战。尤其值得留意的是,诗句中的时间元素对艺术家来说具有特别的吸引力。不同于空间及色彩,时间的流逝通常很难通过一幅画作展现出来。但通过运用具有时间暗示的诗句,艺术家可以为他们的画作打开一个新的维度,从而让观画之人在欣赏画作的同时想象出如同现实世界般的时间动态感。

让我们再回到这些诗句的出处中去考察。这些诗句大多是原诗中的颔联或颈联。这并非偶然,颔联和颈联一般都比较有图像感且陈述性不强。正因如此,杜甫诗歌中的这些诗句就成了艺术家创作时的最佳选择。当然,艺术家本人并不一定是这么认为的,他们被这些如画般的诗句所深深吸引而做出如此的选择可能是出于一种本能。我们还不能忘记这样一个事实:明清时代的艺术家选择的诗句都不是杜甫最广为人知的,也并非出自他那些最脍炙人口的诗篇。艺术家在选择诗句时有他们自己的判断标准,而不是单纯依据诗句的知名度来做挑选。

在这里,我的假设是,艺术家先选好诗句,再以诗句为依据进行创作,最后再在画作上题上之前选好的诗句(本文中,我只考虑艺术家自己题的诗句,后来收藏家所题诗句不在讨论范围内)。当然,艺术家先进行创作,想起杜诗能很好陪衬自己的画作时再将诗句题上画的情况也是不能否认的。但一般来说还是前者更常见。理由有两点。一点是外在的,而另一点则是内在的。许多题写了杜甫诗句的明清绘画都可以在所谓"杜甫诗意图"一类的图册中找到。这类图册一般收有八幅左右作品。其中有些是杜甫诗句直接题写其上,有些是诗句相对应地分布在打开画册的左右两边。在创作这一类作品时,艺术家会先挑选诗句再进行创作。而先创作再选择诗句的情形更适用于单一画作而非诗意图册一类的作品。内在的理由是,题诗的绘画充满了与杜甫诗句吻合的细节而非泛泛描绘山水之作。比如说,当画家描绘出一个回望而非前视的摧舟人形象时,显然是在创作前就受到了杜甫诗句"橹摇背指菊花开"的影响。

两种 17 世纪诗意图册之比较

接下来我们将通过王时敏(1592—1680)和石涛

（1642—约1707）的图册来探讨艺术家使用杜甫诗句时展现出的特性。我们将看到，虽然两人都陶醉于杜甫诗歌之中，可他们对杜甫诗句的视觉性转化却大为不同。

首先，我们讨论北京故宫博物院所藏由王时敏创作的《杜陵诗意图册》中的三幅作品（原作共十二幅）[1]。第一幅画呈现一片水景，在江流蜿蜒的岸边树立着几幢房屋，而在江对岸则高耸着青色岩壁与之呼应，最后江流消失在远方的青山之中（见图1）。此画大量使用鲜艳的色彩：构图前端和中部的许多树蓄有红叶，左方的山壁则是青中带绿，最上方的山峰和中部的树林之间飘浮的白云，将图像这两个部分有机地结合了起来。

下面这首诗就是该画右上方题诗的出处：

涪城县香积寺官阁

寺下春江深不流，山腰官阁迥添愁。

含风翠壁孤烟[2]细，背日丹枫万木稠。

小院回廊春寂寂，浴凫飞鹭晚悠悠。

诸天合在藤萝外，昏黑应须到上头。[3]

---

[1] 北京故宫博物院编号00004873, 1-12。以《王时敏写杜甫诗意图册》（北京：紫禁城出版社，2007）为名正式出版。
[2] 一作"孤云"。王时敏题画诗作"孤烟"，谨从。
[3] 《杜诗详注》，第986页；Stephen Owen, *The Poetry of Du Fu*, vol. 3, 204-205。

捌　明清绘画中的杜甫诗句

图1　王时敏《杜陵诗意图册》之一，故宫博物院

很显然,王时敏在创作时只考虑了他所选择的这一联诗句。他对原诗并无兴趣,对选出的诗句中展现的许多其他层次也完全不在意。因此在画中半山腰上并没有出现香积寺官阁,尽管香积寺出现在诗题中,也同时是诗人作诗时所处的地点。画中唯一可见的建筑物只是江岸边的民宅。

王时敏只想把第二联所含的视觉元素表现出来(如"翠壁""孤烟细""丹枫",没有"含风"大概是难以刻画的缘故)。他将这些元素完美地糅合进了江景之中(注意江景已出现在首联之中)。对云流的使用尤其精彩,既加强了整体感,又加深了远方高峰与中间民宅的隔阂感。王时敏对"孤烟细"的处理拿捏得当:一方面,云流很细;另一方面,由于没有再掺杂其他形状的云彩,云流独悬半空中留下一种孤寂之感。

图册中另一幅画上题的是著名的《秋兴八首》之二的尾联(见图2)。

请看石上藤萝月,已映洲前芦荻花。[1]

跟上边例子相似,这幅画跟杜甫原诗中的其他部分关联并不大。此处,王时敏只想对这一联诗句做视觉性转化。这次他处理的对象并非诗句中的色彩而是空间关

---

[1]《杜诗详注》,第1486页;Stephen Owen, *The Poetry of Du Fu*, vol. 4, 352-353。

捌　明清绘画中的杜甫诗句

图 2　王时敏《杜陵诗意图册》之一，故宫博物院

系。这一联诗满是描述植物与地形的名词,但同时也指明了物与物之间的空间关系。王时敏的创作策略是设置二人泛舟的场景来令观画之人可轻易想象舟上二人正在观赏诗句里的那些物。诗句中"请看"暗示了诗人将要看到接下来的物,而且非常急切地想要同我们分享这一景致。杜甫的诗本身并不从泛舟出发,所以画中的泛舟就是王时敏的独创了。考虑到同一首诗中颔联出现过"八月槎",王时敏是否受此启发而创作出泛舟之景呢?答案是完全有可能。尽管"八月槎"用的是《博物志》中严君平在蜀的故事。

将两句中出现的所有物视觉化表现出来诚非易事。王时敏把藤萝布置在图前端的石块上。如果我们问诗的读者如何来想象"石上藤萝月",很多人也许会说月亮在藤萝上方或是掩映在藤萝之间。在这里,王时敏还需要在画中照顾到后一句中的物,于是他将相当一部分空间留给了沙洲与芦荻,制造了与一旁石头和藤萝的反差。王时敏的画非常敏锐地捕捉到了杜甫诗句里的视觉意象,而这恰恰是一般读者容易忽视的,如石头上富有质感和层次的藤萝与一旁沙洲里浸润在月光下摇曳的芦荻花之间的反差。

最后,我想讨论图册中另外一幅有关江景的画作(见图3,细节见图4)。该画上题写的诗句取自杜甫为来夔州暂访而又即将赴朝听命的朋友李八所作的《送李八秘书赴杜相公幕》的颔联:

捌 明清绘画中的杜甫诗句

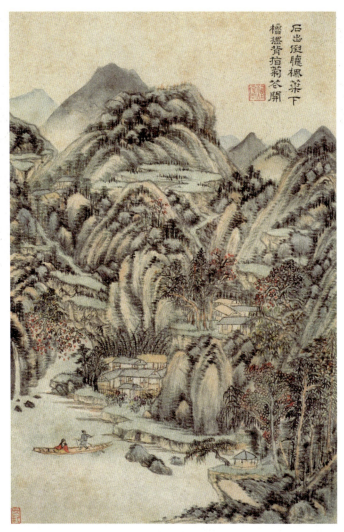

图3 王时敏《杜陵诗意图册》之一,故宫博物院

图 4　图 3 的局部细节

　　石出倒听枫叶下，橹摇背指菊花开。[1]

　　王时敏把夔州描绘为山丘与高峰错落有致的一处地方。在这幅画里，他更加注意诗中的人物与叙事，所以他没有只泛泛勾勒出舟与人，而是依据诗句忠实地再现了人物的行为。江水中很明显有石块，而这些石块本来在涨水的季节会全部淹没在水中。画中李八乘船刚离开的渡口边红叶随处可见，而最左边的红叶又有摇摇欲坠之感。这时，舟上的船夫和客人双双回望方才离别的江岸，而船夫更伸出

---

[1]《送李八秘书赴杜相公幕》，《杜诗详注》，第 1680 页；Stephen Owen, *The Poetry of Du Fu*, vol. 5, 176–177。

手臂指向后方。若顺着这只手臂放眼望去，我们就可以看到岸边稀稀疏疏冒出的花卉，这些黄、红、紫不是"菊花开"，还能是什么呢？

在前面的两幅画中，我强调了王时敏的画与原诗整体的不相关性。但在这里，王时敏的画能够让我们从诗中体味到更多趣味，即便王本人并没有通过画来这么做的一种自觉。传统的杜甫注家在这一联上只强调李八之行的匆忙（这一解读是值得商榷的）。毛奇龄（1623—1716）曾犀利指出这一联的上句展现了纵向的空间（上下），而下句呈现了横向的空间（前后以及船桨的摇摆）。[1] 这些注家都未提及该联的空间美感和在全诗中的功能。王时敏对这一联的关心以及对此的描绘得以让我们重新审视这两句诗。丹枫红叶和迟来秋菊之美是诗歌中常见的意象，而且与农村风光和隐居有极深的关联。"橹摇背指菊花开"的特别之处在于该句突出了归客对田园风光的不舍（在画中则是船夫流露出的留恋之情）。《送李八秘书赴杜相公幕》一诗的其他几联还强调了李八归朝心切以及对路途遥远的担忧。但在这一联里杜甫似乎要提醒李八，匆匆归朝而损失的东西将会是什么。回到"背指菊花开"：若果真是船夫通过他手所指来告诉客人他即将失去的东西为何，那么这句确实是杜甫提醒李八的一个写照。杜诗注家从来没有捕捉到这一点。但这一点确实对王时敏有特殊含义，所以

---

[1] 详见《杜诗详注》，第1681页。

在画中给予了特别刻画。

石涛（朱若极）晚王时敏五十年出生。同为17世纪绘画大家，他们却有着截然不同的方法与关切。我们自然能想见，石涛的《杜甫诗意册》[1]不同于王时敏的《杜陵诗意图册》。而事实上也正是如此。二图册绘画风格上的不同当然源自二位画家的不同，但不容否认的是，石涛对杜诗的兴趣和选用都与他的前辈迥异。从王时敏的《杜陵诗意册》到石涛的《杜甫诗意册》我们能够认识到杜诗对于17世纪读者的吸引是多样的，它作为一种视觉创作灵感的来源而言又是极其丰富的。

在选择题画诗句时，石涛倾向于五言而王时敏则更偏好七言。这样一种取向对视觉创作有一定的影响：五言在句子构成和语法上都要更简单一些，不会有七言中常见的两三种意象重叠进而给诗句解读带来多种可能性的情况发生。正如前面我们看到的，七言这种特点很得王时敏喜欢，他也将这种诗句中的可能性充分发挥了出来。

在此，我只想讨论石涛选出的诗句的两种特征，以及他是如何使用这两种特征的。石涛偏好使用含有字词特殊用法的诗句，这经常包括某种结构倒装的语法现象。他会试图用特别的视觉意象来呈现这类非常规的诗句，借此来挑战自己。请看这一联（见图5）：

---

[1] 该图册1968年以『石濤·杜甫詩意冊』为名于日本出版。

捌　明清绘画中的杜甫诗句

图 5　石涛《杜甫诗意册》之一，见『石濤・杜甫詩意冊』，东京三彩社，1968

春知催柳别，江与放船清。[1]

这是《移居夔州郭》中的颔联。诗整体的感觉是充满希望的，杜甫相当期盼即将移居至一个比较平坦的地域。这一联中每句开头都用了一种拟人的修辞手法，如春天"知道"要做什么，江"给予"即将行驶的船清水。而更值得注意的是每句的后半部分，"催柳别"实际上是在说，暖春天气正催促着柳树，让它发芽，然后才有柳枝可堪摘折以送别友人，表达出一种挽留之情。而"放船清"在"给

---

[1]《移居夔州郭》,《杜诗详注》，第 1265 页；Stephen Owen, *The Poetry of Du Fu*, vol. 4, 120-121。

235

图 6 石涛《杜甫诗意册》之一,见『石濤·杜詩意冊』,东京三彩社,1968

清水与即将行驶的船"这一层意思上也可称得上是奇特。在这幅画中,前方的新柳特别引人注目。石涛通过留白描出江水,又在远方用船帆衬托出江水的静态。以帆代船是在石涛画作中常常出现的一种表现技法。画本身可能没有题写的诗句那样独到,却仍然不失细腻与想象(直观上,此画既没有江水也没有行人)。我们可以认为,这幅画呈现了石涛通过绘画与诗人杜甫一争高下的一种努力。

图册中另一幅画上则题有如下诗句(见图 6):

> 高峰寒上日,叠岭宿霾云。[1]

---

[1]《晓望》,《杜诗详注》,第 1753 页;Stephen Owen, *The Poetry of Du Fu*, vol. 5, 256–257。

这两句也含有一些字词的罕见用法。首先，高峰把太阳"送上去"就很奇怪，更奇特的地方是送的动作是"寒冷"的。句中的"寒"在这里做副词修饰动词"上"。当然，石涛没有办法画出"高峰寒上日"，但他的确通过构图中从左至右的对角张力拉伸出两座山峰朝天空突起的一种运动趋势。石涛没有画出太阳，大概是认为这是一种可以有效调动观画人想象的良策。

下句中的"霾"字通"埋"，杜甫常用此字来代指雾气或尘埃浮盖在某种实体之上从而阻挡视线的状态。这里，下句的"霾"对上句的"上"，但两个动词的功能稍有不同，"上"在这里是使动用法，而"霾"则是一种消极被动的动作状态。这种微妙的差异应当视作是为追求对仗工整而产生的语法现象。跟"上"一样，"霾"由做副词的"宿"修饰。石涛在解读这句时认为"宿"有"从昨晚至今"之意，故在画中的两峰之间从左至右描出极富静态的云。石涛笔下的山峰看起来似乎是穿透了停云一般，但在这里他没有选择的余地。如果全都是云的话，我们就无法确定画中是否还有山了。

由上述两例我们可以看出石涛对于那些比较难以描绘的杜甫诗句的特别偏好。在这一点上，他要比王时敏更突出一些。王时敏倾向于选择那些意象较为直观的诗句，而且一旦选定就付诸画卷。但石涛选的诗句里总有一部分难以描绘出来。以上的例子已是很好的佐证。通过在画上题诗，石涛给他的画作添上了个人特性、幻想以及时间感等元素。石涛很

图7 石涛《杜甫诗意册》之一,见『石濤・杜甫詩意冊』,东京三彩社,1968

喜欢在他的画作上题诗,可能是因为他觉得这样做可以给画加上一层视觉意象所不具有的意涵。这样做的结果就是让视觉意象与文字有机地结合在一起。在这样一种诗画合一的实践中,任选诗句题画都可让绘画受益,更不必说名流千古且独具匠心的杜甫诗句所带来的效果了。

石涛《杜甫诗意册》另一显著特征是图册山水中常出现的一个孤独老者的形象。老人时坐时行,且在许多画中表现出一种物我两忘的深邃。图7即是一例。图上的诗句是这首杜诗的颈联:

东屯北崦

盗贼浮生困,诛求异俗贫。

捌 明清绘画中的杜甫诗句

图8 图7的局部细节

> 空村唯见鸟，落日未逢人。
> 步壑风吹面，看松露滴身。
> 远山回白首，战地有黄尘。[1]

这幅画是对杜甫诗句在两个层次上的视觉转化。第一，如果我们只读诗句的话，很难想象老人会坐在石头上。在这里，石涛把"步壑风吹面"表现成了一幅老者独坐山间望远的景象（见图8）。诚然，石涛在画中添上了松树，但此处孤零零的几株松树与原诗中"露滴身"的群松大异其趣。

---

[1]《杜诗详注》，第1771页；Stephen Owen, *The Poetry of Du Fu*, vol. 5, 276-277。

第二种转化是通过视觉处理对杜诗意境进行转变。到现在为止，我们应该对画家不碍于原诗而自由处理诗句的创作行为不陌生了。但在这幅画里，石涛似乎是有意反转原诗传达的意境。绘画中呈现出水流与独坐的老者远眺的情景，此景静谧却不沉重，实乃典型的石涛画风格。当我们从绘画的世界回到诗歌当中时，变化是惊人的。在原诗里，诗人深思战争的意义及其给当地人民带来的苦难后果；在尾联，诗人更想象他从不远处的战场望见黄尘。而这一切却从石涛的画中完全消失了。石涛选的颈联也从绘画中获得了一种幽静。在原诗中，此二句别有一番风味，如清代杜诗注家仇兆鳌所言，"蛩风松露，言秋景荒凉"[1]，是也。石涛不仅完全改变了诗句的意境，而且我们也能够想象石涛在给诗句赋予新意境中所收获的喜悦。

这种意境转化在《杜甫诗意册》中是比较常见的。同册中的另一幅画上题有"涧水空山道，柴门老树村"[2]。画中老人挂杖沿溪流而上，老人的左手边是一扇柴门，柴门后有民宅几处，近旁则有三三两两的树木。绘画中的细节与这两句诗极为吻合，但却与题为《忆幼子》的原诗不甚浃洽。在原诗中，杜甫身陷叛匪控制下的长安，禁不住思念远在百里之外鄜州的幼子。画中题诗表达的是杜甫对鄜

---

[1]《杜诗详注》，第1771页。
[2]《忆幼子》，《杜诗详注》，第323页；Stephen Owen, *The Poetry of Du Fu*, vol. 1, 260-261。

州的回忆。此时此刻的杜甫如果头脑里还念着一个人的话，应是他珍爱的幼子，而不是拄杖老人。此处石涛再次给诗句做出了新的诠释。

那么，在《杜甫诗意册》中反复出现的老者究竟是何人呢？在图册中出现的老人都以非常相似的面貌出现。他白袍，拄杖，方冠又长须飘飘；孑然一身，不与众人为伍。画中除老者之外不再有其他任何人物。我们可以借此机会再比对一下另外一本图册中的老者形象（见图9）。

这本题为《野色》的图册并非前述的杜甫诗意一类的图册，但也收入了以杜甫诗句为灵感的绘画。[1]最相关的便是白袍老人举头凝视点点繁花的一幅图，此老像极了《杜甫诗意册》中的老人。画上题的是杜甫的这一联诗句："仰面贪看鸟，回头错应人。"[2]在这里，石涛还添上题字："多因此老后身，未识难字过也未。"此处的题字提示我们石涛化用的是题画诗句的下一联："读书难字过，对酒满壶频。"但对我们来说，关键是前边"此老"二字。"此老"暗示石涛画中的老者即是杜甫。所以这幅画并非只是由杜甫诗句启发而成的老者肖像图，而是更具体的"仰面贪看鸟，回头错应人"的杜甫像。

---

[1] 该图册现存于美国纽约大都会博物馆（ID no. 19824, the Sackler Fund 1972/1972.122a-I），详见 https://www.metmuseum.org/art/collection/search/49176。该图册有时又被称为《山水图册》，现行名称取用了图册中一幅画上所题的"野色"二字。
[2]《漫成》其二，《杜诗详注》，第798页；Stephen Owen, *The Poetry of Du Fu*, vol. 3, 2-3。

图9 石涛《野色》之一，美国纽约大都会博物馆

这是不是说《杜甫诗意册》中出现的老者也是杜甫呢？这个问题并无定论。但无论如何，图册中的老人是石涛脑海中的杜甫这一可能性很大。于是在画册中那个孑然独立，悠游于山水中的老人便是诗圣杜甫了。这个杜甫的形象固然是明清之际杜甫在中国文化里高超地位的形象化，但同时也是石涛的自画像。读杜诗之人很少会拣选出石涛绘画上的题诗，所有这些题画诗句为我们呈现出了一个沉浸在自然之中而物我两忘的杜甫。这样一个杜甫的存在当然与用笔描绘山水花鸟的石涛有许多共通之处。共通点是如此之多，以至于我们没有办法再去区分画中的杜甫与石涛的异同了。如此一来，画中的老者就是石涛的自画像了。

图10 石涛《野色》之一，美国纽约大都会博物馆

而这自画像上的不只是亲近自然之人也同时是艺术家，该画像勾勒出了一种艺术家的原型：他能用语言或者笔法捕获万物的存在。

石涛《野色》图册中另一幅画题有李白诗句一联，可供我们做一个比较（见图10）。这幅画展示出石涛在处理诗画关系时的另一种手法。以下是全诗：

与夏十二登岳阳楼

楼观岳阳尽，川迥洞庭开。

雁引愁心去，山衔好月来。

云间连下榻，天上接行杯。

醉后凉风起，吹人舞袖回。[1]

这里，石涛挑出的诗句是全诗中最富视觉感也最有回味的一联。更值得注意的是，此处石涛对李白诗句的处理与杜甫诗句的处理截然不同。石涛的描绘相当忠实于原文。去雁、来月、迴川，还有岳阳楼均被再现于画作中。我们甚至可以清楚看到岳阳楼上二人在远望那飞雁与朦胧的月，此二人定是李白和诗题已提及的夏十二。在这幅画里，石涛并没有像他处理杜甫诗句一般着力于人物形象，而仅满足于将李白诗的各个细节完整呈现出来。这幅画并没有《杜甫诗意册》里流露出的那种把诗句从原文中拔出后再重新进行视觉化的创造力。石涛只把这种创造力留给了他欣赏且意欲重新形塑的杜甫。

16世纪诗意图册初窥

最后，我想要通过讨论另外两幅"杜甫诗意图"来结束本文。这两幅画都来源自谢时臣（1487-1567以后）绘制于明代中期的《杜陵诗意图册》[2]，谢时臣早王时敏及石

---

[1] 见《全唐诗》卷一八〇，第1838页。
[2] 该图册现存故宫博物院（编号100457）。本文接下来讨论的谢时臣画作可见于《故宫博物院藏品大系·绘画编》8（北京：故宫出版社，2012），第38、36页。

涛长达一世纪。该图册并非完全以杜诗为对象，同时也处理其他的唐诗。在图册中，"杜甫诗意图"展示了另外一种杜诗视觉化的方式。让我们看一下这一联（见图11）：

栈悬斜避石，桥断复寻溪。[1]

这一联出自杜甫携家眷从阆州翻山越岭回成都时所作的《自阆州领妻子却赴蜀山行三首》。这幅画只描绘了杜甫本人而忽略了他的家眷。此外，画作完整呈现了这联诗句里的细节。构图中的前部可见栈道斜绕着从山崖上突出的一块岩石逡巡而上，而最底端溪流上的断桥已不复使用。为更好表现这一联的下句，谢时臣特意设置了杜甫与另外一位乡人模样的人物对话的场景（在这里，这个人应该不是仆从，因为他手持行李，正匆匆行路）。乡人一边和杜甫应答，另一边又用手指向背后方。我们可以想象，也许乡人正向杜甫透露另一渡溪之处：只要绕到山的后边去往溪水的下游，便有桥或者天然渡口。这种通过想象来拓展原诗视觉空间的处理手法便是这幅画的兴味所在。此处，谢时臣所做的就是加入诗句中所没有的一位新人物来充实原文。这种处理方法既不同于王时敏注重色彩和空间关系的操作，又与石涛通过视觉意象转变诗句内涵的手法大异其

---

[1]《自阆州领妻子却赴蜀山行三首》之二。下句又作"桥断却寻溪"，本文从谢时臣画上题诗，作"桥断复寻溪"。《杜诗详注》，第1102页；Stephen Owen, *The Poetry of Du Fu*, vol. 3, 340-341.

图11　谢时臣《杜陵诗意图册》之一，故宫博物院

趣。谢时臣的绘画富有描述性且具有其他类型的杜甫诗意图册所不具备的叙事性。他把诗句当成一种叙事在处理，而他想要达成的便是通过创造一个新的人物来协助杜甫渡溪进而让这一系列事件成为连贯的时间流。

谢时臣《杜陵诗意图册》中另外一幅画（见图12）来源于杜甫早年在长安夏日出游所作的一首诗。此时的杜甫

捌　明清绘画中的杜甫诗句

图12　谢时臣《杜陵诗意图册》之一，故宫博物院

只是陪诸贵公子出游的一名下级官员。谢时臣选出的诗句表现了一行人到达目的地时的一种愉悦：

> 竹深留客处，荷净纳凉时。[1]

---

[1]《杜诗详注》，第172页；Stephen Owen, *The Poetry of Du Fu*, vol. 1, 126-127。

谢时臣特别忠实于诗句，于是把画分为两个不同的空间来布置。在构图的前方一位文人半倚于水台上，似乎正端详池中菡萏。他那执扇之手已放了下来，大概是因为此时已渐微凉。画的这一部分以此联的下句为中心；而构图后方的竹林里则有两人相视而坐，一派清谈模样。这部分显然在描绘上句。谢时臣又追加了一位渡桥人，从而将画的前后两部结合了起来。这幅画本质上也是叙事性的，而且用视觉的方式将杜甫诗句中各种游宴的场景呈现了出来。虽然此画中的叙事并不如前一幅画断桥一节那么明显，但却调用了时间感。这里的时间并不是依时间顺序展开的，而是通过静态的人物被暗示出来的。而这个场面的喜悦之感也是从几个"无所事事"之人身上流露出来的。

谢版《杜陵诗意图册》的另外一个特征则是在忠于诗句细节的同时，又让原诗很多方面完全消失在我们眼前。在上一幅画里我们已经注意到杜甫家眷的缺席，而在这一幅画里，这种"缺席"则更加明显了。原诗诗题为《陪诸贵公子丈八沟携妓纳凉晚际遇雨二首》，歌妓不仅直接出现在诗题里，而且在两首诗的诗文中也相当有存在感。第一首的颈联，代表歌妓的佳人与公子相对，而第二首中歌妓则是全诗的主题所在。但这些女性形象却完全没有出现在画作中。谢时臣把杜甫诗句转化成了与他所处时代相对应的、没有任何女性存在的文人雅会。谢时臣也完全忽略了杜甫原诗第二首的、那场令宴会匆忙收场的急风骤雨。所以，这里我们能够看到谢时臣在创作时的两面性：既忠实描绘诗句又完全自由发挥。但谢时臣与石涛又很不同,在画作里,石涛不仅抹除了诗句中与他同时代审美品位不相恰的意象,而且更进一步注入了非常特别的个人趣味。

结　语

17世纪被广泛认为是中国绘画史上有重要创新的时代。上述的几个例子应当让我们了解到,17世纪的艺术家已经将杜甫诗句的视觉化从谢时臣那样的叙事转向了更加个人化的创造。但本文还没有机会探讨谢时臣之前的画家,对那些画家的题画诗研究或可让我重新检视本文中整理出的脉络。此外,本文也只能是对明清绘画史中诗画关系的一次初步探讨。但无论如何,杜甫诗句在明清时代已经成为艺术家创作灵感的来源。艺术家可以选用的诗人固然非常多,但杜甫对他们来说仍有独特的魅力,因为他的诗句富有许多值得视觉化创作的元素。

（杨力坤 译）

玖

六个寻找杜甫的现代诗人

王德威

路伊吉·皮兰德娄（Luigi Pirandello，1867—1936）的《六个寻找作家的剧中人》（1921）是欧洲现代主义戏剧高峰时期的代表作。剧本一开始，六个陌生人出现在一出话剧彩排现场，声称他们是剧本中的人物，要求参与这部剧本的排演。排演过程中，六人不断批评演员和导演对剧本的诠释，甚至干预演出细节。这些情节构成剧中剧的基础。最终，整部剧变成了剧中人、演员与制作团队，甚至剧中人之间的一系列争执。戏剧的高潮——或反高潮——是剧场呈现了各说各话的无序状态。

《六个寻找作家的剧中人》涉及现代主义作为全球性文艺运动的诸多核心问题，如模仿拟真的边界何在、形式与程式的可能性、经典的评判标准，以及最重要的一点，作者主体意识的权威与合法性。正如戏名所示，皮兰德娄此剧核心是寻找"缺席的作者"。整部剧中最重要的"剧中人"就是"作者"本人，而他的缺席——或者恰恰是他的无所不在——为剧作排演带来解体的危机，但也带来解放的转机。皮兰德娄探讨了现代社会中,"作者"的消失和"作者"的阴魂不散,以及与之相关的问题——作者作为文学创作主体的起源、传统和范式。他的观点为当代西方文学话语带来深远影响,包括哈乐德·布鲁姆(Harold Bloom)的《影响的焦虑》(*The Anxiety of Influence*, 1973)和罗兰·巴特(Roland Barthes)的《作者之死》(*The Death of the Author*, 1967)。

然而,当作者缺席甚至作者之死的概念被置于中国现代主义文学上时,我们会面临一系列不同的问题,其中最迫切的就是:"作者"在中国文学传统中的位置是否等同于其在西方文学传统中的位置?以及,当人们在中国语境中谈到"作者"时,是否必定会引发"作者和意图谬误"(authorial and intentional fallacy),或者"影响的焦虑"?更重要的是,在中国现代话语中,"作者"是否果真已被抛弃?中国现代诗人对杜甫——中国的"诗圣"和"诗史"传统的典范——的接受和挪用,也许可以回答上述问题。

本文提出,虽然中国现代文学充满了打破传统、粉碎偶像的激情,但是横亘20世纪,杜甫作为偶像的地位未曾消损,但他作为偶像的定位,却是众多文化甚至政治争端的焦点,也因此,杜甫激励并挑战了不同风格、代际和意识形态的诗人。被鲁迅称为"中国最为杰出的抒情诗人"的冯至(1905—1993),早在20世纪20年代中期即以杜甫为榜样。[1]而2016年3月，马来西亚华语诗人温任平（1944—　）则奉杜甫之名，批评槟城的政治问题。[2] 20世纪70年代，美籍华裔诗人杨牧（1940—2020）引用杜甫作为个人风格嬗变的灵感来源。[3]新千禧年之交，新加坡诗人梁文福（1964—　）忆起当年正是借由默诵杜甫诗歌，度过了单调乏味的兵役生涯。[4]在当代中国，杜甫及其诗歌甚至广为大众文化和政商所用，以至于2012年"杜甫很忙"成为网络上的通俗用语。[5]

20世纪里，作为"作者"的杜甫受到多位中国现代诗人的推崇，促使我们重新思考中国文学现代性的动因。过

---

[1] 赵家璧主编：《中国新文学大系：小说二集》（上海：上海良友图书印刷公司，1935），第5卷，第4页。

[2] 2016年3月，马来西亚槟城首席部长林冠英以半价购得豪宅，媒体反应热烈，在网络上热议。温任平有感于这一丑闻，得诗五行（2016/03/23）。
林冠英向杜甫草堂走去
石阶被溽暑后的春雨打湿
随扈慌不迭忙，用木板铺路
主子的双足不能湿
湿了有损廉洁清誉

[3] 杨牧：《秋祭杜甫》，1974。参见 Zhang Songjian, "One Poet, Four Faces: The Revisions of Tu Fu in Modern Chinese Poetry," in *Frontiers of Literary Studies in China*, vol. 5 no. 2 (June 2011), 179-203。感谢张松建教授提供马来西亚和新加坡有关杜甫主题的诗作，以及他在文章中提出的见解。

[4] 梁文福：《与杜甫共跑2.4》，《联合早报·副刊》，2003年7月13日。

[5] 2012年3月26日，中国新闻博客"豆腐部"发表了一篇文章，题为《杜甫很忙——网民开玩笑用photoshop处理中国古代诗人》，该文很快引发了全国性的轰动，开启了以多种当代风格颠覆诗人官方形象的风潮。

去,学界认为中国现代文学的兴起是五四文学革命的一部分,具有激进的反传统因素;也认为中国现代诗歌的根基是西方的文学形式。传统观念视中国现代诗歌不论在形式或内容上都与中国古典诗歌南辕北辙。因此,中国现代诗人不断地从杜甫身上寻找灵感,甚至引以为知音,在在令人深思。现代诗人乞灵于古代"诗圣"不仅指向古今文学的对话关系,也为我们追溯中国文学现代性的谱系提供了复杂线索。

准此,本文从皮兰德娄《六个寻找作家的剧中人》发想,讨论六位寻找杜甫的中国及华语语系现代诗人:黄灿然(1963—)、西川(1963—)、叶维廉(1937—)、萧开愚(1960—)、洛夫(1928—2018)和罗青(1948—)。我将描述他们如何私淑、景仰杜甫,如何挪用、改写杜甫。为了便于比较,讨论将述及冯至,这位屡屡以现代杜甫自况的诗歌泰斗。[1] 奉杜甫之名,我所讨论的诗人形成了诗歌共和国里的想象共同体。下文将这些诗人置于两个相互关联的主题下讨论。第一组诗人——黄灿然、西川和叶维廉——以诗歌创作仿效、膜拜(emulate)杜甫;第二组诗人洛夫、萧开愚、罗青,则以诗歌化身、戏拟(simulate)杜甫。无论风格为何种,这些现代诗人与"诗圣"展开想象的对话,以此有意或无意地呈现经典及其颠

---

[1] Zhang Songjian, "One Poet, Four Faces: The Revisions of Tu Fu in Modern Chinese Poetry."

覆、偶像崇拜和"影响的焦虑"等问题。最重要的是,本文力图理解这些诗人在不同历史境遇中对杜甫遗产的继承,借以重新思考何为"诗史"的现代性概念。

顶礼杜甫:黄灿然、西川和叶维廉

中国现代诗人与杜甫的错综关系,以冯至毕生对"诗圣"的追寻最为令人瞩目。1938年12月,冯至和家人为了躲避日军侵略,经过长途跋涉抵达云南昆明。抗日战争爆发前,冯至已享有"现代中国最为杰出的抒情诗人"的声誉,他也是研究歌德、里尔克和德国文学的一流学者。冯至向来视杜甫为知音,早在文集《北游》(1929)题词里,即引用杜甫的诗句"独立苍茫自咏诗"自许。[1]但直到历经抗战流亡的艰难跋涉,冯至才真正理解杜甫在天宝之乱中的悲怆情怀。1941年,冯至写下了这首绝句:

> 携妻抱女流离日,始信少陵字字真;
> 未解诗中尽血泪,十年伴作太平人。[2]

这首七言绝句与冯至最为人所知的现代诗相去甚远,

---

[1]《乐游园歌》,《杜诗详注》,第103页。
[2] 冯至:《祝〈草堂〉创刊》,《冯至全集》(石家庄:河北教育出版社,1999),第4卷,第226页。

却也证明他效法杜甫、铸诗为史的心志。

虽然中国现代文学号称反传统,但正如冯至的诗歌和诗学所显示的,中国现代文学不仅没有摆脱"诗史"话语,反而将其强化。战争年代的生灵涂炭,迫使冯至思考一系列的问题:生死的循环、改变的必要、选择和承诺的重担。他的作品常见里尔克和歌德的影子,但在历史枧陧中,是杜甫给予他灵感,来思考诗人该何去何从。抗战期间,冯至创作《十四行集》(1942),包含27首十四行诗歌,堪称他的巅峰之作。在其中,冯至赞美了杜甫,这位诗人中的诗人:

> 你在荒村里忍受饥肠,
> 你常常想到死填沟壑,
> 你却不断地唱着哀歌,
> 为了人间壮美的沦亡:
>
> 战场上有健儿的死伤,
> 天边有明星的陨落,
> 万匹马随着浮云消没……
> 你一生是他们的祭享。
>
> 你的贫穷在闪铄发光,
> 象一件圣者的烂衣裳,
> 就是一丝一缕在人间,

> 也有无穷的神的力量。
> 一切冠盖在它的光前，
> 只照出来可怜的形象。[1]

这首诗作于1941年，正值中国人民陷于抗战最困顿的时期。借由对杜甫的推崇，冯至显然有意将战时诗人的命运与杜甫所遭遇的安史之乱相提并论，并思考文明分崩离析之际诗歌的意义。这首诗探讨杜甫如何面对壮阔与渺小的存在，沉思生死与永恒的意义。冯至唯一没有直接面对的就是战争。然而，战争和与之相关的一切事物——国破家亡、文明崩裂、世变劫毁——成为此诗的底蕴。冯至无意宣传抗战爱国主义，他不汲汲于军民一心的政治诉求，而期许一种民胞物与的伦理关系。这种关系承认宇宙的幽眇宏阔，也正视生命吉光片羽的刹那自足；既思索个体存在于天地的孤寂，又向往一切生灵之间的联动牵引。

对杜甫的如此推崇日后成为现代诗的重要母题。诗人杨牧、余光中（1928—2017）、大荒（1930—2003）、洛夫、叶维廉、陈义芝（1954— ）、西川和黄灿然等都曾有所抒发。以下集中讨论黄灿然、西川和叶维廉。香港诗人黄灿然曾以十四行诗形式写作《杜甫》一诗，仿佛在通过冯至与杜甫对话：

---

[1] 冯至：《十四行集》（桂林：明日社，1942），第11—12页。

玖 六个寻找杜甫的现代诗人

他多么渺小,相对于他的诗歌;
他的生平捉襟见肘,像他的生活。
只给我们留下一个褴褛的形象,
叫无忧者发愁,痛苦者坚强。

上天要他高尚,所以让他平凡;
他的日子像白米,每粒都是艰难。
汉语的灵魂要寻找恰当的载体,
而这个流亡者正是它安稳的家园。

历史跟他相比,只是一段插曲;
战争若知道他,定会停止干戈:
痛苦,也要在他身上寻找深度。

上天赋予他不起眼的躯壳,
装着山川,风物,丧乱和爱,
让他一个人活出一个时代。[1]

黄灿然想象中的杜甫,是一位遍尝时代痛楚,却能以其坚毅自持的美德和亲民爱物的精神活出极致的诗人。这一观点与冯至相互呼应。黄灿然认为,诗人秉持洞见,透视现实模糊的表象,从而展示人与人、人与物,甚至人与

---

[1] 黄灿然:《杜甫》,《我的灵魂:诗选1994—2005》(香港:天地图书有限公司,2009),第50页。

神间的交流:"上天赋予他不起眼的躯壳,装着山川,风物,丧乱和爱,让他一个人活出一个时代。"

西川同样也提及杜甫悲天悯人的情怀,以及他在生活、诗歌中表现的坚韧。他的诗一开始就点出杜甫的悲心,及其对芸芸众生的关怀,诗作接着聚焦在一个具体的历史时刻——"这天晚上"。此时此刻,西川面临即将吞噬自己的荒凉前景,试图与之和解。如其所言,杜甫的诗具有改变他人的力量,它改变了西川对自己存在的看法:

> 你的深仁大爱容纳下了
> 那么多的太阳和雨水;那么多的悲苦
> 被你最终转化为歌吟
> 无数个秋天指向今夜
> 我终于爱上了眼前褪色的
> 街道和松林[1]

黄灿然将杜甫视为高高在上的伟人,西川则寻找与这位唐代诗人间心有灵犀的关联,甚至为了更接近杜甫的魅力,他在诗行中添加了私人色彩。他称自己为杜甫的声音所吸引:那是一种"磅礴,结实又沉稳"的声音,就像"茁壮的牡丹迟开于长安"。他标榜杜甫是"一个晦暗的时

---

[1] 西川:《杜甫》,《西川诗选》(北京:人民文学出版社,1997),第107页。

代"里"唯一的灵魂"。[1]

如此,西川暗示了一种寓言式的解诗方法:我们揣想,西川所在的"这个夜晚"是否也是一个"晦暗的时代"。果如是,西川是否渴望着诗歌灵感的爆发,一如一千二百年前"茁壮的牡丹迟开于长安"?无论如何,西川似乎一方面确认了自己与偶像间的精神联系,一方面却又突然保持一种沉思的距离。一反前面诗行的语气,诗歌尾声转向凝重与嘲讽:

> 千万间广厦遮住了地平线
> 是你建造了它们,以便怀念那些
> 流浪途中的妇女和男人
> 而拯救是徒劳,你比我们更清楚
> 所谓未来,不过是往昔
> 所谓希望,不过是命运[2]

至此,我们益发看出西川与黄灿然所塑造杜甫形象的不同。黄灿然崇拜杜甫,因为杜甫借诗歌的力量来折冲历史的偶然;反之,西川面对诗、史之间的角力,充满沉思犹疑。因此,他的诗以一种消极的辩证作结:他之所以认

---

[1] 西川:《杜甫》,《西川诗选》,第107页。"在两条大河之间,在你曾经歇息的 / 乡村客栈,我终于听到了 / 一种声音:磅礴,结实又沉稳 / 有如茁壮的牡丹迟开于长安 / 在一个晦暗的时代 / 你是唯一的灵魂。"
[2] 西川:《杜甫》,《西川诗选》,第108页。

同杜甫,因为杜甫太清楚,世事如此荒凉无明,任何以诗歌救赎的企图终究是徒劳。

叶维廉20世纪60年代即以创作现代主义诗歌而著称,这些年他写下一系列与杜甫有关的诗歌。叶维廉与上述两位诗人不同之处在于,他试图让杜甫脱离历史语境,而聚焦于诗人创造的审美结构上。他的《春日怀杜甫》写道:

1
看不见周边
庞大无朋的一个圆
叫做家
在心胸的内里
不断的扩展

2
风的
骨骼
水的
尸迹
每一分钟都在制造着

3
气凝聚

> 黑暗凝聚
>
> 波浪凝聚
>
> 泥石凝聚
>
> 从远古开始[1]

叶维廉的诗没有触及杜甫的生平；相反地，"杜甫"更像是反应链的触发点，有如传统诗学中"兴"的功能。叶维廉想要表达的，是通过想象杜甫这位中国的"诗圣"所凝聚的诗学感悟。在叶维廉看来，这位"作者"拥有"风的骨骼"和"水的尸迹"，能够从虚无中生发、创造。由此，叶维廉笔下的杜甫不像黄灿然和西川诗中所呈现的样貌，总是处于历史境遇当中，而是诗歌纯粹形式的拟人结晶。叶维廉诗中的杜甫有"姿"一样的飘逸，"势"一样的风骨，充满象征意义：

> 来而无由
>
> 去而无止
>
> 快与慢
>
> 都是相对的
>
> 正如
>
> 悲剧喜剧纸一隔[2]

---

[1] 叶维廉：《春日怀杜甫》，《叶维廉五十年诗选（上）》（台北：台湾大学出版中心，2012），第462—463页。

[2] 叶维廉：《春日怀杜甫》，《叶维廉五十年诗选（上）》，第467页。

叶维廉将杜甫"审美化"的方法可能与他观照中国古典和现代诗歌的独特方法有关。作为知名的理论家，叶维廉将诗歌创作视为主体和世界经由象征的结合，这一过程最终达到超验的飞跃，产生"密响旁通"的效应。[1]因此，就杜甫而言：

> 一种姿式
> 便够了
> 文字生
> 文字死
> 我全明白
> 一种手势
> 便够了[2]

不过，正如有识者指出的，叶维廉的理论得自西方意象派的影响大于中国古典诗学。[3]也就是说，他在诗中描写，甚至拟定，唯有通过意象，诗人与世界才得相遇相通。诗歌的语言和意象被视为有机媒介，连接有生命的与无生命的、主观和客观的世界，有如灵光闪烁，带来诗意迸发。

---

[1] Wai-lim Yip, *Diffusion of Distances: Dialogue between Chinese and Western Poetics* (Berkeley: University of California Press, 1993), chapter 5.
[2] 叶维廉：《春日怀杜甫》，《叶维廉五十年诗选（上）》，第472页。
[3] 张万民：《辩者有不见：当叶维廉遭遇宇文所安》，《文艺理论研究》2009年第4期，第57—63页。

叶维廉对杜甫与诗歌的看法和宇文所安颇有不同。后者认为，在对比中西诗学时，"柏拉图式的世界的'*poiêma*'，或'文学的制作物'，成为一个令人费解的对象。……在中国文学思想中，与'制作'旗鼓相当的词是'彰显'（manifestation）：一切内在的东西——人的本性或贯穿在世界中的原则——都自然而然具有某种内烁而至外发的潜能"。[1]因此，在对比华兹华斯和杜甫时，宇文所安指出，前者的《1802年9月3日作于西敏斯特桥上》一诗是基于隐喻和虚构性的，而杜甫的《旅夜书怀》则暗示一种由内而外、由隐而显的联系："（诗歌）显现的过程必开始于外在的世界，但这'外在的彰显'虽拥有优先权，却并非首要。潜在的内心图景随之而起，内蕴的情性形之于外，又逐渐从外在世界转向心灵、转向文学，这里面就涉及一种共情的、共鸣的理论。"[2]杜甫被视为是"以诗为史"观念的首要实践者。但所谓诗史并非仅仅指诗人具有

---

[1] Stephen Owen, *Readings in Chinese Literary Thought*（Cambridge：Harvard University Asia Center, 1992）, 21. 译文引自宇文所安：《中国文论：英译与评论》，王柏华、陶庆梅译（上海：上海社会科学院出版社，2003），第19页。

[2] Stephen Owen, *Traditional Chinese Poetry and Poetics: Omen of the World*（Madison：University of Wisconsin Press, 1985）, 21. 译文出自本文译者。此外，刘若愚写道："诗人不能把一种经历看作是诗的'素材'并把它嵌入某一种'模式'中去。当他受到某种经历的刺激，譬如一种激情，一种思念，一桩事件等，才有诗兴，然后再考虑适当的词语，合意的诗体以及一系列的比喻。只有这样，原来的经历和体验方能转变为一种新的东西——诗。"刘若愚：《中国诗学》，赵帆声、周领顺、王周若龄译（郑州：河南人民出版社，1990），第114页。

撰写历史和模拟现实的能力，更指诗人具有洞见，从而使诗歌得以与历史及宇宙的动荡发生共鸣。叶维廉的杜甫运用意象派的结构，将诗歌从历史中抽离出来，而宇文所安的杜甫则通过诗与历史共鸣，一方面以诗藏史，一方面史蕴诗心。

化身杜甫：洛夫、萧开愚、罗青

抗战之后，冯至继续研究杜甫，此时他的意识形态经历了戏剧性的转折：他受到共产主义的吸引，开始支持革命。他1952年出版《杜甫传》，已经建立"诗史"的新目标。冯至笔下的杜甫仿佛成了唐朝的"人民艺术家"，同情人民的苦难。就在同一年，冯至将《我的感谢》一诗献给了毛泽东：

> 你让祖国的山川
> 变得这样美丽、清新，
> 你让人人都恢复了青春，
> 你让我，一个知识分子
> 又有了良心。
> ……
> 你是我们再生的父母，

玖 六个寻找杜甫的现代诗人

你是我们永久的恩人。[1]

在1949年以后，至少在一段时间内，冯至等诗人感到有必要表达自己的"感谢"，因为他们相信新政权重新激发了"诗史"的范式。从历史的后见之明看来，《我的感谢》这样的诗歌更多的是表达了一种"诠释的约束"（exegetical bonding）——通过集体特定话语进行诠释与自我批评的努力——而非"诗史"的初衷。因此，冯至想成为现代杜甫的这番努力，最终却以尴尬收场。[2]

冯至想成为现代杜甫的努力失败了，这促使我们思考作者意图与诗歌主体间永恒的辩证关系。与此同时，旅居海外的诗人则尝试重新阐释经典，进行戏剧性的变造。与冯至及其追随者们膜拜杜甫的诗学形成鲜明对比的是，这些旅居海外的诗人创造了"化身"的诗学。此处所谓"化身"，不仅指这些诗人尝试借由模仿甚至戏仿再现杜甫，而且在种种不同的境遇中，大胆地将这位唐代诗人和他的诗作置于不同语境，产生戏剧化的陌生效应。这样的结果令人耳目一新，也让我们见证杜甫的历史感怀与当今政治、社会现象依然息息相关。以洛夫的《车上读杜甫》为例：

---

[1] 冯至：《我的感谢》，《冯至全集》，第2卷，第50页。
[2] 此处指的是David Apter 和 Tony Saich 的观点，见 David Apter and Tony Saich, *Revolutionary Discourse in Mao's Republic*（Cambridge, Mass: Harvard University Press, 1994), 263。

剑外忽传收蓟北

> 摇摇晃晃中
> 车过长安西路乍见
> 尘烟四窜犹如安禄山败军之仓皇
> 当年玄宗自蜀返京的途中偶然回首
> 竟自不免为马隗坡下
> 被风吹起的一条绸巾而恻恻无言
> 而今骤闻捷讯想必你也有了归意
> 我能搭你的便船还乡吗?[1]

洛夫1949年后从大陆到台湾,1953年从海军军校毕业后,任军职二十年,其间同时成为一名超现实主义诗人。洛夫曾写下一系列关于杜甫的诗作,其中《车上读杜甫》最受欢迎。此诗有意将杜甫的《闻官军收河南河北》投射至现代台北。全诗分八节,每一节小标题皆出自杜甫诗行。由此,读者很难忽略诗歌主人公——一如自大陆漂泊至台湾的洛夫——与天宝之乱中的杜甫之间的对比。正如杜甫听闻安禄山之乱敉平后的欢欣雀跃,期待回乡;洛夫似乎也在畅想或者幻想国共对峙结束的"好消息",可以开启返乡之路——或许说的正是1987年"戒严法"解除后,当

---

[1] 洛夫:《车上读杜甫》,《洛夫诗歌全集Ⅲ》(台北:普音文化,2009),第111—112页。

年数以千计渡海来台的外省人得以回乡探亲。然而这一对比充满讽刺意义，因为现实中的诗人正坐在台北公车上，没有任何"好消息"。

洛夫诗歌最主要的反讽在于，他以台北公车线路上的路名和站名来投射中国的国家地理。熟悉1949年后台北城市规划的读者会明白，市区主要街道都依照1949年前国民党统治下的大陆主要城市和地方命名。因此，台北地图有如大陆时期中华民国地理的幽灵投射，也不无对逝去的历史渺远的乡愁。当公车载着诗人／乘客从长安东路到杭州南路，就隐喻意义而言，他是从中国北方的唐代都城长安来到南方的南宋都城杭州。无论如何，台北这座城市虽然可以在地图空间上囊括"中国"，作为乘客的诗人却只能面对国家处于分离状态的现实，任何对过去地理的重构徒增当下的离散和失落之感。

洛夫的诗如此结束：

便下襄阳向洛阳

入蜀，出川
由春望的长安
一路跋涉到秋兴的夔州
现在你终于又回到满城牡丹的洛阳
而我却半途在杭州南路下车
一头撞进了迷漫的红尘

> 极目不见何处是烟雨西湖
>
> 何处是我的江南水乡[1]

读者很难不注意到贯穿洛夫全诗的强烈张力。他把一个台北升斗小民乘坐公车的经验与大唐帝王落难出奔相提并论,触发了千百年来,中国人流离失所、无所凭依的反讽色调。同时,洛夫也突显出诗人/乘客孱弱的身影,暗示着他已经垂垂老矣,即使有心归乡也恐怕力不从心。杜甫至少还可以期盼着在安史之乱结束后回乡。相形之下,他的现代化身却只能到站下车,蹒跚消失在台北街头巷尾,而"下车"是否也暗示生命之旅的结束?最终,诗人/乘客唯有通过想象的旅途,进入杜甫的诗歌世界,那个由《春望》和《秋兴》等名篇构成的世界,方能在百无聊赖的现实中聊获救赎。

从8世纪以来,由于杜甫在诗歌中将个人的命运与王朝的灾难相提并论,"诗史"成为中国诗学中的经典术语。晚唐孟棨首论"诗史"时指出:"触事兴咏,尤所钟情。"[2]孟棨点出"情"境和"情"感交相为用的双重意义,以此阐明历史经验与诗人心灵间的互惠关系。正如前

---

[1] 洛夫:《车上读杜甫》,《洛夫诗歌全集 III》,第117页。
[2] 参见张晖:《中国"诗史"传统》(北京:生活·读书·新知三联书店,2012)。Leonard Chan 也指出,唐代卢瓌曾写有《抒情集》(未出版)。这本书已经失传,但从书名来看,这是一本关于难忘的事件的叙述和诗歌。同孟棨的《本事诗》一样,《抒情集》强调通过历史经验的诗意传达来表达情感。

文宇文所安所言，杜甫的诗歌不应以"虚构作品"视之："它是对历史时期之内某种经验的独特的真实记录，是经历、阐释并回应世界的人类意识。"[1] 它指向"真实、及时的自我揭示"。[2]

通过"化身"的戏剧化形式，洛夫等诗人似乎将宇文所安的论证又向前推进了一步。他们认同杜甫诗学的抒情核心，但尝试用戏剧化的方式来表现其存在的维度。洛夫并未以常态方式向大师致敬，而是将自己的诗作置于不可思议的事件中，使杜甫的诗歌和人生的主题、境遇、事件发生反转。由此，作为"主人公"的杜甫激发了一系列的现代关联，抒情与历史、日常琐屑和家国兴亡纠缠不清。

《车上读杜甫》开启了当代诗人与杜甫间的戏剧性的化身对白。如香港诗人廖伟棠在《杜甫》一诗中，将杜甫写成一个面对多方压力、憔悴不堪的现代生意人。千百年前的"诗圣"走下宝座，成为现代社会中努力谋生的职场白领。"他不是帝国暴力的牺牲品而是市场逻辑的受害者。"[3]

---

[1] Stephen Owen, *Traditional Chinese Poetry and Poetics: Omen of the World*, 15.
[2] Stephen Owen, "The Self's Perfect Mirror: Poetry as Autobiography," in *The Vitality of the Lyric Voice: Shih Poetry from the Late Han to the T'ang* (Princeton: Princeton University Press, 1986), edited by Shuen-fu Lin and Stephen Owen, 74, 93.
[3] 廖伟棠改编的现代杜甫是一个被侮辱与被损害者，却在癫狂的咆哮中向世界发泄着令人啼笑皆非的敌意和怨愤！传统"杜甫"的神圣光环在此层层褪尽，而代之以颓废、伧俗、猥琐、癫狂的面目出现。参见张松建：《一个杜甫，各自表述：冯至、杨牧、西川、廖伟棠》，《中外文学》37.3（2008.9），第103—145页。

在廖伟棠玩笑式的语气和时空颠倒的风格下，隐藏着他对诗人面对灾难时的脆弱和坚韧，以及人类境遇永劫轮回的深思。新加坡诗人梁文福笔下的杜甫回到的"家乡"不是别处，而是新加坡的地铁，其时新加坡政府正以地铁广告宣传"诗教"。在此，前现代诗人的历史感喟对应后现代的公民教育，"诗史"的章句读来格外讽刺。

萧开愚的长篇叙事诗《向杜甫致敬》（1996）中，"化身杜甫"更是令人心有戚戚。全诗共十节，每节都聚焦于一个当代中国令人关注的社会或政治问题。不同于西川和黄灿然，萧开愚的诗没有明写杜甫形象，却要提出这样一个问题：如果杜甫不得不在当今中国生活和写诗，他会如何回应？

萧开愚的诗是如此开篇的，读者能即刻感受到诗人的政治关怀。

> 这是另一个中国。
> 为了什么而存在？
> 没有人回答，也不
> 再用回声回答。
> 这是另一个中国。
>
> 一样，祖孙三代同居一室
> 减少的私生活
> 等于表演；下一代

> 由尺度的残忍塑造出来
>
> 假寐是向母亲
>
> 和父亲感恩的同时
>
> 学习取乐的本领，但是如同课本
>
> 重复老师的一串吆喝；
>
> 啊，一样，人与牛
>
> 在田里拉着犁铧耕耙
>
> 生活犹如忍耐；
>
> 这是另一个中国。[1]

接续的诗节中，萧开愚似乎有意模仿 T.S. 艾略特的《荒原》。他描写了一系列人物，通过他们的视角，当代中国弊病——浮现。翘课的孩子、垂死挣扎的病人、命丧旅途的探险者、试图自杀的女秘书……他们轮番表达着自己所感到的困惑、焦虑、绝望、忧郁和讽刺。这些人物构成一幅生动的场景，显示出中国人生活中真实、质朴的一面。与宏大叙事不同，萧开愚有意以插曲和速写拼贴出中国人真实的众生相。

第二节提及一个逃课的小孩：

> 事实表明这个下午
>
> 阳光懒洋洋地宜于遐想；

---

[1] 萧开愚：《向杜甫致敬》，《此时此地：萧开愚自选集》（开封：河南大学出版社，2008），第149页。

> 不经意地想起某个人，
>
> 与一些人密切但仿佛无关。
>
> 他诱使一个孩子
>
> 和鞭子妥协，十分钟交谈
>
> 加上几个眼神就解放了
>
> 他的野性，啊野性，他逃出夏令营。
>
> 电脑里存有面包，
>
> 和一段晦涩难懂的遗嘱。[1]

第七节中，萧开愚描绘一个海外旅行的风尘女子，这个人物不免令人联想到波特莱尔（Baudelaire）笔下那些烟花女子。

> 登机前日语宣布我死亡，
>
> 现在死者开口说上海话。我的口音，
>
> 我的高腔很早就在公园长椅
>
> 和门厅里闯祸，也曾经用于
>
> 挑逗样板女高音。我……了解
>
> 挣脱黑夜的捆绑的浑浊的眼色
>
> 和柳条撬开的燕子的嘴巴，我了解你，
>
> 把城里人的语气带进田野，把你
>
> 在橱窗里的显赫样子缩在

---

[1] 萧开愚：《向杜甫致敬》，《此时此地：萧开愚自选集》，第156—157页。

木箱上，从谎言的甜食
你饥饿地打量过身体肿胖的
饥饿的人群。[1]

荷兰汉学家柯雷认为："（萧开愚）诗歌的内涵与中国古典诗歌有许多相似之处——尽管他的诗歌多为自由体，因此形式与古典诗歌不同。萧的作品扎根于我们所熟知的现代，但他对这世界所作的真诚反映，与古典诗歌并无二致。"[2] 的确，虽然萧开愚的诗描写当代生活，骨子里却有古典的因子，他对人间的悲悯和杜甫相互呼应。但正如萧所说，对当代诗人而言，当今人向杜甫致敬时，"问题不在于用貌似正义的眼光来垄断对杜甫的理解，而在于用它约束当代诗歌的主题确定和挖掘……另一方面呢，当代中国的诗歌越发孤立，也可以说越发游离了。好像需要社会批评的政治强力往大地上拽一把，跟生活的什么着力点挂个钩"。[3]

萧开愚认为，"生命的行动"不仅在于观察，还在于让中国人的世界充满诗意的想象和同情。在此，杜甫堪称一个榜样，因为他能够感受到社会的痛苦和需求，能够营

---

[1] 萧开愚：《向杜甫致敬》，《此时此地：萧开愚自选集》，第179—180页。
[2] http://www.poetryinternationalweb.net/pi/site/poet/item/975/Xiao-Kaiyu.
[3] 萧开愚：《个人的激情和社会的反应》，《此时此地：萧开愚自选集》，第402页。

造足以"提升诗歌,使其与生命的行动相联结"的社会批评和抒情愿景。通过一系列戏剧化的主体,萧开愚将自己的情感与世界的"事件"而非"场景"融为一体,由此使他的诗歌拥有了更为强烈的急迫感。令人惊奇的是,他自己——甚至杜甫——与他所描绘的人物间,形成了同情共感的连锁。诗歌最后一节,萧开愚透露,对他而言,召唤杜甫意味着向被侮辱、被损害的人们——从逃学的孩子到流浪的妓女——致意。

> 为什么是他们,不是我自己,
> 为什么是他们,不是一个光芒四射的人,
> 是一个女秘书站在高楼的顶层,
> 为什么是一个妓女,在飞行,
> 为什么没有思考,只有回忆,只有错觉,
> 没有成功的对话,只有揣测,[1]

接着:

> 当我穿过大街和小巷
> 走向某个家庭,我就是医生。
> 我就是那些等待医生的家庭中
> 着迷于药味的低烧成员。我就是和你

---

[1] 萧开愚:《向杜甫致敬》,《此时此地:萧开愚选集》,第192页。

签下合同,白衣一闪的青年。
我就是小姐,嘴巴向科长开放。
我就是司机,目的地由你们吩咐。
我就是清洁工和扫帚。我就是电吹风
吹散的恶心的汗味,我就是喜悦
牢牢抓住的男人和女人。而不是悲哀
假意伺候的文人雅士。[1]

借由第一人称面对人与人交往的一切,萧开愚让他的声音在抒情和戏剧、个体和社会之间来回摆荡。全诗最后回到诗歌开篇的疑惑,有如"天问":"这是另一个中国。为了什么而存在?"通过戏剧化地探讨杜甫的悲悯情怀,萧开愚体现出了夏志清称之为"感时忧国"(obsession with China)的情结。

我在底层的电梯口
而一切向虚无开放。[2]

最后,现代杜甫在世纪末的台湾经历了一次"解构主义转向"。在《论杜甫如何受罗青影响》(1994)一诗中,罗青邀请读者对杜甫进行后现代解读。罗青是以创作现代

---

[1] 萧开愚:《向杜甫致敬》,《此时此地:萧开愚选集》,第192—193页。
[2] 萧开愚:《向杜甫致敬》,《此时此地:萧开愚选集》,第190页。

和后现代诗歌著称的台湾诗人,同时以绘画和文学批评知名。通过想象杜甫在当今社会遭遇到的难题,他解析历史与后现代性间的关联。诗歌开头如玩笑般的宣言:

> 请不要捧腹大笑
> 更不要破口大骂
> 请不要以为我故意把
> 一篇论文的题目写成了诗
>
> 没有人会相信嫦娥
> 曾经跟太空人学过太空漫步
>
> 但她一定在敦煌观摩过
> 彩带舞——倒是不争的事实[1]

罗青预设了读者对诗歌会提出的疑问,因此先发制人,一开始就举了一些例子证明他的观点:嫦娥可能从未见过太空人,但她一定是从敦煌壁画上的飞天学会了飞翔;庄子、老子都比不上当今中学生,他们通过卡通和连环画可以轻而易举地掌握古代圣人们的智慧。因此——

---

[1] 罗青:《论杜甫如何受罗青影响》,收于辛郁、白灵、焦桐主编:《九十年代诗选》(台北:创世纪诗杂志社,2001),第104页。

> 还是圣之时者孔丘
> 开通又明智，得看透了这一点
>
> 他任人打扮，穿着历朝历代的
> 衣冠到处活动，从不挑三拣四[1]

罗青张冠李戴，大开时代错置的玩笑，过去和现在、庄严的与异想天开的全都打着后现代的旗号混为一谈。时代错置颠倒历史时序和价值，往往充满无政府主义冲动。它可以是文化混杂及心神错乱的症候，然而在后现代语境下，成为质疑价值、放纵意识的最佳借口。它解放了时间，从而也解放了历史。

在中国文学文化中，诗被尊为典范。如罗青所指出的那样，一旦文明暴露出无可为也无不可为的错乱本质，历史以及诗所表征的人类经验将面临分崩离析的危险。也因此，杜甫所代表的诗圣人格和诗史风格也就岌岌可危。罗青在20世纪80年代曾是后现代主义诗学的先行者，但他对后现代任意解构历史和时间，表现出强烈的批判态度：

> 包青天可以参考虚构的福尔摩斯
> 武则天可以剽窃美国的埃及艳后

---

[1] 罗青：《论杜甫如何受罗青影响》，第104页。

>　　所有的电视观众都同意
>　　杨贵妃要健美的现代豪放女来演才像
>
>　　现在我只不过是说说杜甫受我影响而已
>　　大家又何必皱眉歪嘴大惊小怪[1]

罗青对后现代主义玩弄经典的手法深感不安,如他所示,当杜甫其人其诗成为模拟和戏仿的对象或文化产业的卖点,一切都将成为虚无。但罗青嘲讽后现代主义体气虚浮,并以其人之道还治其人之身,难免暴露自己的底线,甚至与他所要批判的对象成为一体之两面。罗青似乎意识到自己修辞策略的内在矛盾,反而以严肃而具有政治意蕴的转折结束了此诗:

>　　如果有人胆敢因此走上街头
>　　示威抗议胡搅蛮缠
>
>　　队伍一定会遭人插花游行
>　　趁机主张分裂早已"四分五裂"的国土[2]

　　有感于当代台湾现况,罗青笔锋转向台湾方兴未艾的

---

[1] 罗青:《论杜甫如何受罗青影响》,第105页。
[2] 罗青:《论杜甫如何受罗青影响》,第106页。

政治运动,将他的诗歌陡然拉向尖锐的认同辩证,由此与后现代的玩忽轻浮判然有别。以下几行诗阐明了罗青的政治立场:

> 届时将更加突显杜甫创作的
> 那句"国破山河在"
>
> 不单受了我
> 同时也受了我们大家,影 响[1]

诗人用嘲弄调侃的语气写道,台湾在1949年已经隔海与大陆对峙,在当下的政治气候中面临着进一步的撕裂。他故意"误用"杜甫著名的《春望》,使之成了对世纪末台湾命运的见证。杜甫悲叹的是唐朝国本动摇,罗青则为台湾在政治、文化和语言上的撕裂而感伤——这些撕裂源自1895—1945年间日本的殖民统治、1949年的国共分裂,以及近年来"独立"的呼声。罗青暗示他对本土论述不以为然,并以时代错置的意象揶揄"新台湾人"所谓的历史必然。

诗歌最后,罗青以支离破碎的语言投射支离破碎的台湾与台湾文化。最后的"影 响"一语在语法和语序上都是瓦解的,成了两个独立的字,"影"和"响"。由此,包

---

[1] 罗青:《论杜甫如何受罗青影响》,第106页。

括杜甫在内的中国文化遗产的"影响"消失了,剩下的只有鬼魅般的阴影,和挥之不去的余响。

罗青的诗将我们带回本文开头所提到的皮兰德娄的《六个寻找作家的剧中人》。剧中作家的消失引发了一系列现代主义的症候,使得剧中人开始创造自身的真实性。批评家们早已指出,皮兰德娄巧妙复原了剧中剧的传统,探讨作者的主体性及其在现代语境下的"不可再现性"。他将人们的注意力吸引至戏剧及人类总体境遇的元小说特性上。

本文从不同视角讨论六位寻找杜甫的中国当代诗人,从冯至在战时对人类命运的沉思,到罗青对后现代价值观的嘲讽。令人惊奇的是,杜甫的生命和他的诗歌不断被征引、改写、虚拟,用以衡量或质疑现代经验。由此,中国文学现代性的问题呈现与西方文学形成迥然不同的论式。如果说皮兰德娄和他的西方同行在描述一个充满"后虚构"(post-fiction)的现代世界、一个由坚实的传统化为层层镜像迭影的世界,那么,现代中国诗人们则生活在一个"后历史"(post-history)的世界中。但我所说的"后历史",并非指他们仅以修辞建构过去,或海顿·怀特(Hayden White)及其从者所谓的"元历史"(meta-history)的构造;反之,我指的是他们以诗歌召唤过去,串联古今,并思考其对当下的伦理、政治意义。历史的"意义"也许与时俱变,也许渺无痕迹,但诗却承载了史的角色,不断回溯并重整过去与现在的"意义"。换句话说,当代诗人也许各有心志与立场,但咏诗如史或传史如诗的用心仍然是重要的指标。作为"作者",诗圣杜甫从未在中国现代主义文学的舞台上缺席。对于现代诗人来说,他永远是一位不可或缺的对话者、一位知音。对他们而言,顶礼、私淑杜甫,化身、戏拟杜甫就是中国诗歌由传统蜕变为现代的主题之一。

(刘倩 译,王德威 修订)

参考文献

班固,《汉书》,北京:中华书局,1982年
陈寿,《三国志》,北京:中华书局,1962年
陈铁民校注,《王维集校注》,北京:中华书局,1997年
陈贻焮,《杜甫评传》,北京:北京大学出版社,2011年
仇兆鳌注,《杜诗详注》,北京:中华书局,1979年
褚赣生,《奴婢史》,上海:上海文艺出版社,2009年
崔富章、李大明主编,《楚辞集校集释》,武汉:湖北教育出版社,
　　2003年
戴伟华,《地域文化与唐代诗歌》,北京:中华书局,2006年
单复,《读杜诗愚得》,台北:大同书局,1974年
方瑜,《杜甫夔州诗析论》,台北:幼狮文化事业公司,1985年
封野,《杜甫夔州诗疏论》,南京:东南大学出版社,2007年
冯达甫译注,《老子译注》,上海:上海古籍出版社,1991年
冯至,《冯至全集》,石家庄:河北教育出版社,1999年
干宝,《搜神记》,北京:中华书局,1979年
《古清凉传》,《大正藏》,第五十一册
郭庆藩,《庄子集释》,北京:中华书局,1995年
郭知达集注,《新刊校定集注杜诗》,上海:中华书局,1982年
华文轩编,《古典文学研究资料汇编·杜甫卷》,北京:中华书局,

1964年

黄灿然，《我的灵魂：诗选1994—2005》，香港：天地图书有限公司，2009年

黄生，《黄生全集》，合肥：安徽大学出版社，2009年

黄希、黄鹤，《补注杜诗》，影印文渊阁四库全书版，台北：商务印书馆，1985年

黄奕珍，《论〈凤凰台〉与〈万丈潭〉"凤""龙"之象征意义》，《杜甫自秦入蜀诗歌析评》，台北：里仁书局，2005年

蒋先伟，《杜甫夔州诗论稿》，成都：巴蜀书社，2002年

金圣叹，《金圣叹选批杜诗》，台北：喜美出版社，1981年

李昉等，《太平广记》，北京：中华书局，1961年

李昉等，《太平御览》，北京：中华书局，1995年

李鹏飞，《唐代非写实小说之类型研究》，北京：北京大学出版社，2004年

李肇，《唐国史补》，上海：上海古籍出版社，1979年

林继中辑校，《杜诗赵次公先后解辑校》，上海：上海古籍出版社，1994年

刘向，《列仙传》，杨溥编，上海：商务印书馆，1936年

卢元昌，《杜诗阐》，济南：齐鲁书社，1997年

逯钦立辑校，《先秦汉魏晋南北朝诗》，北京：中华书局，1983年

路元敦，《论杜甫诗与〈文选〉之关系》，新疆师范大学硕士论文，2007年

洛夫，《因为风的缘故：洛夫诗选（一九五五—一九八七）》，台北：九歌出版社，1988年

莫砺锋，《杜甫对诸葛亮的赞颂》，《古典诗学的文化观照》，北京：中华书局，2005年

莫砺锋，《杜甫评传》，南京：南京大学出版社，1993年

欧阳修等，《新唐书》，北京：中华书局，1975年

欧阳询等，《艺文类聚》，上海：上海古籍出版社，2007年
浦起龙，《读杜心解》，北京：中华书局，2000年
《全唐诗》，北京：中华书局，1960年
《全唐文》，北京：中华书局，1996年
秦晓宇，《玉梯：当代中文诗叙论》，台北：独立评论，2012年
《十三经注疏》，阮元校刻版，台北：艺文印书馆，1955年
释道世，《法苑珠林校注》，周叔迦、苏晋仁校注，北京：中华书局，2003年
苏轼，《苏轼文集》，北京：中华书局，1986年
王瑞功，《诸葛亮研究集成》，济南：齐鲁书社，1997年
王三庆，《敦煌类书》，高雄：丽文文化，1993年
王时敏，《王时敏写杜甫诗意图册》，北京：紫禁城出版社，2007年
王嗣奭，《杜臆》，上海：上海古籍出版社，1983年
王洙编，《宋本杜工部集》，续古逸丛书本，上海：商务印书馆，1957年
魏收，《魏书》，北京：中华书局，1974年
西川，《隐秘的汇合：西川诗选》，北京：改革出版社，1997年
萧涤非主编，《杜甫全集校注》，北京：人民文学出版社，2013年
萧开愚，《此时此地：萧开愚自选集》，开封：河南大学出版社，2008年
萧统编，《文选》，李善注，上海：上海古籍出版社，1986年
谢时臣，《杜陵诗意图册》，《故宫博物院藏品大系·绘画编》8，北京：故宫出版社，2012年
徐坚等，《初学记》，北京：中华书局，1962年
徐震堮，《世说新语校笺》，北京：中华书局，1984年
严耕望，《唐代交通图考》，台北："中研院"，1986年
颜其麟编注，《三峡诗汇》，重庆：西南师范大学出版社，1989年
颜之推，《颜氏家训集解》，王利器集解，上海：上海古籍出版社，1980年

杨伦笺注，《杜诗镜铨》，上海：上海古籍出版社，1980年
叶嘉莹，《杜甫秋兴八首集说》，上海：上海古籍出版社，1988年
叶维廉，《叶维廉五十年诗选》，台北：台湾大学出版中心，2012年
庚信，《庚子山集注》，许逸民校点，北京：中华书局，1980年
张晖，《中国"诗史"传统》，北京：生活·读书·新知三联书店，2012年
张溍，《读书堂杜工部诗文集注解》，台北：大同书局，1974年
张润静，《唐代咏史怀古诗研究》，上海：三联书店，2009年
张新朋，《敦煌写本〈开蒙要训〉研究》，北京：中国社会科学出版社，2013年
张忠纲等编著，《杜集叙录》，济南：齐鲁书社，2008年
赵家璧主编，《中国新文学大系：小说二集》，上海：上海良友图书印刷公司，1935年
郑阿财、朱凤玉，《敦煌蒙书研究》，兰州：甘肃教育出版社，2002年
钟嵘，《诗品集注》，曹旭集注，上海：上海古籍出版社，1994年
周建军，《唐代荆楚本土诗歌与流寓诗歌研究》，北京：中国社会科学出版社，2006年
周振甫译注，《文心雕龙译注》，南京：江苏教育出版社，2006年

高海燕，《中国汉传佛教艺术中的舍身饲虎本生研究述评》，《敦煌学辑刊》2014年第1期
胡可先，《杜甫研究的新趋势：中国杜甫研究会第八届年会暨杜甫研究国际学术讨论会学术总结》，《杜甫研究学刊》2017年第4期
李济阻，《杜甫陇右诗中的地名方位示意图》，《杜甫研究学刊》2003年第2期
梁文福，《与杜甫共跑2.4》，《联合早报》2003年7月13日
彭燕，《杜甫研究一百年》，《杜甫研究学刊》，2015年第3期
苏怡如，《杜甫自秦入蜀诗对于大谢山水诗之继承与逸离》，《文与哲》

2010年6月第16期

王菡薇,《莫高窟壁画与敦煌文献研究之融合:以北魏254窟壁画〈舍身饲虎〉与写本〈金光明经卷第二〉为例》,《新美术》2010年第5期

魏文斌、高海燕,《甘肃馆藏造像碑塔舍身饲虎本生图像考》,《中原文物》2015年第3期

张娜丽,《〈敦煌本《六字千文》初探〉析疑——兼述〈千字文〉注本问题》,《敦煌研究》2001年第3期

张万民,《辩者有不见:当叶维廉遭遇宇文所安》,《文艺理论研究》2009年第4期

堀敏一,『中国古代の身分制:良と賤』,东京:汲古书院,1987年

那波利贞,『唐代社會文化史研究』,东京:創文社,1974年

矢岛玄亮,『日本国見在書目録:集証と研究』,东京:汲古书院,1984年

『石濤・杜甫詩意冊』,东京:三彩社,1968年

Abramson, Marc Samuel. *Ethnic Identity in Tang China*. Philadelphia: University of Pennsylvania Press, 2008.

Alpers, Paul J. "Apostrophe and the Rhetoric of Renaissance Lyric." *Representations* 122, no. 1 (Spring 2013).

Apter, David, and Anthony Saich. *Revolutionary Discourse in Mao's Republic*. Cambridge, MA: Harvard University Press, 1994.

Bachelard, Gaston. *The Poetics of Space*. Trans. Maria Jolas. Boston: Beacon Press, 1969.

Bender, Lucas Rambo. "Du Fu: Poet Historian, Poet Sage." PhD diss., Harvard University, 2016.

Breytenbach, Breyten. "The Long March from Hearth to Heart."

参考文献

Social Research 58, no. 1 (Spring 1991).

Cavell, Stanley. *In Quest of the Ordinary: Lines of Skepticism and Romanticism*. Chicago: University of Chicago Press, 1988.

Cavell, Stanley. *Must We Mean What We Say? A Book of Essays*. Cambridge: Cambridge University Press, 1976.

Cavell, Stanley. *This New yet Unapproachable America: Lectures after Emerson after Wittgenstein*. Albuquerque, NM: Living Batch Press, 1989.

Chen, Jue. "Making China's Greatest Poet: The Construction of Du Fu in the Poetic Culture of the Song Dynasty (960–1279)." PhD diss., Princeton University, 2016.

Cheung, Dominique. *Feng Chih*. Boston: Twayne, 1979.

Chittick, Andrew. "Pride of Place: The Advent of Local History in Early Medieval China." PhD diss., University of Michigan, 1997.

Chou, Eva Shan. "Allusion and Periphrasis as Modes of Poetry in Tu Fu's 'Eight Laments.'" *Harvard Journal of Asiatic Studies* 45, no. 1 (June 1985).

Chou, Eva Shan. "Beginning with Images in the Nature Poetry of Wang Wei." *Harvard Journal of Asiatic Studies* 42, no. 1 (June 1982).

Chou, Eva Shan. *Reconsidering Tu Fu: Literary Greatness and Cultural Context*. Cambridge: Cambridge University Press, 1995.

Culler, Jonathan. *The Pursuit of Signs: Semiotics, Literature, Deconstruction*. Ithaca, NY: Cornell University Press, 1981.

Dorr, Aimée. "What Constitutes Literacy in a Culture with Diverse and Changing Means of Communication?" In *Literacy: Interdisciplinary Conversations*, edited by Deborah Keller-Cohen. Cresskill: Hampton Press, 1994.

Emerson, Ralph Waldo. "Experience." In *The Essays of Ralph Waldo Emerson*. Cambridge, MA: Belknap Press of Harvard University Press, 1987.

Frankel, Hans. "The Contemplation of the Past in T'ang Poetry." In *Perspectives on the T'ang*, edited by Arthur F. Wright and Denis C. Twitchett. New Haven, CT: Yale University Press, 1973.

Grossman, Allen, with Mark Halliday. *The Sighted Singer: Two Works on Poetry for Readers and Writers*. Baltimore: Johns Hopkins University Press, 1992.

Hao, Ji. "Poetics of Transparency: Hermeneutics of Du Fu (712–770) during the Late Ming (1368–1644) and Early Qing (1644–1911) Periods." PhD diss., University of Minnesota, 2012.

Hao, Ji. *The Reception of Du Fu (712–770) and His Poetry in Imperial China*. Leiden: Brill, 2017.

Hargett, James M., trans. *Riding the River Home: A Complete and Annotated Translation of Fan Chengda's (1126–1193) Diary of a Boat Trip to Wu (Wuchuan lu)*. Hong Kong: Hong Kong Chinese University Press, 2008.

Hartman, Geoffrey H. "Wordsworth Revisited." In *The Unremarkable Wordsworth*. Minneapolis: University of Minnesota Press, 1987.

Hawkes, David. *A Little Primer of Tu Fu*. Oxford: Oxford University Press, 1967.

Henry, Eric. "Chu-ko Liang in the Eyes of His Contemporaries." *Harvard Journal of Asiatic Studies* 52, no. 2 (1992).

Hightower, James R. "Allusion in the Poetry of T'ao Ch'ien." *Harvard Journal of Asiatic Studies* 31 (1971).

Hsia, C. T. "Obsession with China: The Moral Burden of Modern Chinese Literature." In *A History of Modern Chinese Fiction*. New

Haven, CT: Yale University Press, 1971.

Hung, William. *Tu Fu: China's Greatest Poet*. New York: Russell and Russell, 1952.

Johnson, Barbara. "Apostrophe, Animation, Abortion." In *A World of Difference*. Baltimore: Johns Hopkins University Press, 1988.

Johnson, Williams A., and Holt N. Parker, eds. *Ancient Literacies: The Culture of Reading in Greece and Rome*. Oxford: Oxford University Press, 2009.

Kneale, J. Douglas. "Romantic Aversions: Apostrophe Reconsidered." In *Mind in Creation: Essays on English Romantic Literature in Honour of Ross G. Woodman*, edited by J. Douglas Kneale. Montreal: McGill-Queen's University Press, 1992.

Knechtges, David R. *The Han Rhapsody: A Study of the Fu of Yang Hsiung (53 B.C.–A.D. 18)*. Cambridge: Cambridge University Press, 1976.

Knechtges, David R. "Ruin and Remembrance in Classical Chinese Literature: The 'Fu on the Ruined City' by Bao Zhao." In *Reading Medieval Chinese Poetry: Text, Context, and Culture*, edited by Paul W. Kroll. Leiden: Brill, 2015.

Knechtges, David R., trans. *Wen xuan*; or, *Selections of Refined Literature*. vols. 1–3. Princeton, NJ: Princeton University Press, 1982, 1987, 1996.

Kroll, Paul W. "Anthologies in the Tang." In *The Oxford Handbook of Classical Chinese Literature (1000 BCE–900 CE)*, edited by Wiebke Denecke, Wai-Yee Li, and Xiaofei Tian. Oxford: Oxford University Press, 2017.

Kroll, Paul W., and Elling O. Eide. "Zhang Jiuling and the Lychee." *Tang Studies* 30 (2012).

Lattimore, David. "Allusion and T'ang Poetry." In *Perspectives on the T'ang*, edited by Arthur F. Wright and Denis C. Twitchett. New Haven, CT: Yale University Press, 1973.

Lewis, Mark. *The Flood Myths of Early China*. Albany: State University of New York Press, 2006.

Li, Feng, and David Prager Branner, eds. *Writing and Literacy in Early China: Studies from the Columbia Early China Seminar*. Seattle: University of Washington Press, 2011.

Liu, James. *The Art of Chinese Poetry*. Chicago: University of Chicago, 1962.

Loewe, Michael, ed. *Early Chinese Texts: A Bibliographical Guide*. Berkeley, CA: Society for the Study of Early China, 1993.

Lopez, Donald S., Jr. "Belief." In *Critical Terms for Religious Studies*, edited by Mark C. Taylor. Chicago: University of Chicago Press, 1998.

Mather, Richard B., trans. and annot. *Shih-shuo Hsin-yü: A New Account of Tales of the World*. 2nd ed. Ann Arbor, MI: Center for Chinese Studies, University of Michigan, 2002.

McCraw, David R. *Du Fu's Laments from the South*. Honolulu: University of Hawai'i Press, 1992.

McMullen, David. *State and Scholars in T'ang China*. Cambridge: Cambridge University Press, 1988.

McNair, Amy. *Donors of Longmen: Faith, Politics, and Patronage in Medieval Chinese Buddhist Sculptures*. Honolulu: University of Hawai'i Press, 2007.

McRae, John. *Seeing through Zen: Encounter, Transformation, and Genealogy in Chinese Chan Buddhism*. Berkeley: University of California Press, 2003.

Mei, Tsu-lin, and Yu-kung Kao. "Tu Fu's 'Autumn Meditations': An Exercise in Linguistic Criticism." *Harvard Journal of Asiatic Studies* 28 (1968).

Owen, Stephen, trans. and ed. *The Poetry of Du Fu*. 6 vols. Boston: Walter de Gruyter, 2016.

Owen, Stephen. "The Cultural Tang." In *The Cambridge History of Chinese Literature, vol. 1: To 1375*, edited by Stephen Owen. Cambridge: Cambridge University Press, 2010.

Owen, Stephen. "Deadwood: The Barren Tree from Yü Hsin to Han Yü." *Chinese Literature: Essays, Articles, Reviews* 1, no. 2 (1979).

Owen, Stephen. *The End of the Chinese "Middle Ages": Essays in Mid-Tang Literary Culture*. Stanford, CA: Stanford University Press, 1996.（中译本 宇文所安,《中国"中世纪"的终结：中唐文学文化论集》, 北京：生活·读书·新知三联书店, 2014）

Owen, Stephen. *The Great Age of Chinese Poetry: The High T'ang*. New Haven, CT: Yale University Press, 1981.（中译本 宇文所安,《盛唐诗》, 北京：生活·读书·新知三联书店, 2014）

Owen, Stephen. "Place: Meditation on the Past at Jinling." *Harvard Journal of Asiatic Studies* 50, no. 2 (1990).

Owen, Stephen. *The Poetry of the Early T'ang*. New Haven, CT: Yale University Press, 1977.（中译本 宇文所安,《初唐诗》, 北京：生活·读书·新知三联书店, 2014）

Owen, Stephen. *Readings in Chinese Literary Thought*. Cambridge, MA: Harvard University Asia Center, 1992.

Owen, Stephen. *Remembrances: The Experience of the Past in Traditional Chinese Literature*. Cambridge, MA: Harvard University Press, 1986.（中译本 宇文所安,《追忆：中国古典文学中的往事再现》, 北京：生活·读书·新知三联书店, 2014）

Owen, Stephen. "The Self's Perfect Mirror: Poetry as Autobiography." In *The Vitality of the Lyric Voice: Shih Poetry from the Late Han to the T'ang*, edited by Shuen-fu Lin and Stephen Owen. Princeton, NJ: Princeton University Press, 1986.

Owen, Stephen. *Traditional Chinese Poetry and Poetics: Omen of the World*. Madison: University of Wisconsin Press, 1985.

Owen, Stephen. "What Did Liuzhi Hear? The 'Yan Terrace Poems' and the Culture of Romance." *Tang Studies* 13 (1995).

Patterson, Gregory. "Elegies for Empire: The Poetics of Memory in the Late Work of Du Fu (712–770)." PhD diss., Columbia University, 2013.

Petersen, Charles. "Must We Mean What We Say? On Stanley Cavell." *n+1*, February 11, 2013. https://nplusonemag.com/online-only/online-only/must-we-mean-what-we-say/.

Quintilian. *The Orator's Education*. Edited and translated by Donald Russell. 4 vols. The Loeb Classical Library. Cambridge, MA: Harvard University Press, 2002.

Rosemont, Henry, Jr., and Roger T. Ames. *The Chinese Classic of Family Reverence: A Philosophical Translation of the* Xiaojing. Honolulu: University of Hawai'i Press, 2009.

Rouzer, Paul. "Du Fu and the Failure of Lyric." *Chinese Literature: Essays, Articles, Reviews* 33 (2011).

Rouzer, Paul. *On Cold Mountain: A Buddhist Reading of the Hanshan Poems*. Seattle: University of Washington Press, 2015.

Schaberg, David. "Travel, Geography, and the Imperial Imagination in Fifth-Century Athens and Han China." *Comparative Literature* 51, no. 2 (1999).

Schafer, Edward H. *The Golden Peaches of Samarkand: A Study of*

T'ang Exotics. Berkeley: University of California Press, 1963.

Schafer, Edward H. "The Idea of Created Nature in T'ang Literature." *Philosophy East and West* 15, no. 2 (1965).

Schneider, David K. *Confucian Prophet: Political Thought in Du Fu's Poetry (752-757)*. New York: Cambria Press, 2012.

Shang, Wei. "Prisoner and Creator: The Self-Image of the Poet in Han Yu and Meng Jiao." *Chinese Literature: Essays, Articles, Reviews* 16 (1994).

Simmel, Georg. "The Ruin." In *Essays on Sociology, Religion, and Aesthetics*, edited by Kurt H. Wolff. New York: Harper and Row, 1965.

Stevenson, Daniel, trans. "A Sacred Peak." In *Buddhist Scriptures*, edited by Donald S. Lopez Jr. New York: Penguin, 2004.

Street, Brian V. *Literacy in Theory and Practice*. Cambridge: Cambridge University Press, 1984.

Teiser, Stephen F. "Engulfing the Bounds of Order: The Myth of the Great Flood in Mencius." *Journal of Chinese Religions* 13-14 (1985/1986).

Tian, Xiaofei. *Beacon Fire and Shooting Star: The Literary Culture of the Liang (502-557)*. Cambridge, MA: Harvard University Asia Center, 2007.（中译本 田晓菲，《烽火与流星：萧梁王朝的文学与文化》，北京：生活·读书·新知三联书店，2022年）

Tian, Xiaofei. "Slashing Three Kingdoms: A Case Study of Fan Production on the Chinese Web." *Modern Chinese Literature and Culture* 27, no. 1 (Spring 2015).

Tian, Xiaofei. *Visionary Journeys: Travel Writings from Early Medieval and Nineteenth-Century China*. Cambridge, MA: Harvard University Asia Center, 2011.（中译本 田晓菲，《神游：早期中古时

代与十九世纪中国的行旅写作》，北京：生活·读书·新知三联书店，2022年）

Tillman, Hoyt Cleveland. "Reassessing Du Fu's Line on Zhuge Liang." *Monumenta Serica* 50 (2002).

Van Crevel, Maghiel, "Xiao Kaiyu." Poetry International Web. https://www.poetryinternational.org/pi/poet/975/Xiao-Kaiyu.

Varsano, Paula, ed. *The Rhetoric of Hiddenness in Traditional Chinese Culture*. Albany: State University of New York Press, 2016.

Von Glahn, Richard. *The Country of Streams and Grottoes: Expansion, Settlement, and the Civilizing of the Sichuan Frontier in Song Times*. Cambridge, MA: Harvard University Press, 1987.

Wilkinson, Endymion. *Chinese History: A New Manual*. 4th ed. Cambridge, MA: Harvard University Asia Center, 2015.

Yip, Wai-lim. *Diffusion of Distances: Dialogue between Chinese and Western Poetics*. Berkeley: University of California Press, 1993.

Zhang Songjian. "One Poet, Four Faces: The Revisions of Tu Fu in Modern Chinese Poetry." *Frontiers of Literary Studies in China* 5, no. 2 (June 2011).

本书作者简介

陈威（Jack W. Chen） 弗吉尼亚大学中国文学教授。著有《王权诗学：唐太宗论》(*The Poetics of Sovereignty: On Emperor Taizong of the Tang Dynasty*, 2010)、《轶事·网络·闲言·表演：〈世说新语〉研究》(*Anecdote, Network, Gossip, Performance: Essays on the Shishuo xinyu*, 2021)，联合主编《闲谈：中国传统文学中的杂言与轶事》(*Idle Talk: Gossip and Anecdote in Traditional Chinese Literature*, 2013)。

宇文所安（Stephen Owen） 哈佛大学 James Bryant Conant 荣休教授。近著包括《只是一首歌：中国 11 世纪至 12 世纪初的词》(*Just a Song: Chinese Lyrics from the Eleventh and Early Twelfth Centuries*, 2019)、《悉为己有：中国十一世纪的幸福、拥有、命名》(*All Mine! Happiness, Ownership, and Naming in Eleventh Century China*, 2021)等。

潘格瑞（Gregory Patterson） 南卡罗来纳大学中国文学和比较文学助理教授，主要研究方向为中国中古时期的诗歌及文学文化、文化记忆和汉学史。著有《帝国挽歌：杜甫晚期作品中的记忆诗学》(*Elegies for Empire: A Poetics of Memory in the Late*

Work of Du Fu，即出）。

卢本德（Lucas Rambo Bender） 耶鲁大学东亚系中国文学助理教授，著有《杜甫之化：社会崩溃中的传统与伦理》（*Du Fu Transforms: Tradition and Ethics Amid Societal Collapse*, 2021）。

罗吉伟（Paul Rouzer） 明尼苏达大学中国文学教授。主要研究方向包括佛教美学、东亚汉诗以及现代全球文化中对佛教的表现。近著包括《寒山诗的佛法解读》（*On Cold Mountain: A Buddhist Reading of the Hanshan Poems*, 2017），译著有《寒山、拾得、丰干诗》（2017）、《王维诗文》（2020）等。

田晓菲 哈佛大学东亚系中国文学教授。近著包括《赤壁之戟：建安与三国》（*The Halberd at Red Cliff: Jian'an and the Three Kingdoms*, 2018）、《影子与水文：秋水堂自选集》（2020），译著有《颜之推集》（*Family Instructions for the Yan Clan and Other Works by Yan Zhitui*, 2021）等。

倪健（Christopher M. B. Nugent） 美国威廉姆斯大学中国文学教授。重点关注六至十世纪的文学与文化，特别是文本的物质生产和传播以及文学训练的过程。著作《有诗自唐来：唐代诗歌及其有形世界》（*Manifest in Words, Written on Paper: Producing and Circulating Poetry in Tang Dynasty China*, 2011）获得2012年美国亚洲研究协会列文森图书奖。目前正在完成一部题为《中国中古时代文学训练的文本实践》（*The Textual Practices of Literary Training in Medieval China*）的专著。

艾朗诺（Ronald Egan） 斯坦福大学中国文学教授。专攻唐宋时期文学、美学和文化史，出版过关于欧阳修作品与生平的研究、苏轼研究，以及关于宋代美学思想的论著《美的焦虑：北宋士大夫的审美思想与追求》(*The Problem of Beauty: Aesthetic Thought and Pursuits in Northern Song Dynasty China*, 2006）。近著包括《才女之累：李清照及其接受史》(*The Burden of Female Talent: The Poet Li Qingzhao and Her History in China*, 2013），译著有《李清照集》(2019）等。

王德威 哈佛大学现代中国文学和比较文学教授。近著包括《史诗时代的抒情声音：二十世纪中期的中国知识分子与艺术家》(*The Lyrical in Epic Time: Chinese Intellectuals and Artists through the 1949 Crisis*, 2015）、《新现代中国文学史》(*A New Literary History of Modern China*, 2017）等。